作者近照

乐游列国

LEYOU LIEGUO

李文学 著

中国农业出版社

图书在版编目（CIP）数据

乐游列国 / 李文学著 .—北京：中国农业出版社，2013.11

ISBN 978-7-109-18415-2

Ⅰ.①乐…　Ⅱ.①李…　Ⅲ.①访问记-作品集-中国-当代　Ⅳ.①I253

中国版本图书馆 CIP 数据核字（2013）第 234898 号

中国农业出版社出版
（北京市朝阳区农展馆北路 2 号）
（邮政编码 100125）
责任编辑　赵　刚　周　珊

北京通州皇家印刷厂印刷　　新华书店北京发行所发行
2014 年 1 月第 1 版　　2014 年 1 月北京第 1 次印刷

开本：700mm×1000mm　1/16　　印张：15
字数：242 千字　　印数：1～2 000 册
定价：36.00 元

行者无疆有感悟

（代序）

大千世界，五彩缤纷。

人文诸国，风情万种。

记者，以访问、写作、发稿为天职。20多年的记者生涯，使我养成了爱看、爱细看，爱问、爱追问，爱想、爱深想，爱写、爱多写的好习惯。20多年来，我曾经先后到瑞典、挪威、希腊、意大利、梵蒂冈、圣马尼诺、土耳其、澳大利亚、新西兰、俄罗斯、韩国、日本、越南、美国、南非、埃塞俄比亚、瑞士、德国和中国的台湾、香港地区考察访问；也由于兴趣，每到一个国家或地区，总是对历史故旧、异域风情、自然地理、人文环境、政治体制、经济发展等各方面尽可能地做深入了解，并且愿意对一些具体问题进行考证和音文记录，最终形成了这部散文体的系列性书稿。

《乐游列国》是作者从1995年至2013年共18年间采编工作之余的国际交流访问文录，共收录包括中国在内的19个国家40篇以纪实与思考相结合的访问记。每一篇文章的出炉，大体上都经历了访前设问，访中记录、思考、梳理，访后成文，编辑核校等四个环节。在写作中，力求景物描写以眼见为实，风土人情以介绍为主，历史典故以资料为凭，思考升华以规律为限；力求描述服从写实、叙史遵循客观、引用选取权威、思考限定条件；力求趣味性、知识性、可读性的有机结合。在编辑定稿过程中，对一些有据可查的数字做了必要的更新，所使用的图片，均为作者所拍，没有从互联网和旅游画册上截取图片。

在人类地球村的七大洲中，除了南极洲之外，都有人定居，从事物质生产和生活。笔及的国家，虽然占世界上独立国家的比重不算大，但已经触及到亚洲、欧洲、非洲、北美洲、大洋洲五大洲，某种程度上具有代表性。遗憾的是，一直没有机会领略到位于南美洲的智利、巴西、阿根廷等国家的自然风光和风土人情，只能留给日后补白。即使是已经到过的国家，所写的见闻性文章也是皮毛。因为国家是世界上最复杂的本体，是山水、人文、经济、社会等诸要素共同编织的物质与精神相统一的“桃园”。无论多俱文采的作家，无论多有名气的游行者，都无法穷尽对一个复杂国家的哪怕是一个侧面的描述。对于这样一本不全面的小作，如果有读者能在饭后茶余时翻一翻，有选择地读一读，我也会感到十分欣慰了。

在书稿编辑过程中，责任编辑付出了辛勤的劳作；在编前写作过程中，我的同事帮助做了大量的文字录入、资料查询、数字核对等工作，在此一并致谢。

中国人做事情总要有一个明确的目的。应该说，本书分篇章的写作，当时没有目的；本书的出版，有目的，那就是：但愿能给读者带来“国之去界、列传先闻、游览五洲、乐在卷中”的启迪。

承蒙中国农业出版社的热忱支持，使这些或写实、或抒情、或论理的文章以《乐游列国》为统领，辅以图片经编辑，付梓同读者见面。高兴之余，掩卷陈思，也觉得还有些题外话要向读者倾诉，故此为序言。

李文华

2013 年 6 月

目　录

一、南欧纪行

岛国希腊的农业风光

11 月中旬，希腊早已过了收获的季节。但得天独厚的地中海气候，使广袤的大地仍是五颜六色。金黄色的葡萄树与碧绿的橄榄树交织，还有偶尔可见的牧群，乡间村落中，点缀着白墙红瓦的房子，把这个巴尔干半岛最南端的国家装扮得很美很美。在这里考察，透过这美丽的面纱，看其农业基本体制和运行机制，也是另一种风光无限。

希腊三面临海，海岸线长 15 000 多公里，是个千岛之国。历史上，希腊的古代文明起源于农耕和渔猎。现阶段，希腊的农业虽然在欧洲算不上发达的，但也有自己的特色和长处，特别是蕴含着巨大发展潜力。

温顺的地中海气候，给希腊的农业发展奠定了自然条件。希腊的纬度比较低，环境与气候适应了几乎所有热带和亚热带农作物的生长。特别是充足的水分和阳光，极有利于柑橘、葡萄、橄榄等林果的生长和营养成分的积累。农业在整个国民经济中占有 18.3%的份额，有很大一部分来自园艺和特产业，甜菜、烟草、棉花、橄榄、葡萄、柑橘、蔬菜、橄榄油的产量和出口，仅次于意大利和西班牙，居欧洲第三位。其中棉花产量为欧洲第二位。农业，不但满足了1 035 万人口的吃和用，而且也是出口创汇的重要源泉。

无论是文字材料还是陪我们访问的希腊友人所做的介绍，都说，希腊的

雅典巴特农神庙

农地经营，以小规模为主。如果同我们中国的情况进行一下对比分析，就会看出这种说法是相对的。希腊全国可耕地 394.5 万公顷，占整个国土总面积的近 30%，人均占有耕地 5.7 亩，要比中国人均占有的 1.18 亩耕地多出 3.83 倍。应该说，已经符合大规模耕作的条件。据介绍，希腊以中小家庭农场为主要生产单位，平均每个农场主的耕地面积 52.5 亩。这个数字相对于中国的耕农户均 5.9 亩耕地来说，显然高出了许多倍。

希腊的耕地，完全是私有，可以自由买卖和流动，耕农的改行或歇业，是常有的事。国家对土地的用途，实行严格的管制，对耕地有一些保护措施，比如严格控制城市的扩张，农地不得转为建设用地，利用山丘和废弃地来发展工业等。希腊山多，丘陵绵延，后备耕地资源丰富。但政府出于保护生态平衡和执行共同的欧共体农业政策等考虑，不让去开发。在他们看来，对山区和丘陵地的开发利用，弊大于利，是个短视和不明智的选择。

比较高的农业机械化程度，使耕农有大量的剩余劳动时间兼营其他行业；无迹可寻的城乡差别，也给自耕农的再择业提供了便利条件。在克里特岛上，给我们作导游的就是一位耕农。他说他除了经营橄榄园外，有充足的时间研究希腊古老而又文明的发展史，在农闲时间作导游，既充实自己的生活，又增加了收入。像这位具有第二职业的耕农，在希腊比较普遍。本国大量的农民改行或兼业，给外国涌入的农民工提供了就业条件。前南斯拉夫地区的战乱，使那里的部分农民流入希腊，在农业领域就业。但待遇并不公平。因为农场主用希腊人，每日要付 43 美元的工资，而用外国流入的农民工，每月仅付 25 美元。存在着不小的差额。

希腊人均水资源占有量 5 612 立方米，大约相当于中国的 2.5 倍，年降水量 400～1 200 毫米，应该说，水资源是希腊发展农业的一个优势。问题是希腊降雨多集中在冬季，夏秋少雨，干旱炎热，使农业的增长在很大程度上依赖于灌溉。从 20 世纪 60 年代开始，希腊政府出资，进行农田水利基本建设。60 年代，政府组织对灌区输水渠道进行混凝土防渗衬砌；70 年代发展喷灌、滴灌，同时对灌区排水系统和道路进行综合改造。目前，希腊灌溉面积已达耕地总量的 46%，有力地促进了农业的发展。

希腊的政治体制决定了政府只是行政，不干预经济的发展。对于农业，政府还是比较关注的。前任农业部长曾强调，农业不仅是一个经济问题，而且还是个社会问题。他说，政府认为，希腊的农业基础会发生很大的变化，传统的希腊农民能迅速转变为专业人员，提高现代营销观念很重要。在这个国家，农业同其他经济行业一样，受欧共体共同农业政策的制约。1993 年欧洲农业共同市场的建立，给希腊带来了复苏的机会，农业市场加快了由国内型向国际型的转变，并在生产、加工和出口等方面获得了一定的资金支持，甚至得到了为未进入市场的多余农产品的生产者提供补偿。来自关贸总协定和一些农业发达的欧共体国家要求降低补贴的呼声，使希腊不得不面对日益变化的形势选择应对策略。

与农业的产业规模相比，希腊农业科研尚属于加强的领域。农业科研体系主要由雅典、萨洛尼卡和特萨利亚的农业大学和分布在全国各地的研究所、站组成，并由全国农业研究基金会协调管理。基金会的主要任务是：负责农业科研开发计划的制订和实行；在全国范围内对农业科研项目进行跟踪和评估；与国际农业研究组织、大学及研究院所进行合作；采取必要措施在法律上保护农业研究项目中产生的专利、商标和版权。这个基金会拥有 36 个综合研究所、19 个专业研究所、8 个农业研究站、2 个地区的农业技术推广站和土壤分析实验室。农业科研的三大领域是：提高农产品的品质和产量，提高生产效率和竞争能力；降低生产成本，保护环境和生物资源的可持续开发；产品的加工和无公害处理，新产品开发的经济性，加工技术和工艺的改进。一些研究所拥有比较先进的仪器设备，如先进的计算机、激光分析仪等。其科研经费，80%来自于政府拨款。近几年，希腊参加了一系列欧盟研究项目，通过欧盟研究总体计划与其他欧洲国家进行合作，同时也得到了欧盟的资助。在中国政府同希腊政府的科技合作协议中，农业合作项目占有一定比例，比如，“利用稀土植树治沙”、油橄榄和开心果的云南栽培试验项目等，合作进展都比较顺利。

希腊农业发展的潜力，主要体现在后备资源的开发利用和通过调整产业布局来提高综合生产能力两个方面。种植业和畜牧业的产值，各占农业总产值的70%和30%，发展畜牧业的空间余地比较大；希腊具有丰富的森林和海洋资源，但林业和渔业仅分别占农业生产总值的1.2%和4.8%，林业和渔业有着广阔的发展前景；在这个欧洲的烟叶重点出口国，却没有卷烟厂，每年要进口大量香烟，这个事例说明希腊有发展农产品加工业的原料基础。

希腊的葡萄酒与橄榄树

在欧洲大陆的巴尔干半岛南端和被地中海、爱琴海与爱奥尼亚海所环抱的伯罗奔尼撒半岛上，养育着 1 035 万希腊人民。亘古以来，希腊人就以农耕为主，园艺特产业较为发达，栽植葡萄和橄榄，是绝大多数希腊农户的重要创收源泉。每当金秋时节，漫山遍野的葡萄园与碧绿的橄榄树交相辉映，陪衬着白房红瓦的住所和湛蓝的海洋，编织着五彩缤纷的田园风光，把一个岛国装点得十分美丽。

栽葡萄，酿葡萄酒，与希腊的古代文明一样，有着悠久的历史。相传早在米诺斯文化时代，人们就有用葡萄酒进贡国王的礼习。据考证，雅典考古博物馆所陈列的一些出土的陶瓷坛罐，大多是用于盛装葡萄酒和橄榄油的。今天去到克里特岛寻古，还可以看到欧洲以至于整个世界最原始的酿制葡萄酒和榨橄榄油的作坊。从作坊中各种生产器具的摆放顺序上可以联想到，现代葡萄酒酿造工艺技术是对古希腊酿制葡萄酒工艺技术的继承和发展。当然，今天酿造的现代化程度已与古希腊的酒作坊有着天壤之别。

葡萄酒是希腊人每天餐桌必备饮料。喜喝葡萄酒，是希腊人的一个生活习惯。大量的消费需求，有效地拉动了生产。1997 年，希腊的葡萄酒总产量是 44.9 万吨，人均占有量为 44 千克。希腊人喝葡萄酒，也喝出了酒文化。在克里特岛上的一个农家酒店，朴实的店主夫妇用他们酿制的上好葡萄酒招待我们，推杯换盏，相谦相让，使语言不同的两国人的情谊深深地融进了淡红色的葡萄酒中。席间，照相机的闪光灯不断闪烁，记录下了这令人陶醉的欢快场面。临行时，店主夫妇出门相送，看着我们的汽车启动后频频挥手，并不断欢呼："中国朋友，再来!"

希腊的葡萄酒能名扬五洲，与其独特的传统酿造工艺技术有关，也与他们对葡萄的精心栽植和对品种的挑剔有关。希腊的气候和土质适宜葡萄的生长，但能否培育出适合造酒的上等葡萄，其中还有许多人为因素。希腊友人介绍，葡萄从品种上说，有食用与酿酒之分。这是一个很严格的要求，如打破这个戒律，就不可能酿出好的葡萄酒。为了保证用于酿酒的葡萄含有足够的糖分，在生产期间不准浇水，并要求剪枝限产。如果不剪枝，再浇水，片面追求产量，用这样的葡萄去酿酒，就必须添加食糖和色素，所酿的当然就不可能是纯正的葡萄酒了。

在希腊，同葡萄酒齐名的是橄榄油。用野橄榄榨油，在希腊大约有4 000多年的历史。大约在1 500年前，野橄榄转化为大批人工种植。橄榄树虽然对光、热和空气湿度等条件要求苛刻，但它也具有抗病虫害、再生能力强和寿命长等优点。陪同我们访问的希腊友人介绍，橄榄树长得特别快，今年砍去1个头，明年可以长出5个头，哪怕是把所有的叶子都打掉了，明年照样生机盎然。幼苗栽下3年就可以结果，以后每两年需剪一次枝。盛果期是在栽后的300～500年，500年之后产量逐年减弱，生命长者可存活1 500年以上。

橄榄油是希腊人的主要食用油。据科学家进行的试剂分析，橄榄油营养丰富，具有平衡血压、软化血管、降低胆固醇、减少心脑血管疾病发生的功能，是多种食用油脂中的佳品。据介绍，希腊人的心脑血管疾病发生率较低的一个主要因素，是得益于橄榄油的平衡调节作用，希腊能达到人均79岁的高寿，其中橄榄油功不可没。

为了提高橄榄的出油率，希腊的农业与园艺科研部门投入了一定的人力、财力进行品系研究，在更新品种上不断探索。目前，橄农栽植的橄榄树，主要是以油橄榄品系为主，果实绝大部分用于榨油，只有很小一部分可以在餐桌上直接食用。在对橄榄品种更新的同时，橄榄的总产量也逐年提高，1997年，全国的橄榄油总产量是160万吨，同意大利、西班牙并称三大橄榄生产国。希腊最南端的克里特岛，是重要的橄榄生产基地。它的橄榄产量约占全国总产量的2/3，其橄榄油以质量最好闻名于世。

橄榄虽然经济价值较高，但果实小，不便采摘。由于大规模生产的需要，聪明的希腊人努力采用先进工艺和技术，实现了橄榄采摘的机械化。在采摘时，把苫布铺在树下，用一种动力机械均匀地摇晃树干，熟透的橄榄自然会落到苫布上，然后再收起来，就容易得多了。这种技术虽然不是什么尖端技术，但很适用，大大提高了劳动生产率，降低了生产者的劳动强度。橄榄与希腊人民结下了不解之缘，因此，人们用它的枝叶作为和平的象征。

克里特岛与米诺斯文化

夜幕降临时分，从希腊首都雅典乘上“米诺斯国王号”客轮，在爱琴海上向南航行11个小时，当晨曦洒向天际之时，客船停靠在了美丽而又神奇的隶属于希腊的克里特岛。

克里特岛位于希腊的最南端，是连接欧、亚、非三大洲的海中陆桥。岛的总面积为8 360平方公里，居住着45.6万希腊人，同希腊各地的交通靠渡船和民航。

克里特岛是米诺斯文化的发源地，也是欧洲最早出现的人类文明。早在公元前2800年，克里特岛建立了第一个海上帝国，史称“米诺斯”王朝。随着米诺斯王朝的兴衰、变迁，这里的人们创造了世界上比较早的古代文明。陈列在岛上伊拉克林博物馆中的大量文物证明，米诺斯文化持续了1 500年。公元前1700年至公元前1400年，是米诺斯王国的鼎盛时期。这一时期，克里特人在岛上修筑了一些雄伟壮丽的宫殿式建筑，比较著名的有克诺索斯、马力亚、扎克罗斯和凡斯都斯王宫。大约在公元前400年，克诺索斯王宫同附近的城市一样变成了废墟。今天，来自于世界各地的考古学家们就米诺斯时代城市的毁灭问题，进行了大量的实证研究，得出的倾向性结论是遭到岛外人入侵或大地震等自然灾害。公元前1200年，克里特岛分裂为互相敌对的城邦，从此文明走向衰落。

克诺索斯王宫连同它的城郭虽然变成了一片废墟，但米诺斯文化却由克里特岛传播到了广泛的希腊疆域，由此影响到古罗马、波斯和巴比伦文明。克里特岛成为当时最发达的地区，也是欧亚非三角地带上的商贸交易中心。居住在岛上的米诺斯人，将自己酿造的葡萄酒、橄榄油出口到埃及、叙利亚、巴比伦，换回黄金、银器、象牙和珠宝。它的得天独厚的地理位置和自然条件使它比较早地得到了进化和文明，同时也使它成了兵家必争之地。

在公元前100年，克里特岛成了海盗猖獗之地。据史料记载，公元前66年之后，克里特岛曾先后被罗马帝国、拜占庭帝国、阿拉伯人、威尼斯人和土耳其人占领。战乱持续了几个世纪。1913年，克里特岛同希腊本土合并，全岛划分为四个州，最发达的伊拉克林市为伊拉克林州的州府。

英国考古学家伊文斯于1900年登上了克里特岛，奇迹般地发掘了在地下沉睡了3 800多年的克诺索斯王宫遗址。参观者今天所能见到的残垣断壁，虽已不能充分展示昔日的雄伟和辉煌，但从王宫复原效果图上，却仍然使人感悟到当年王宫的奇丽和壮观。克诺索斯王宫建于公元前18世纪，是米诺斯文化的象征。它依山而建，围绕着中央长方形庭院，分布着国王宝殿、王后寝宫，有宗教色彩的双斧宫，依地势坡度布局的小的庭院和仓库等。千门百户、曲折通达，素有迷宫之称。在王宫的西北角，有一处中央平坦、四处缓坡的盆地，后人考证是斗牛场，是国王寻欢作乐之地之一。

在克里特岛寻古，可发现米诺斯时代的贡献在于给人类创造了制陶、彩绘、榨油、酿酒和给排水五大技术，并有了文字符号记载。博物馆展出的有公元前3 500多年前的陶器，并有彩绘。当时的米诺斯人用花朵、树叶的汁制成彩料，用墨斗鱼的墨汁制成黑料。在距米诺斯古城址不远的地方，发现了欧洲及至世界最早的榨橄榄油和酿葡萄酒的作坊。当时的米诺斯人把物体比重原理用于榨橄榄油，即用油水分离法，滤掉杂质，得到成油。在克诺索斯王宫的废墟上，断断续续地可见到一些每节为80厘米长的陶瓷管，这就是世界上比较早的给排水系统。王宫的人们用它引进生活用水，排除污流。从伊拉克林博物馆的陶器上所刻的符号上看出，至少在公元前2000年时就有了米诺斯文字。

自古以来，米诺斯人以农耕为主业，这里的农作物主要是谷物、豆类、小麦、葡萄酒、橄榄油、无花果。在米诺斯时代，居家也养牛、养羊，但主要用于祭祀，或用于制皮张。有考古学家根据人类牙齿化石推断，米诺斯人是不吃肉，只吃鱼和海产品的素食者。从出土的米诺斯人骨骼化石上判断，那时人很年轻就夭折的一个原因，就是缺少足够的蛋白和脂肪营养。

克里特岛是世界上橄榄和橄榄油的重要产地。1992年欧共体有关部门调查显示，全岛共有2 500万株橄榄树，年产13万吨橄榄油，占希腊全国总产量的2/3。据陪同我们的希腊人介绍，现在橄榄树的拥有量和橄榄油的总产量要比欧共体的调查大得多。

昔日，克里特岛孕育了希腊的古代文明；今天，克里特岛仍是希腊现代文明的摇篮。希腊最重要的自然科学研究与人才基地——科学技术学院，也坐落在克里特岛。这里聚集了一大批研究激光、遗传基因、病理诊断、电子计算机与机器人等多学科的一流人才，有先进的实验手段和设备，具有从事尖端科学技术研究的良好的环境，每年都有一批科研成果从这里走向应用领域。科学技术学院比较重视国际交流与合作，注意用比较好的条件吸引欧洲和中国的科技人员共同攻关，与 20 多个国家和政府签有科技交流双面协定。在尤里卡计划的指导下，一些学科的研究不断取得实质性进展，特别是在激光技术研究领域，处于世界的领先地位。政府重视对科研和人才培养的投入，是科学技术学院研究硕果累累的基本经验。希腊政府每年用于学院的科研拨款有 100 亿德拉克马。比较充足的科研经费，保证了科研计划的顺利实施。

雅典访古问今

希腊的首都雅典，是个美丽而又神奇的地方。到此逗留几天，我们才会发现，它闻名于世，其原因不单单是因为它是希腊的政治、经济、文化中心，它那悠久的历史，众多的古迹，深邃的文化底蕴，充满生机和活力的现代城市风格，自然给你以流连忘返的感觉。

雅典坐落于阿提卡盆地的南部，东西两面环山，南面是爱琴海的萨洛尼孔海湾。整个城市由新区和老区两部分组成。聪慧的希腊人，充分认识到老祖宗留下的古建筑群及其遗址，是人们研究过去、借鉴过去、利用过去的难得的财富，是得天独厚的旅游资源。因此，他们在建设一个新雅典的同时，十分注意保护一个世界上绝无仅有的旧雅典。以雅典卫城为中心的古城区，保存下了大批古建筑、风味餐厅、酒吧，手工艺品店铺云集。到这里访古，给人置身于中世纪的感觉。而在古城与比雷埃夫斯港之间，则崛起了具有现代建筑风格的新区。这里风景优美，亚热带独有的棕榈树和具有地方特色的橘树点缀着大街小巷，花坛喷泉辉映，高级旅馆、超市星罗棋布，服务设施配套齐全，加上徐徐吹拂的海风，漫步在这里，令人心旷神怡。

目前的雅典，是希腊的发达地区，也是人口最密集的地区。雅典市区连同毗邻的比雷埃夫斯港和周围的卫星城，共有居民350多万，占全国人口的34%。这里的工业占全国总份额的53%，造船、旅游、侨汇是这一地区的三大经济支柱和创汇源泉。人均一年的国民收入虽然只有11 600多美元，在欧洲或欧盟中是比较低的，但人们的生活却比较富足和舒适。

在雅典访古，无论是到古城遗址还是到各种博物馆，听到最多的一句开场白就是：雅典是西方文明的发祥地。据希腊友人介绍，希腊这个地方从有人居住算起，至今已有3 900多年的历史。公元前8世纪，这里就已发展成为辐射欧亚非三角地带的城邦；公元前507年庇斯特拉图执政，开始实行奴隶制；公元前490年的马拉松战役及在此之后10年的萨拉米那战役后，雅典城邦更加强盛，经过20年的大发展，雅典迈进了“黄金时代”。这一时代，具有意识形态性质的文学、艺术、哲学、数学等渗透到人们的日常生活，人们思想活跃，流派争论不休。与精神文明相伴的是造船、海运业的萌生，有力地推动了生产力的发展。特别是以石柱为主体框架的建筑技术的兴起，把雅典城邦建设推向了一个新的发展阶段。但是，遗憾的是这种良好的发展势头只持续了三四十年，后来的伯罗奔尼撒战争，使雅典大伤元气，逐步衰落，滑入长期被占领、被统治、被奴役的历史时期。公元前146年被古罗马占领；公元1456—1821年，受土耳其统治近400年，其间还被威尼斯统治2年；1821年雅典呼应希腊全国的反抗土耳其大行动，于1834年获胜，当年的9月18日，希腊国定都于雅典，进入了又一个发展阶段。当时的雅典，人口还不足一万。

雅典访古，必到之地是雅典的古城堡——卫城。卫城坐落在雅典市中心最高处的石灰岩山冈上，语意是建在城邦高处的城堡。卫城始建于公元前8世纪，它承担着保卫城邦和祭天供神的双重职能。目前可见到的以巴特农神庙为中心的古建筑群，是公元前5世纪雅典最强盛时建造的。为祭奠雅典女神雅典娜所建造的巴特农神庙，是公元前5世纪中叶雅典石建筑的代表作。因为“巴特农”的希腊语意是处女，所以人们习惯地叫它为处女庙。神庙为长方形布局，有东西16根、南北8根大理石廊柱，内由前殿、正殿和后殿三部分组成。在山墙及檐壁上有描写希腊古代神话故事的大理石浮雕。其基座与檐部水平线呈现极其微妙的突出曲度，柱子微向中央倾斜，据说是以增强视觉效果。整个建筑气势磅礴，突出和谐之美。在建筑技术上，巴特农神庙有两点技术性突破。一是金属楔连接技术。石块之间应用榫原理，楔入金属楔，以增强对接强度和稳定性。二是防氧化技术。利用比较稳定的铅将金属楔相包，使石与铁之间形成防氧层，从而大大地提高了金属楔保持内应力的寿命。

希腊人认为，雅典娜是智慧女神，是希腊人的保护神。因此，这座世界上绝无仅有的神庙，自然会以纪念雅典娜为第一职能。当年，巴特农神庙的正殿供奉着一尊高12米的雅典娜雕像。史书记载，雅典娜头戴金盔，身着黄金战袍，手持盾牌及长矛，表现出出征前的胸有成竹和必胜的心态。这尊雕像的脸、臂和脚都用象牙所雕，突显材料的珍贵和雕琢细腻。这尊出自希腊最著名的雕塑家菲迪亚斯之手的稀世之宝，在公元前146年被罗马帝国掠走。

神庙也同希腊人民一样，历经磨难。公元393年被改为基督教堂。在奥斯曼帝国统治时期，作为伊斯兰教寺院。公元1687年入侵的威尼斯军队炮轰城堡，引爆了土耳其人堆放在神庙内的炸药，把顶部及围墙全部炸塌。19世纪初，英国人艾尔金把神庙中的大量浮雕运往英国。

在卫城废墟上，除了巴特农神庙外，能见到的还有以前后两排大理石柱为标志的卫城入口、位于城堡东南角的无翼胜利女神庙和位于巴特农神庙背面的埃雷赫西奥神庙。从建筑效果复原图上可以看得出，这些建筑的规模虽然不大，却是设计各有所长，别具匠心。浏览一下卫城博物馆，会使人们对这座充满艺术气息的古城有个比较系统的了解，从中管窥希腊民族抗击外来侵略者的斗争历史。

坐落在雅典市中心的考古博物馆，是一部希腊古代历史“教科书”。这里展出的出土文物，记录了公元前5000年至公元2世纪罗马时代希腊祖先的进化轨迹。这所博物馆共有56个展厅，展出25 000件展品：其中展现给参观者最多的是雕刻作品：有公元前700年的智慧女神雅典娜，有公元前500年的农女神，也有公元前200年的海神波塞东形象。这些以大理石为基的雕刻作品，十分细腻和逼真，把人手与腿的血管都表现出来了，而且还明显地体现出当时艺术大师们有意识地追求作品自重的平衡。博物馆的第二个特征是以展示出土的迈锡尼时代文物居多。公元前3000年至公元前100年，希腊人创造了迈锡尼文明。从出土的大量金银饰品和青铜器不难看出，迈锡尼时期希腊已有了高超的铸造技术。由英国转回雅典的迈锡尼时代的刀器，

希腊雅典国家考古博物馆

则说明当时希腊人与英国及欧洲大陆、西亚、北非等地区有着广泛的交往和联系。迈锡尼王宫微缩沙盘，向人们展示了当时的建筑水平和布局特点。从解说词中我们理解到，迈锡尼时代已经有了文字。人们用黏土制成版，在上面刻上记忆符号，这就是今天所说的文字。此外，迈锡尼时代城邦建筑是有组织、有管理的，并且十分注意自卫功能。

雅典人创造了文明进步的过去，也赢来了自由富庶的今天。雅典人热爱生活，也善于生活，讲究吃喝、爱玩是现代人的特点。据说，雅典的储蓄存款仅占国民生产总值的7%。相反，用于住房、旅游等的消费性贷款较多。每到酷暑，人们纷纷出城，到岛上去度假，届时雅典城显得冷清和萧条，也就不足为怪了。人们的居住条件和生活环境较好，寿命长。在精神生活上，他们追求自由、民主，主张无拘无束地生活。

纳夫普里昂印象

从雅典驱车向西南方向的伯罗奔尼撒半岛上行进，经过 147 公里的路程，就到了访问希腊的最后一站——纳夫普里昂市。

在雅典与纳夫普里昂之间，要经过欧洲巨大工程——科林斯运河。汽车停靠在运河大桥岸边，我们一行人站在桥上俯视，由于水面距离地面尚有不小的高度，倒使人有一种畏惧感。工程之宏伟，景象之壮观，使我们赞叹不止。陪同的希腊友人介绍，科林斯运河是连接爱奥尼亚海和爱琴海的一条黄金水道，开凿的目的是航运和灌溉。运河全长 6 343 米，水面宽 24.6 米，水底宽 21 米，水深 8 米，每年平均有悬挂 50 多个国家国旗的 9 000 多艘轮船驶过这里，其经济效益与社会效益无法估量。

科林斯运河，虽然通航使用仅有 100 多年的历史，但它却凝聚着希腊多少代人的心血。运河的挖掘，要追溯到公元 1 世纪。据记载，在公元 67 年罗马帝国尼禄王执政时期，运河的挖掘就开始了。可惜的是，当掘进 3 300 米时，尼禄王去世，工程因政见不一而停了下来。直到希腊彻底摆脱土耳其的统治，实现独立后，在政通人和的政治和日益发展的经济形势下，挖掘运河的规划又被提上政府的议事日程。1882 年，已经停工 1815 年的挖掘工程又重新开始了，经过 11 年的苦战奋斗，于 1893 年正式竣工通航。今天，运河除了具有航运和灌溉职能外，又有了新的职能：一个不可不去的旅游景观。

汽车沿着萨洛尼孔海湾前行，不知不觉就到了纳夫普里昂。这是个只有 12 000 人居住的小城市。但城市的名声却不小，因为她曾做过希腊的首都，有着辉煌的历史。纳夫普里昂考古博物馆出土文物佐证，在公元前 4000 年的新石器时代，这里就有人居住。公元前 3000 年的铜器时代，纳夫普里昂人通过海上通道同爱琴海东海岸的人们有贸易往来，后来贸易领域发展到意大利等地中海国家。公元前 1800 年就开始使用旋转原理烧制陶器，解决了图案的对称性，并发明了夹层陶器：内层盛食品，外层放冰块，以保存食品不变质。到公元前 500 年时，出现了人体的等比例描写绘画。这些情况说明，纳夫普里昂人在很早就应用了几何学知识。1828年，纳夫普里昂人赶走了土耳其人。1829年产生了第一部宪法，并选出了约翰凯波为第一任总督。这位总督到任前，曾在俄国做大臣，但他是希腊人。他在任期间，提出了许多振兴希腊的主张，并为希腊成为有组织的强盛国家进行了不懈的努力，包括调整行政区划，减少行政区，扩大管理范围，提出重视教育、欧洲联合等。1842年，约翰凯波总督被暗杀，其职位被德国人篡夺。

在纳市郊区，包括古剧场、体育场和医神诊所在内的古迹区，已被联合国教科文组织列入世界文化遗产名录。我们看到，建于公元前4世纪的古剧场，保存基本完好。在当时，全希腊约有200座剧场，其中这座露天古剧场是最著名的。古剧场为扇形布局，分为上下两区，可容纳15 000人。据说，这座古剧场是为祭祀酒神而建。丰收后，人们聚集到这里边唱边舞，倾泻内心的喜悦。古剧场的传声效果令人不可思议。在舞台中央祭酒的元石上撕一张纸或投掷一枚硬币，在近60个台阶的最后一排，都可听到清晰的响声。与古剧场毗邻的古体育场和医神诊所，虽然已经没有了标志性的建筑，但遗址上仍可看见残垣断壁。

纳夫普里昂市由于比雅典的纬度低，更具有亚热带风光特色。街路旁棕榈树阔叶蔽日，海边繁花似锦，湿润的空气，徐徐的海风，使这里的人们尽情地享受着大自然的馈赠。街面上尽管各种店铺鳞次栉比，但由于居民不

希腊某海滩

多，整个城市显得安宁和静谧。

纳夫普里昂人的夜生活比较丰富。凌晨一两点钟，当东方人已酣酣入睡时，这里的人们纷纷出门走向咖啡屋、酒吧间、夜总会，随着欢快的乐曲或歌或舞。不管是什么肤色的人，也不管来自哪个国家，只要一到舞厅，就全然没有界线，人们无拘无束地牵手起舞，组成人的圆环，编织着充满和谐与快乐的生活。

纳夫普里昂人会生活，而且生活得很好。这是我们一行人的共识。

听希腊议长一席谈

中国新闻工作者代表团在希腊访问，受到的最高礼遇是卡克拉马尼斯议长的接见。精神矍铄、侃侃而谈、坦诚而又富有主见的议长一席谈，给大家留下了深刻的印象。

原计划是我们到希的第二天（17 日上午）议长接见，因故推迟到 19 日上午 11 点进行。由于住地距离希腊议会大厦很近，我们一行人 10：30 出发，只用了 10 多分钟，就走到了议会大厦。由于事先有所通报，我们顺利地进大门、过楼门，在希腊新闻部友人的陪同下，直入会见厅。我们落座后，雅典记协主席和司库、希腊新闻部公共关系司司长和中国驻希腊大使杨广胜相继到达。稍后，卡克拉马尼斯议长从里间走出，笑容可掬地同我们一一握手。

希腊卡克拉马尼斯议长接见笔者

卡克拉马尼斯议长首先对我们的到来表示欢迎，对大家表示问候。然后同代表团团长梁贵和先生，就中国的改革开放、中希两国人民的友好往来和西藏问题，进行了亲切的交谈。

卡克拉马尼斯对中国新闻工作者代表团访问希腊给予了很高的评价。他说："我本人非常高兴地看到中希两国记协之间的合作与接触，不断增加友好感情。我希望通过你们的访问，进一步加强两国人民的友好关系。"他还说："你们之间（指两国记协）的往来，也是两国政治上的加强。"

议长在问过梁贵和团长对希腊的印象后，高兴地对我们叙述了他本人于1997年9月访问中国到过西藏的感受。他说他对西藏的感觉很好。由于西藏海拔较高，他没出发前也曾担心能不能适应，还曾到飞行训练基地去做过一些诸如旋转等训练，感到没有问题，才出发的。他说："到西藏后，中国朋友很关心我们的身体，告诉我们刚来不要多活动，甚至不要多说话，可事实上我一点事都没有。"他为自己的健康而骄傲的表情，充分显现出来。

卡克拉马尼斯议长说他访华的最大收获，是亲眼看到了西藏，了解了西藏。议长说："关于西藏，外国有各种评议，我看到中国中央和地方政府做了很大的努力，使西藏经济发展了，人民生活大有改善，文化教育方面也有政府的特别扶持，投入很大财力去培养人才，提高文化素质。中国政府使这个地方发生了这么大的变化，很了不起。中央政府、地方政府让西藏进一步发展，第三次世界大战根本不是西藏的事情，中国应起到应有的作用。"

议长说，看了拉萨烈士纪念馆，给他留下了深刻的印象。一些长眠于此的烈士，不是在战场上而死，而是为了修通往西藏的公路，为给西藏人民办好事，献出了宝贵的生命。过去从中国内地到西藏骑马要走6个月，现在两三天，很方便。

议长毫不掩饰地谈出了他对西藏问题的政治主张。他说："有人想把西藏从中国分裂出去，闹西藏独立，这是没有道理的，我是不赞成的。"他还郑重地说："我这样说不仅代表我个人，也代表我们国家。"他接着说："有些第三者，我指个别国家，支持西藏搞独立，好像他们很关心西藏人民，其实不是，他们并不真正关心西藏人民，他们是在考虑自身的利益。他们想使西藏回到过去的情况，中国人完全不用理会他。""中国的做法和思路都是正确的，当然要理直气壮地保持自己领土的完整。"当我们听完议长这番谈话，大家感到希腊不愧是中国的诚友。代表团梁贵和团长对议长的政治主张给予了高度的赞扬。他说："我们对议长先生如此了解中国，如此理解中国，感到十分高兴，我们非常感谢您对我们的关心。”接下来，梁贵和也向议长介绍了中国改革开放的情况，阐述了我国的宗教政策，并欢迎议长几年后再来中国看看，相信那时的中国变化会更大。

会见开始时，由我国驻希大使馆的一秘作翻译，当交谈进入高潮阶段，杨广胜大使怕我们听不懂或不全面，也来主动帮助作翻译。来言去语期间，一个小时过去了。卡克拉马尼斯议长很高兴地同我们全团人员合影留念，会见在亲切友好的气氛中结束了。当我们走出议会大厦时，大家的共同心声是：希腊对中国是友好的。

城中之国梵蒂冈

城市小于国家，城市隶属于国家管辖，这是人们都知晓的一个常识。但世界之大，无奇不有。在南欧大陆上，确有一个城市之国，那就是梵蒂冈。

梵蒂冈坐落在意大利首都罗马城中，位于罗马城西北马里奥山与加尼科洛山丘中间的梵蒂冈丘陵上。全国（全城）只有0.44平方公里，1 300多人，是世界上最小的国家。梵蒂冈是个政教合一的国家，教皇是国家元首，有最高的立法、司法、行政权，在红衣主教中选举产生，可任职终身。现任教皇约翰·保罗二世，原名卡罗尔·沃依蒂瓦，是波兰人，1978年10月16日选出。国民中的绝大多数是意大利人，信奉天主教。由于它是个全民信教的国家，所以，他们把教徽作为国徽。

这个袖珍国家，人虽少，但也有自己的外交使节和卫队。它的卫队历史，竟然比国史还长。早在1505年，朱利奥二世作教宗的时代，出于自卫的目的，设立了卫队。当时的卫队实质上是一支私人卫队。用瑞士人作卫士，这是这支卫队坚持500多年都没有改变的一条戒律。据后人说，朱利奥二世用瑞士人作卫士，其原因是认为瑞士是个中立国家，年轻人从出生就开始受到中立思想教育，可免去被政治所利用的隐忧。与此同时，由艺术大师米开朗琪罗设计的卫队制服式样，也沿用至今。

国境线与罗马城犬牙交错的梵蒂冈，古往今来，有着颇多的恩恩怨怨。梵蒂冈原来是罗马城中的一个组成部分，由于宗教在意大利等一些西方国家的扩张，使其发展成为一个独立的国家。应该说，梵蒂冈的出现与发展，是宗教的产物。没有宗教，就不可能有梵蒂冈。在公元2世纪，罗马城主教因驻帝国首都，政治、经济势力日益壮大，逐渐独占了教皇之称。756年，法兰克国王丕平把罗马城及周围区域赠予给教皇斯提芬二世，并赐给其世俗权，给梵蒂冈的独立奠定了政治基础。当时，教皇直辖的领土达4万平方公里以上。此后疆域不断变迁，国家兴亡交替。1870年，教皇迫于种种压力，并入了意大利王国，同时教皇势力大为削弱，不得不退居于梵蒂冈宫中，世俗权被剥夺。此后几十年，梵蒂冈与意大利的关系一直处于不稳定的状态。

第一次世界大战的发生，给梵蒂冈带来了转机。1929 年 2 月 11 日，意大利的墨索里尼同教皇庇护十一世签订了《拉特兰条约》，意大利承认梵蒂冈为教皇的主权国家，享有治外法权，并以赔偿教皇国结束后教廷所丧失的收入为名，给予 17.5 亿里拉的巨款；教皇正式下令教皇国改制为梵蒂冈城国，并把每年的 2 月 11 日定为梵蒂冈的国庆日。

梵蒂冈是世界上绝无仅有的没有生产性资源、没有以工农业为标志的物质生产部门的国家。但梵蒂冈却是个世界上少有的富国。它的财政收入主要来源于旅游、邮票、不动产出租、特别财产款项的银行利息、宗教银行的赢利、一些外国宗教组织向教皇呈送的贡款和教徒们的捐赠。对资产进行经营，是梵蒂冈物质财富不断增加的一个重要来源。梵蒂冈在北美、欧洲许多国家有数百亿美元的投资，其资本以银行信贷的方式，渗透到意大利众多的经济部门。其黄金、外汇储备达 100 亿美元，拥有地产达 46 万余公顷，在世界上许多国家设有学校、医院和文化机构。

梵蒂冈城由圣彼得广场、圣彼得大教堂、梵蒂冈博物馆和职员居住生活区四部分组成。四部分紧密相连，浑然成为一个整体，把梵蒂冈构筑成一个奇妙的艺术世界。游览梵蒂冈，主要是看圣彼得广场和大教堂。它们的本身就是建筑艺术的博物馆。造型和谐、恢宏壮观的圣彼得广场，宽达 240 米，左右两侧由贝尔尼尼圆柱廊环抱。圆柱廊分为四排，由 284 根石柱组成，广

梵蒂冈圣彼得大教堂

场中央矗立着由埃及运达的方尖碑，碑的两边对称建有两座由建筑设计大师马德尔诺和贝尔尼尼分别设计的喷泉，泉水从中央喷高又自然落到第二阶梯，然后似瀑如帘地落到最低层，给观赏者以“疑似银河落九天”之畅感。

圣彼得大教堂是罗马城最高的建筑物，是世界上第二大教堂。它东西长187米，南北宽137米，建筑高度143米，仅略低于埃及的金字塔。建造工程从1506年动工，工期长达150多年。建筑工程师几易其人，世界著名的建筑大师和雕刻艺术家布拉曼特、拉斐尔、安乐尼奥·达桑加罗、米开朗琪罗和贝尔尼尼都参加了设计和建造，他们通过相继多年的劳碌，给人类留下了这座艺术珍品。教堂中有三处艺术精华：出自于米开朗琪罗之手的圣母哀痛像、出自于贝尔尼尼之手的青铜华盖和圣彼得铜像。

梵蒂冈虽小，但要认真游览，还真颇费时间。因为它的一砖一瓦都有讲究，一石一柱都突显艺术品位，整个城池向人们显示源于中世纪的建筑风格，沁透着浓厚的文化底蕴。

袖珍之国——圣马力诺

凡是来意大利北部访问的人，几乎都要去圣马力诺看一看。这是个全部领土都被意大利所围的袖珍国家，国土面积只有 60.57 平方公里，全国总共 24 000 人。从政体到自然景观，都有独特之处，看后使人回味无穷。

早餐后，我们乘车从意大利的威尼斯出发，接近中午就到了圣马力诺。下车后的第一件事，就使我们感受到中国之大和圣马力诺之小——在这个仅相当于中国一个小镇的国家，竟有中国人做饮食营生。我们来到居于蒂塔诺山腰紧贴盘山公路的广东餐馆午餐。店老板用中国菜招待我们，用汉语向我们介绍他所了解的圣马力诺。滔滔不绝的述说，使我们的异国他乡之感顿时隐去。

在这个国家访问的时间虽短，但还是大有收获。特别值得记忆的是，它有许多趣闻。它是世界上少有的国境不临海而属于海洋性气候的国家。它离亚得里亚海岸最近处只有 20 公里。徐徐的海风，给它带来了温和和湿润的空气。它还是欧洲最早实行共和制的国家。它已有 1 600 多年的建国史，公元 1263 年制定共和国宪法，建立了共和的政体。在中国人看来，一国不可有两君，这是天经地义的事情。而在圣马力诺，却应另当别论。它的国家元首称执政官，由两名权力相等的执政官共同执政，且任期只有半年。这又是一个世界之“最”。执政官不能连任，只有卸任后满三年才有再次当选的资格。两位执政官同时执政，意见怎么统一？会不会误了国事？对此，陪同我们的友人说，这个国家经济社会运转一直比较平稳，秘诀就在于执政官作为政府首脑，他却不管经济，除了主持议会和外交外，其余职能也就相当于中国的民政部长罢了。所以，谁当执政官，何时换届，对老百姓的生活和社会以及经济发展并没有太大的影响。仅有 2.4 万人口的国家，其侨居欧洲和美国的侨民就有近 1.8 万人。侨民是国籍人口的 75%，这也是世界上绝无仅有的。

圣马力诺国小，但比较富有。纺织、服装、制革、水泥、造纸、陶瓷工业发达，工业为国民提供 25%的收入。旅游业是其国民经济的支柱。每年要接待来自世界各地的旅客在 500 万人次左右，业内收入占其国民收入 50%的份额。对此有人说，圣马力诺人在每年旅游旺季做 5 个月的生意，所得收入可生活 5 年。受制于自然资源，这个国家的农业不是很兴旺。农业从业人口仅占总从业人口的 1.5%，由 600 个农场经营着全国 6 000 公顷的土地。经营规模小，提高产出率的难度大，农产品不能自给，大部分要从意大利进口。

圣马力诺市政厅

海拔 738 米的蒂塔诺山，是境内的唯一一座山。只有 4 180 多人的首都圣马力诺就建在这座山上。山顶的古城堡是旅游胜地。站在城堡高处俯瞰，整个国家都一览无余。11 月中旬，山上仍是青翠掩映，植株繁茂，碧绿间点缀着金黄树叶，给这座古城平添了几分艳丽。

从古堡顺阶而下，我们来到了执政官府邸。这是来圣马力诺的游人又一必到之处。府邸是一座四层小楼，顶部屹立着钟楼，在大约 800 平方米的官邸广场，空无一人，也不曾见到岗哨。我们在为官邸的小巧而赞叹的同时，也为其保卫设施所疑惑。时间已近傍晚，我们借着斜阳，互相交换着照相机，摄下了站在执政官府邸前的永久纪念。

沿着执政官府邸左侧下行，就进入了旅游纪念品专卖一条街。这里各种精品店铺比邻，室内装修考究，货品摆放整齐，购物环境良好。皮货、邮票、纪念币是这里的“三件宝”。

圣马力诺人的商品意识很浓。接待不同国度的游人，会打出临时写出去的欢迎招牌。一幅“中国人，欢迎你”的招牌，让我们情不自禁地走入室内。热情的接待，使团里的大多数人掏了腰包，各自选购了纪念品。出门时，我们听到了“China，bay!”

海上明珠——威尼斯

意大利东北部，浩瀚的亚德里亚海把亚平宁半岛同东欧板块紧紧地连在一起。世界名城威尼斯，犹如一颗光辉灿烂的明珠，在波光粼粼的海湾边闪耀。

威尼斯是世界上绝无仅有的水城，也是著名的旅游名城。这座居住着34万人口的城市，其中心部分是建在海面上的。因为所有的建筑物都是用木桩作基础，所以又有“建在桩上的城市”之说。城中有蜿蜒曲折的运河，有姿色各异的桥梁，有五彩缤纷的建筑群……旖旎的风光，吸引着五大洲的游客。不分春夏秋冬，这里游人如潮。

威尼斯不单有建筑的辉煌，它的历史也是辉煌的。威尼斯起源于西罗马帝国衰落时期，迄今已有1 500多年的历史。据说，是人的掠夺和争斗，造就了这座如诗如画的城池。公元452年，住在阿尔卑斯山南麓的一些城市和乡村的居民，为了躲避蛮族和强盗的侵袭而逃到岛上，成为水城的创业者。丰富的水生物种成了他们维持生命的营养源。后来，他们由以渔猎为生发展到经商和从事海上运输。经济的发展，推动了特权的诞生。公元697年，威尼斯建立了统一政权，公元10世纪，威尼斯摆脱了东罗马帝国的统治，成为完全独立的国家。当时这里商贾云集，交易发达，聪明的威尼斯人出征前用船满载毛织品、丝织品、木和金属制品，到各地去以物易物，换回他们所需要的香料、面粉和宝石。到14世纪，威尼斯就成为了地中海沿岸实力最雄厚的海岸强国。随着美洲新大陆的发现，它开始走向衰落。尔后，风起云涌的战乱，使它屈服于拿破仑的统治，也曾被划归入奥地利帝国的版图，直到1866年，它才挣脱外强的蹂躏，成为统一的意大利王国的一部分。

因为是水城，注定了它的交通工具是船只而非汽车，岛与岛之间的连接是桥梁而非公路。它的交通大动脉是长4公里的大运河，呈反写的“S”形流经整个城市。由其派生的174条小运河，就像人的血管一样，延伸到威尼斯城的各个部位。在全城118个岛屿上，棋布着400座桥梁。岛屿、运河、桥梁，是水城风光的奇特之处。由大陆通往岛上的必经之路是两座桥梁。一座是铁路桥，建于1846年，桥基用了75 000根木桩；一座是同铁路桥平行的公路桥，建于1933年，桥头建在人工岛上，整个岛屿是一处停车场。凡是要到威尼斯城里的人，都要在这个停车场上存车，换乘船只经大运河而至目的地。这个桥头停车场堪称是威尼斯的“中枢”，因为在旅游旺季，它可起到对进入市区人流数量的调节作用。城区连接水域的著名桥梁还有里尔亚托桥和叹息桥。跨越大运河的里亚尔托桥是这座城市中最大的桥梁。桥为凸起的单孔大理石建筑，长48米，宽22米，顶高为7.5米，始建于1588年，竣工于1591年。它的建筑设计师是安东尼奥·达彭特。平静的大运河从桥下流过，桥上两厢为旅游纪念品专卖街。站在桥上的大理石栏杆后面俯视，运河上熙来攘往的各种船只尽收眼底，运河与建筑群交辉，远处的楼馆殿堂恰似在水面浮动，使游人感到威尼斯美不虚传。叹息桥是督纪宫和古监狱之间的一座跨河的桥。古代督纪提审时犯人要经桥而过，桥上有桥屋，屋的两壁开着若干个窗口，犯人可以凭着这窗口看上一眼海面和城区。见景生情，犯人往往会发出忏悔的长叹，故此桥得名为叹息桥。据威尼斯友人介绍，桥头牢房全部用大块石头砌成，阴暗潮湿，最底层浸于水里，蛇鼠生害，蚊虫叮咬，疫病传播，有多少犯人没能走过叹息桥就魂归西天了。

水城威尼斯

威尼斯水城的中心是圣马可广场。广场上有世界著名的督纪宫、图书馆、圣马可教堂和高达 98.6 米的圣马可钟楼。有人说这里是建筑艺术博物馆，也有人说这里是没有语言的诗歌和凝固的立体图画。如有机会身临其境，领略其风光，就会印证这些说法并非夸张。不等游船靠近广场码头，矗立在圣马可广场入口处的两根高大圆柱就会映入游人的眼帘。在东侧的圆柱上挺立着一支展翅欲飞的青铜狮，它是威尼斯的城徽，人们习惯地称它为飞狮。西边的圆柱上雕刻着圣泰索多罗像，威尼斯人把它称为威尼斯的第一个庇护神，保佑着威尼斯城池的安澜和人民的福寿康宁。传说，这两根圆柱是从东方掠夺而来，已在这里竖立 800 多年了。两根柱子是广场的门户，但奇怪的是，进入广场熙熙攘攘的人流，都从两柱的旁边绕行，不曾见到有人从两柱中间穿过。陪同我们的友人说穿了这里的奥秘。据说，在古威尼斯时代，将被执行死刑的犯人走向断头台，要从这两根柱子中间走过。故此，今天的游人们总是绕道而行。

广场的右翼是督纪宫，又名公爵宫。这是一座将拜占庭式、歌德式和文艺复兴式熔为一炉的殿堂建筑，外观为三层、内里为四层的建筑结构，给人一种美轮美奂之感。第一层原为佣人居住，第二层是督纪办公的地方，第三层是特殊功能厅和督纪的私人住房，第四层是机要处所。设在第二层的最高法院厅，厅高 15.4 米，总面积为 1 350 平方米，是宫中最大的厅室，大厅的顶棚和四壁是几十幅著名彩画。整体建筑呈现出督纪的专横和至高无上的气氛。

毗邻督纪宫的是圣马可大教堂。它将西方建筑和东方风格融为一体，是西方最富丽的天主教堂之一。它始建于公元 832 年，遗憾的是在接近公元 1000 年时，一场起源于督纪宫的大火殃及于此，将其烧为灰烬，今天我们见到的大教堂是于 1063 年重建的。整个教堂分为六层，其特色是面阔，正面宽达 51.8 米，设有 5 座进门；内室装饰富丽堂皇，彩色镶嵌画精雕细刻，铜金相映，珠宝随处可见，光线耀眼。

广场左翼是洁白如玉的马可图书馆。这是威尼斯最美的一幢文艺复兴式建筑，出自佛罗伦萨建筑大师雅·塔蒂之手，陶立克式拱廊、长排之窗及顶端平台，突显威尼斯所固有的建筑风格。它是意大利最重要的图书馆之一，馆藏一百多万册珍贵的图书、宝贵的航海图和独特的袖珍艺术品，这里还有 15 与 16 世纪来自于荷兰的艺术珍品。

圣马可广场呈平面梯形，总面积近 11 500 平方米，被人们誉为世界上最美丽的客厅。有史以来，这里就是威尼斯政治、宗教以及传统节日的公共活动中心，也是游人必到之处。广场上鸽子成群，安然地在人流中飞来飞去，或落地觅食，或搭上人的肩头乞求食物。

威尼斯不仅建筑奇特，风光美丽，而且还是世界上著名的文化名城。绘画、雕刻、歌剧等，都可以在威尼斯找到佳品。游人乘上“贡多拉”（一种两头上翘的船），听着船夫的小调，在水面上游弋，那心情，那意境，真是美不胜收。

那不勒斯与旅游“共荣圈”

汽车驶出罗马城，沿太阳高速路一直向南行驶，只用两个小时，就可到达意大利南方最大城市——那不勒斯。

那不勒斯发源于希腊人。传说在公元前11世纪，希腊军队司令埃乌梅罗·法维罗因为海难而登上后来成为那不勒斯的这块海滩，成为第一个“吃”到那不勒斯海滩“螃蟹”的人。尔后，陆续有来自周围诸岛上的渔猎人到此开发、定居。公元前470年，库码人在他们自己创造的物品交易中心的基础上，开始建立城堡，逐渐形成了今天的那不勒斯城。

那不勒斯得名于希腊语，意为“新城”。相对于罗马古城来说，那不勒斯的确是座新城。但是，这座新城有着古老的历史，古老的市区街面又展现出一派现代新姿。历史上，它曾属希腊，还被西班牙管辖长达200多年，也曾受过拿破仑的统治，直到1870年，它才归统于意大利。今天，它所以能一年四季从不间断地吸引着来自五大洲的游客，除了它城区本身文化底蕴深厚，博物馆众多，景色独特，环境优美，气候宜人，旅游设施齐全配套外，更主要的是它的周围有庞贝古城、维苏威火山和索连托等诸岛，形成了一个那不勒斯旅游的“共荣圈”。这些得天独厚的自然景观和人文景观，像美丽的花环一样装点着那不勒斯，衬托着那不勒斯，使它不能不成为欧洲以及全世界人们都向往的地方。诗人、作家、画家、音乐家，各界名流至此，都会获得对自己事业进步的启迪和创作灵感，都会发出相遇恨晚的赞叹，都会有流连忘返的感觉。到过那不勒斯的人，大多数认为它是世界上最具魅力的城市。

那不勒斯背山面海，建筑群的依山布局，给人一种错落有致的视觉效果。碧绿的地中海松和阔叶棕榈树是城市的“肺叶”，衬映着红瓦黄墙，使这座古城焕发着五彩缤纷的英姿和童颜。海滩、城堡、广场、街道，湛蓝的水域，新鲜而又湿润的空气，欢歌笑语的人群，合成这幅异常美丽的图画，奏鸣快乐的城市音符。从北入城的车辆，沿着数十公里长的海滨大街——帕尔泰诺佩大街，可直达那不勒斯的“心脏”——市政广场。这里花坛锦簇，绿植成荫，喷泉水扬，周围的建筑造型奇特，是所有来那不勒斯人的必到之处。故此，曾有“没到市政广场就等于没到那不勒斯”之说。广场上最引人注目的是玛斯其奥·安焦伊诺城堡。这是一座始建于1279年的城堡，包括五座塔楼和一座洁白的凯旋门，得名于它的兴建者卡罗一世，当时的王室。传说，这个城堡与历史上那不勒斯的许多重大事件有关。今天的导游者还不时地可略说一二。广场的中央矗立着维多利亚·厄玛努尔二世国王的铜像。穿过造型各异的花坛区，可以到圣贾科莫大厦一饱眼福。这座建造于19世纪初叶的古老建筑，原来是波旁王朝统领的各部所在地，现在是那不勒斯市政府所在地。毗邻市政府大厦的，还有圣贾科莫教堂和具有中世纪建筑风格的圣多美尼科·玛焦雷教堂。广场上的游人，可以远观维苏威火山的雄姿，可以呼吸到从海面吹拂而来的新鲜空气，也可以聆听到荡漾在空中的由麦尔坎特剧院里传出来的音乐。

意大利那不勒斯古堡

到海滨游览，真是别有“洞天”。帕尔泰诺佩大街，一面是辽阔的海湾，一面是楼宇殿堂、公园、别墅；站在海滩边，看到湛蓝的海水汹涌，听到不绝于耳的涛声，远处眺望，桑纳扎罗湾和古老的蛋城堡依稀可见。从麦尔摘利纳大街乘缆车可登上波斯里波山丘，来到著名的波斯里波公园。在公园的观景台上，整个那不勒斯海湾的秀丽风光可尽收眼底。走下波斯里斯山丘，还可以顺路造访那不勒斯传统的民歌和音乐的发源地——埃蒂各罗塔和圣玛利亚教堂，还有维尔吉里奥公园、皮里亚特利博物馆、共和国广场……人们在漫步的同时，可听到一系列历史典故，见到一系列艺术的杰作和非凡的图景，会把人的感知带入一个童话般的世界。

站在市政广场上可以看到的维苏威火山，是世界上最著名的活火山，也是欧洲大陆上唯一的活火山。它位于那不勒斯的东南方，处于坎帕尼亚火山区域，濒临那不勒斯海湾，海拔 1 280 米，火山口周长 1 500 米左右。数千年来，它一直威胁着那不勒斯这座美丽的城池。游人可以乘缆车，也可以坐汽车到火山椎下，一览火山椎端全貌。维苏威火山给今天的那不勒斯人带来旅游业收入，火山喷发的火山灰也肥沃了周围的土地，滋养着各种农作物。但是，这些利益，都出自于火山喷发的大祸。历史记载，维苏威火山在公元 79 年、472 年、993 年、1038 年、1500 年、1631 年的 6 次高强度喷发，给这一带的人们带来了毁灭性的大灾难，摧毁了许多城镇，造成大量的人员伤亡。仅公元 79 年的大喷发，就毁灭了庞贝和厄考拉诺两座城市。1631 年的大喷发，使 4 000 多人丧生。1906 年的大喷发，使整个火山体喷出了 200 米的高度，完全改变了火山体的原始轮廓。今天游人来这里，在看到怡人的景色的同时，心里也有一种恐惧感，也是对死难者的一种凭吊。

在公元 79 年 8 月 24 日被维苏威火山毁灭的庞贝古城，在地下沉睡了 1 600 多年，直到 18 世纪中期，在人们修水渠时被发现，并于 1748 年起开始挖掘，目前古城的 3/4 再现在游人眼前，后续的发掘工作仍在进行中。据记载，庞贝城始建于公元前 5 世纪，占地 60 公顷左右，面积略小于北京的颐和园。到公元 79 年毁于维苏威火山喷发时，城中拥有 3 万居民。从现在发掘的废墟上可以看出，庞贝原是一座繁华的城市，城内有大量的宏伟建筑和私人住宅，浴场、店铺、剧场、神庙等公共设施齐全。当时由于受希腊文化和建筑技术影响甚大，因此，它的城市布局以及建筑兼有希腊和意大利的风格。古城被周长为 4.8 公里的石砌城墙环绕，古时往来的车辙深深地凹入石面。市中心的广场是当时庞贝的政治、贸易和宗教中心，广场四周有庙宇、市场等建筑。古城的本身，是一处世间罕见的天然历史和考古博物馆，游人在此不仅可以看到古庞贝人生产生活的用具，而且可以看到由于火山岩浆喷发被烧焦的各种姿态的人体残骸。一些宅院的整体形状依然可分辨，室内壁画还比较清晰，颜色基本存留了下来。到庞贝古城游览，仿佛把人带回了 1 900 年以前的上古时代。

在那不勒斯的旅游“共荣圈”中，被人们誉为天堂的是索连托。索连托是个伸向蒂雷诺海中的半岛，索连托镇坐落在那不勒斯海湾南面，与维苏威火山遥遥相望，是个人口不足2万的卫星城，从那不勒斯乘车，只用半个小时就可到达。得赐于上帝的安排，那里几乎聚集了世界上的绝伦美景，有无与伦比的小城风光，有茂密的树林，有陡峭的海岸，有清澈见底的海水，有四季怡人的气候，也有古代留下的灿烂辉煌的人类文明遗迹。到这里观海、看植物、浴阳光、吸空气，欣赏那人文与自然的融合，简直是一种不可多得的享受。索连托的美丽和幽静，过去曾吸引着无数的文人墨客来这里体验生活，启发灵感，创造出流芳千古的不朽之作；今天它仍展开它的英姿，吸引着五大洲的嘉宾游客，来这里体味大自然的馈赠。小镇已成为意大利南方的最佳旅游胜地，全镇有120多家宾馆、客栈，据统计，每年接待游人都在千万人次以上。这里是意大利文艺复兴时期著名诗人塔索的故乡。从歌德到拜伦，从托尔斯泰到高尔基，都在这里留下了脚印。受高尔基之邀，伟大导师列宁也曾在此休息过。这些不朽的名字，也给小镇平添了光辉。

在那不勒斯所辐射的旅游“共荣圈”中，还有卡布里岛、依斯基亚岛等，旅游景点多，没有充足的时间，很难做到概览无遗。意大利能成为世界著名的旅游国家，其中那不勒斯旅游“共荣圈”功不可没。

雕塑之城——罗马

罗马，已有3 000多年的历史，是世界著名的古城。到这里访古，大开眼界，也会有意想不到的收获。古街、古树、古宅院；古浴场、古剧院、古斗兽场；古教堂、古神庙、古博物馆。历史之古、城池之古、建筑之古，古得现代，古得美丽，古得和谐。置身于这座古城，仿佛来到了亚当、夏娃时的梦幻般的童话世界。与古相伴而存的是艺术，是造型，是雕刻、雕塑和绘画。透过古香古色的城郭，审视那一件件出自艺术大师之手的雕塑作品，简直是一种享受。

意大利罗马斗兽场

罗马是一座名符其实的雕塑之城。城中的雕塑作品，从数量上说，形成了世界上空前的规模；从质量上说，件件都是同一题材中无与伦比的杰作；从材基上说，石、木、玉、铜、金样样俱全；从风格上说，罗马、雅典、巴黎艺术品位兼有，东西方艺术特点兼容。漫步在大街上，置身于教堂里，徜徉在公园中，闯入眼帘的都少不了雕塑。雕塑，成了罗马城中不可或缺的装饰品。它向人们展现着智慧和力量，是古罗马人的骄傲，是现代意大利人的骄傲，也是全人类的骄傲。

罗马城中雕塑的极品是位于梵蒂冈山丘上的圣彼得大教堂。按政体区分，梵蒂冈是罗马城中之国，但因到这里旅游者不用办理任何手续，可以直入其中，因而在他们眼里，梵蒂冈与罗马是密不可分的。这座始建于 1506 年的文艺复兴时期的代表作，从整体到部落，从大殿到小堂，处处可见充满着宗教故事情节的雕刻作品。巧夺天工的大理石雕刻和铜铸，使这座连同广场在内的古建筑群成了无与伦比的艺术博物馆，堪称是世界上绝无仅有的造型艺术佳作。从独立大道进入广场，首先映入人们眼帘的是广场两侧由 288 根圆柱和 88 根方柱组成的环廊和环廊上方站立着的 140 尊姿态各异的圣人们和殉道者的雕像。向大殿走去，最抢眼的也是大殿正门柱体上站立着的 15 尊雕像。圣彼得大殿里，造型艺术的代表作是出自于文艺复兴时期艺术大师之手的大理石雕刻——圣母哀痛像、圣彼得铜像和铜铸华盖。处于进殿右侧的圣母哀痛像，是整个圣彼得大殿中最名贵的大理石雕刻作品，其作者是艺术三杰之一的米开朗琪罗。作品是描写耶稣被从十字架上卸下后，圣母将他的尸体抱起时的悲痛情景。慈爱的圣母低垂眼帘，怀中抱着已经殉道的儿子耶稣，她右手用力托着儿子的肩，左手摊开，表现出既悲痛又安然，既无可奈何又超凡的神情。整体雕件精致、细腻、逼真，耶稣的肋骨凸现，肌肉表面光滑，血管清晰可见，圣母的衣裙有飘逸下坠倾势，充分展现了人的神态和体魄之美。圣母胸前的衣带上，镌刻着作者米开朗琪罗的名字。据说，这是米氏唯一的一件署名作品。

圣彼得大殿中居于十字交叉点上的青铜华盖，是由四根螺旋形铜柱支撑的宗教祭台。它大约有四层楼房高，其前面半圆形栏杆上永远地燃着 99 盏长明灯，据说是用以照亮圣彼得的坟茔。这件华盖据说是用从万神庙卸下来的铜制品熔铸而成。圣彼得铜像位于大殿中部，他头顶光环，左臂横于胸前，手里拿一件饰物，右手向上，食指和中指并拢直立，呈现出庄严而又慈祥的神态。整座大殿中有若干个小厅，每个堂间、每个方寸都有艺术造型精品点缀，不留空白，令人叹为观止。

罗马城里雕塑多，喷泉更多。雕塑与喷泉的结合，是罗马城市建筑的一大特色。在全市 1 300 多座雕塑喷泉中，上乘之作是特雷维喷泉。这座喷泉雕琢于18世纪中叶。喷泉的主体是海洋神乘坐一辆海蚌状的马车，并由左右两尊人身鱼尾的海神所驾驭的海马来拉。喷泉以大约有四层楼房高的大理石屏排为基背，其间雕刻着具有宗教色彩的人物。由于喷泉是建在上古时期贞女引水道的终点上，故有“少女泉”之称。游客到此，许多人都背对喷泉抛出硬币，同时默默地许下一桩心愿，据说如果能投进池中，便能愿望成真。所以，又有“许愿泉”之称。另一座著名的雕塑喷泉，是位于天主圣三大阶梯下的“破船喷泉”。喷泉的整体是一座大理石雕刻船，船头和船尾从不间断地喷着水，因像一艘沉于地下的破船而得名。

意大利罗马许愿泉

在罗马，教堂、公园、街道都少不了雕塑，广场更是雕塑群聚集地。著名的纳沃纳广场，有三组大理石雕塑群，是巴洛克艺术的杰作。其中，出自于艺术大师贝尔尼尼之手的“四条河雕塑喷泉”（恒河、尼罗河、多瑙河和里约德拉普拉塔河），是广场上的精华之作。此外，还有一组海神雕塑群和“黑人”雕塑群，都是以大理石作基材雕刻而成。这三组雕塑群，整体给人们欢快、轻松之感，与广场供人漫步、纳凉的功能相和谐。

罗马城中大理石雕刻艺术惊世绝伦，散布在城间各处的铜铸艺术品也不逊色。除了有前面说到的圣彼得大殿中的青铜华盖和圣彼得神像外，还有著名的方尖塔、图拉真石柱和奥莱利奥皇帝骑马铜像等作品。矗立于圣彼得广场中央的方尖塔，是从埃及运抵，于1586年竖起的。它的精华之处是顶端，铜铸的耶稣圣体牢牢地钉在塔尖的十字架上。图拉真石柱要比方尖塔早1 400多年，是于公元113年由图拉真皇帝主持竖起的。它高40米，由23圈若干幅浮雕作表体，螺旋上升，一直到顶端。从上向下，从左向右续读浮雕，可以看到图拉真皇帝战胜西亚人的事迹。石柱的顶端原来竖立着图拉真皇帝的铜像，后来教宗西斯托五世于1587年把它更换了，现在人们看到的是圣彼得宗徒铜像。马可·奥莱利奥皇帝的骑马铜像，矗立在有罗马卫城之称的坎皮托里奥广场上。这尊以大理石为基座的铜像是广场上最引人注目的景观。可惜，今天游人能看到的是1997年置于此地的复制品，原作经过长时间的修复，现保存在卡皮托利诺博物馆中。在罗马市中心的威尼斯广场上，也有铜铸艺术品。广场的"祖国祭坛"中央，耸立着统一运动时期的国王艾迈雨根二世的骑马铜像。

罗马威尼斯广场

罗马城里的雕塑，数不胜数，随处可见，几乎是让游人眼花缭乱，不留艺术空白。

作品的精致，来自于人杰。罗马上下几千年，曾出现过不计其数的建筑、雕刻、绘画艺术大师，不同时代的杰作，在罗马城中都可以找到遗迹。这里有上古时代艺术家们的作品，有文艺复兴三杰达·芬奇、拉斐尔和米开朗琪罗的作品，有巴洛克艺术始祖贝尔尼尼的作品，也有 19 世纪新古典主义著名雕刻家卡诺瓦的作品，还有众多找不到作者的作品。这些传世瑰宝以各自特色和魅力，吸引着来自五大洲的游客，给后人以智慧和美的启迪。

罗马是古城，是永恒之城，更是一座雕塑之城。

意大利比萨斜塔

中国新闻代表团访希撷要

应希腊新闻部和雅典记者协会的邀请，中华全国新闻工作者协会派出由农民日报、解放日报、青海日报、北京电视台、西安广播电视局、四川记者协会等新闻单位的11位同志组成的中国新闻代表团，由全国记协书记处书记梁贵和同志任团长，从11月16—26日，对希腊进行了友好访问。

在访问期间，代表团先后来到国家电视台、雅典通讯社、每日报、新闻报、论谈报、自由新闻报、激进者报七家新闻单位，同希腊的新闻工作者就西方新闻制度和运行机制、国家对新闻的管理等方面进行了广泛的交流。通过访问，对希腊新闻工作的现状有了初步的了解，增进了两国记协之间的友谊。

（一）

代表团在希期间，受到了希腊新闻部、雅典记者协会和希腊新闻界同行的热烈欢迎和热情接待，在业务交流、采访等方面，希腊接待人员尽可能地提供方便，整个访问过程洋溢着友好气氛；充满着相互学习、取长补短、共同提高的良好志向；充分体现了两国新闻界必将进一步加强合作，长期友好下去的共同愿望。通过这次访问，不但密切了中国记协与希腊新闻部、雅典记协的关系，而且为让更多的希腊人了解中国的改革开放和社会进步，让更多的中国人了解希腊社会制度以及丰富的文化底蕴，奠定了基础，是一次十分友好、非常成功的访问。在出访总结会上，大家一致认为这次出访组织有方，安排得当，团员合作愉快，取得了比预期还要好的效果。

在访问期间，雅典新闻部国际司司长和雅典记协年过八旬的理事亲自到机场迎接，雅典记协一位副主席先生亲自陪同代表团对新闻单位访问，希腊新闻部与雅典记协在接待上也表现出了密切配合，衔接很好。全程陪同的希腊新闻部的赛多娜（译音）小姐，热情、周到。所有这些，都给代表团的每个成员留下了深刻的印象。

在访问期间，代表团先后接到伊拉克林州和萨洛尼卡市两个记者协会的热情洋溢的邀访信件。他们都热烈欢迎中国记协代表团到他们那里访问，并愿意在更广泛的范围同中国记协以及中国新闻工作者进行更好的交流与合作。

中国驻希腊大使馆对这次访问给予了大力支持，尽可能地为实现出访任务提供方便。杨广胜大使同代表团成员三次会面，在访问即将结束时设便宴招待代表团，并就希腊的政局以及同中国的关系等问题，给代表团介绍情况。大使馆在工作任务紧张、人手少的情况下，派出英语水平较高的祝勤同志全程陪同，与本团翻译默契合作，使代表团克服语言障碍，在短时间尽可能多地获取信息，了解希腊，圆满地完成出访交流任务，起到了重要作用。

（二）

11 月 19 日上午，希腊议长卡克拉马尼斯在议会大厦会见了代表团，同代表团团长梁贵和同志就中国改革开放的伟大成就、中希两国人民的友好往来、中国的西藏问题进行了亲切交谈。

卡克拉马尼斯议长对中国新闻工作者代表团这次访问希腊给予了很高的评价。他说："我本人非常高兴地看到中希两国记协之间的合作和接触，不断增加友好感情。我希望通过你们的访问，进一步加强两国的友好关系。"他还说："你们之间（指两国记协）的往来，也是两国政治上的加强。"

卡克拉马尼斯议长说："四个月前我访问了中国，去了西藏，感到赞叹。这次访问中国是我一生难忘的。我访问中国只是十天。访问中国十天是不够的，但对中国的政治、自然情况都有所了解。新中国成立后取得了很大发展，教育提高，这是个了不起的事情。看了上海开发区，使我们赞叹不止。"

当梁贵和团长问到议长访问中国最深刻的印象是什么时，卡克拉马尼斯议长说是使他了解了西藏。议长说："关于西藏，外国有各种评议，我看到中国中央和地方领导做了很大的努力，发展的基础打下了。中央政府、地方政府让西藏进一步发展，第三次世界大战根本不是西藏的事情，中国应起到它应有的作用。为给西藏修公路，一些人献出了生命。过去到西藏要走 6 个月，现在两天就到了，方便了经济的发展和生活。"议长还说："周围有个别第三者对中国有看法，中国处理好西藏问题，太重要了。"

议长在谈话中，对中国的发展问题也有所涉及。他说："中国一方面发展很快，但环境保护要注意。"

梁贵和团长也向卡克拉马尼斯议长简略地介绍了中国改革开放的大好形势。会见时，中国驻希腊大使杨广胜在座。

（三）

在出访总结会上，大家就希腊的新闻制度、新闻采编运作以及可借鉴的做法等畅所欲言，谈了感受。重点有五个方面的认识。

一是在资本主义国家，政府对新闻也是有管制的。希腊的国家通讯社是个股份制新闻单位，董事会设 7 位董事，其中 3 位要由政府新闻部任命，4 位由股东选举产生。政府在任命 3 位董事的同时，从中任命社长，从而实现了先管住人，用人去管新闻的政府意图。在经济方面，政府出资控股。全社 68％的事业经费来自政府的资助。同时，政府还通过一些相关法规对新闻单位实施管理，新闻部也有对新闻单位的协调和指导职能。

二是希腊非常注重新闻时效，极力追求快速反应。追求新闻性，被媒体放到第一位，在做好新闻的同时，才去追求对受众的生活服务。特别是国家电视台，每天都有大量的记者深入到社会各个角落，对新近发生的事情，争取用最短的时间即达现场采访，及时播出去。能启用现场直播的，会对全国进行现场直播。每年的 11 月 17 日，是希腊学生纪念 1973 年军政府镇压学生的日子。今年这天，以希腊工学院为主的一些高校学生仍然照例举行了示威游行。电视台跟踪事态发展，做滚动播出，几分钟前发生的事情，几分钟后就通过屏幕传给了观众。在形容希腊追求新闻时效性时，有的团员说达到了"无以复加"的程度。

三是希腊的新闻单位大多背靠财团，新闻事业的发展趋势是走集团化的道路。收视率比较高的天线电视台，其老板是世界著名的船王，投入巨资搞采编，节目全天候播出。电视台帮助企业树立了形象，企业投资电视台也收到了经济效益。希腊共产党所办的《激进者报》，也是背靠一家集团才得以正常运转。希腊伯来克集团，一共办了《新闻报》、《论谈报》等 5 份报纸，出版 14 种刊物，拥有全国第二大电视台，控股三家印刷厂，去年集团共赢利 1 400 万美元，其中新闻舆论作用功不可没。对于我国一些思想健康、舆论导向正确、经济比较困难的专业性报纸来说，能挂靠到国有大公司解决事业费问题，可能是其中的一个选择。

四是希腊的新闻单位十分注意树立新闻形象，注意传播和研究新闻事业发展史。在我们到过的《每日报》，有宽敞的展室，全面展出自己的报业发展史，墙上挂着从创业者开始的历届报社领导人挂像。有几家报社都在抢眼的地方展出自己所用过的最古老的印刷机。看到这些，使人有一种创业不易、继业也要继精神的感觉。

五是由于国情和社会制度不同，希腊新闻体制以及新闻运作中的有些东西，我们不能都学，不可照着去做。但是，希腊在新闻采编业务上，也确有值得我们认真学习的地方。比如，它虚无的新闻审查制度我们不能学；它对新闻时效性的极力追求和快速反应，就值得我们借鉴。

（四）

代表团在出访总结时，大家一致认为，全国记协应组织新闻单位加强与各国之间的业务交流与合作，特别是应尽可能多地组织新闻团组到“第二世界”国家进行友好访问，通过访问增进友谊和了解，在更广泛的领域开展合作。可以根据不同国家的特点，组织专业访问团组或采访团，比如，对希腊农业特产业的发展、旅游资源的开发与利用等进行专题采访，或许能看到更直接的东西，对推动我国特产、旅游等事业的发展，会提供比较具体的借鉴。由于开展国际交流与国内相比有其特殊性，团组出去后就进入紧张工作状态，常常是一天换一个地方，队伍过于庞大，带起来往往难度更大，不可预见因素多。因此，组织八九个人的团组，可能更适宜些。

（写于 1998 年 11 月 8 日）

走访希腊话新闻

11月中旬，北京已进入严冬。而希腊的首都雅典，仍然是街面花团锦簇，棕榈碧绿，金橘挂枝，一片秋色。我们中国新闻工作者代表团一行11人到希腊访问，重点是进行新闻业务交流，了解希腊的新闻法制和运行机制。

电视台的快速反应

希腊国家电视台是我们走访希腊的第一家新闻媒体。陪同我们的希腊新闻部的友人介绍说，希腊的电视台以股份制或私营的居多，全国有8家。国家电视台的“国家”含义，并非是标榜所有制，而是一个新闻媒体的符号。国家电视台虽然规模较大，但国家不给资金，前些年一直处于亏损状态，由于它同政府保持着一种默契的关系，近年国家对其以退税的方式给予扶助，使它赢得了收支平衡。

非常注重新闻时效，极力追求快速反应，是这家电视台的最大特点。11月17日下午3:30我们到电视台访问，3:50电视台的节目主持人提出采访团长的要求，团长稍加修饰，4:00就到直播大厅接受主持人的采访，并对全国现场直播。在短短的10分钟内，中国新闻工作者访问希腊的消息就传遍全国，并通过团长的电视演讲让广大希腊观众初步地了解了中国新闻事业的发展概况，给希腊观众留下了非常友好的印象。

希腊是个主张民主和自由的国家，街面上经常出现纪念或游行活动。对这类活动，电视台派员做跟踪滚动报道。10分钟之前街面发生的事情，10分钟后就可在电视节目中看到，此后对其势态的发展进行滚动播出，使观众通过屏幕了解事态发展的全过程。在希腊，电视台对新闻时效的追求，达到了无以比拟的程度。

由政府控股的雅典通讯社

在希腊，政府对新闻舆论的控制，是从控股到管理，再通过人去控制舆论，这也是希腊政府对雅典通讯社采取控管的手段。

雅典通讯社，是个很古老的新闻媒体。它始建于1896年，最初是私办的。创办10年后，因遇到财政危机，被政府收买。1994年改为股份制。日常经费主要靠政府资助及出版杂志和出卖通讯稿。政府在通讯社占有68%的股份。在7人董事会中，3位要由政府新闻部任命，4位由股东选举产生。政府从其任命的3位董事中选定一名任命为社长。同时，政府还通过一些相关法律法规对其实施管理，新闻部也有对新闻单位的协调和指导职能，政府每年要对资金使用状况进行审计。

这家通讯社的设备先进，与世界上一些较大通讯社联网，比如路透社、法新社、新华社等，有5个数据库，每天用英、法、希三种语言发新闻稿350篇左右、图片200幅左右。社长高兴地对我们说，自1992年以来，他们已采用新华社的稿件达5 000余件。他们的数据库中，存储着中国国家领导人的小传资料。说话间，他将计算机储存的有关江泽民主席的情况调了出来，我们即刻从屏幕上看到了江泽民同志的简略介绍和图片，使我们感到很亲切。

社长还对我们谈到他的用人观。他说他们采用编采人员的标准，首先要求懂一到两门外语，其次是会操作计算机，搞经济报道的得学过经济。至于是否学过新闻，具备什么学历，他认为并不重要。他说："只要会外语和计算机，新闻业务可在实践中学。"他说他们更看重的是实际能力。

靠觉悟支撑的《激进者报》人

《激进者报》是希腊共产党中央委员会主办的一家报纸。我们来到报社，一进门就看见电梯厅的墙上挂着马克思、恩格斯和列宁的像，给我们的直接感受就是这是一家信仰马克思主义、主张共产主义的红色报纸。

报社的社长是希腊共产党中央政治局委员，总编辑是中央委员。在亲切友好的气氛下，总编辑向我们介绍了《激进者报》的情况，并热情地回答了我们所提出的问题。他说，《激进者报》是四开的早报，每天出32～36版，星期天 48 版，最高的一天曾达 56 版，日常发行量在 1.3 万～1.5 万份，星期天发行 2.6 万～2.7 万份。全报社只有 120 人，其中有 80 人搞采编，有 40 人搞经营，有独立核算的印刷厂。

报社员工的待遇很低，他们都凭着一种信仰和觉悟工作。报社还不能自负盈亏，经费除了中央委员会给补贴一点点外，还要靠一些党员的捐助。由于经费紧张，员工待遇与其他新闻单位就没法比了。报社的非党人员按社会最低生活保障线签劳动合同。而党员员工一般是每月 20 万德拉薪金，仅相当于 740 美元，不及雅典通讯社员工薪金的一半。总编辑每月可挣 34 万德拉，相当于 1 230 美元，仅相当于雅典通讯社总编辑的 1/3。对孩子多、生活困难的党员员工，可给点补贴。员工可搞第二职业。但为了避免争夺新闻源，规定不能到其他报社中兼职。总编辑说："共产党是最廉洁的，我们为理想而工作，而不是为利益。"这番话给他们为什么能在工作条件比较差的环境下忘我地工作，做出了有力的诠释。

与希腊的其他报社相比，《激进者报》的办报宗旨和内容都有很大差别。他们主张对事务的态度要鲜明。我们去访的前一天，雅典发生工学院等一些高校学生举行的"纪念"事件。对其报道，希腊多数报纸称为骚乱，而《激进者报》却旗帜鲜明地提出反对美国支持军人专政，并出了彩报。作为纪念品，我们每人都带回了一张这天的彩报。

"创造总统"的报业集团

新闻媒体背靠经济财团，这是希腊新闻体制的一个显著特点。收视率比较高的无线电视台，它的老板是世界著名的船王，投入巨资搞新闻采编，节目全天候播出。电视台给企业树立形象，企业投资电视台，也收到了经济效益。在西方小有名气的兰伯莱克集团，是希腊最大的报业集团。它共出版《论坛报》、《雅典新闻》、《新闻报》等 6 种报纸，《经济学家》、《妇女》、《婚姻》、《旅游》、《生活》、《电脑》等 14 种刊物，拥有全国第二大电视台，还有 5 个现代化的印刷厂和 1 家全希腊最大的旅游公司。对于人们关注的热点新闻，集团各种媒体可以联合作战，统一行动，通过各自的新闻传播手段来表明态度和看法，在某种程度上，具有明显的舆论导向作用。对此，同我们座谈的资深主编斯大蒂先生不无自豪地说："我们创造总统！""在希腊，竞选者如果能得到我们的舆论支持，就能当选总统。反过来，谁要失去我们的舆论支持，那他就站不住。”

拥有 1 600 多雇员的兰伯莱克集团，是由现集团的主要股东兰伯莱克的父亲创造的，已有 78 年的历史，在希腊占有全国 23%的读者群，集团的股票已经上市。这个集团不但创造了知名的新闻业绩，而且也创造了颇丰的经营业绩。人才荟萃的新闻队伍、先进的设备和精良的材料，造就了高质量的出版物。所印的报纸不散墨、不掉色，色彩纯正。他们认为，他们所印的报纸，比《纽约时报》质量还好。1997 年，集团创造了收入 1 400 万美元的佳绩。

《论坛报》是这个集团的主要新闻媒体，读者逾 60 万人，多为文化层次较高的知识分子。它的舆论特点是以评论性、分析性、综述性和资料性的稿件见长，报道有深度，在读者中的影响大，被自封为集团的旗帜。说到报纸的观点，主编不假思索地说：“我们一贯支持一些改革的观点。”

令人敬佩的雅典记协

全希腊百分之八九十的新闻媒体都在雅典。因此，雅典记协也就成了希腊最大的新闻社团组织。作为我们访希的东道主，雅典记协会同希腊新闻部给我们非常细致地安排日程，提供了全程服务。从我们一走下飞机，就感受到了他们的接待是那么的热情、认真和周到，使我们这些异国之友“到家了”的感觉油然而生。

1998 年 4 月，应中华全国新闻工作者协会之邀，雅典记协组织了 13 人的新闻工作者访华团，对我国进行了首次友好访问。他们回国后，利用不同的体裁，选择不同的角度，发表了许多介绍中国改革开放和访华感受的稿子，在希掀起了一股“中国热”。通过新闻业务交流，也密切了两国人民的关系。希腊新闻工作者对中国的刮目相看，应该说是他们对我们回访热情接待的原因之一。

雅典记协的主要职能是开展业务交流与合作，维护新闻工作者的权利，开展对新闻的职业监督和队伍建设，统筹新闻单位员工的劳动保险。在希腊这样主张民主与自由的国家，保障新闻工作者的合法权利更显得突出。雅典记协以维护广大新闻工作者的切身利益为己任，从劳资谈判到签订合同，都直接参与。希腊新闻编采人员的工资有一个基本标准，在此基础上，再根据个人能力、从业年限和责任程度，由雇员和雇主双方在记协的监督下签订劳资合同，如双方发生纠纷，由记协出面协调或作出仲裁。11 月 17 日我们到雅典记协访问，正巧遇上记协主席和司库（相当于中国各单位的财务主管）调解国家电视台发生的劳资纠纷，直到劳资双方达成了协议，记协主席和司库才高兴地从会议室走出来接待我们。

记协主席对我们说："希腊是个民主国家，新闻是独立的，政府不干预。但是，新闻单位的雇员与雇主之间在劳资及其他待遇方面所产生矛盾，是时有发生的。这就需要记协捍卫新闻雇员的权利，进行协调和仲裁。"他还说，记协的工作做好了，大家遵守一个共同的规矩，可以在谈判桌上解决问题，避免上街游行，是对谁都有利的。雅典记协在维护新闻工作者合法权利方面有所作为，也赢得了新闻工作者的拥戴。在访问中我们看到，不管到哪家新闻单位，在班的新闻工作者都主动同陪同我们访问的记协的同志热情打招呼，看似有说不完的话，离别时都有一种难以言表的依依不舍之情。

希腊卡克拉马尼斯议长在评价两国新闻工作者的互相友好往来时说："我本人非常高兴地看到中希两国记协之间的合作和接触，不断增加友好感情。""你们记协之间的往来，也是两国政治上的加强。"

（写于 1998 年 12 月 5 日）

二、土耳其见闻

说不清的伊斯坦布尔

到土耳其的最大城市伊斯坦布尔访问，临行前感到知之甚少，说不清楚。到后，经过两三天的初识，觉得对城市的外貌及特征有个大概的了解。等到临别时，觉得还是懵懵懂懂，说不清楚。

其实，到过伊斯坦布尔的人，觉得说不清楚的不在少数。对此，有人说，这个城市“似亚洲非亚洲”，“似欧洲非欧洲”，“似阿拉伯非阿拉伯”。因为它同世界上其他特大城市相比，在政治文化、地理位置、风土人情等方面，显得太独特了。

伊斯坦布尔之大，大家共识。但究竟有多大？连土耳其人都说不清楚。因为它的城区与郊区几乎没有界线，离农村似远又近。对世界上的海滨城市，人们会说濒临某某海。而说土耳其临海，却要一口气说出几个海的名字。比如，它濒临黑海、马尔马拉海，距离爱琴海也很近。伊斯坦布尔是临近三海之城，可能是世界上独一无二。说它是亚洲城市不确切，因为它的城区大部分在欧洲；说它是欧洲城市也不确切，因为它的管辖国都在亚洲；说它是穆斯林之城不确切，因为它的居民虽然80%信奉伊斯兰教，但是它又没有那些伊斯兰国家的清规戒律；说它是阿拉伯世界之城也不确切，因为它的居民生活习惯基本是欧洲人特色。

伊斯坦布尔城中古迹，也有许多说不清楚的地方。在古罗马跑马场的西边，有一座伊市中最大的清真寺（教堂），有的人叫它为圣索菲亚教堂，有的称其为圣索菲亚清真寺。究竟是“堂”还是“寺”？当然是“堂”在前，“寺”在后。但对后人来说，流传不一的说法真是让下几代人没法说清楚。现在，虽然政府将其辟为圣索菲亚博物馆，回避了“堂”与“寺”的名称之争，但由此留给后人的疑惑并没因此而消除。

在圣索菲亚博物馆中，有一处大约近30平方米的地面用隔绳拦了起来，其地面是一幅大理石图案，一个大圆的周围围着12个颜色各异的小圆。对它的寓意，有两种说法。一说是基督给12位主教开会的地方，其中在此有一位主教背叛了基督，从此受到了“上帝”的惩罚，把他调入“天堂”上了“十字架”。另一说是，土耳其人忌讳“13”。因为公元1453年罗马帝国占领了伊斯坦布尔，而“1＋4＋5＋3”的算术合为“13”，地面上这13个大理石砌块就是用来教育伊斯坦布尔的后人，别忘了1453年的国耻日。

土耳其有自己的货币。但是，到高级商场、超市或者“巴扎”上买东西，美金同土耳其里拉同时流通，买卖双方都看不出来愿意收美金还是愿意收土耳其里拉，付什么都可以，用什么找零都行。这种市场行为的背后或许有什么无形的东西在潜移默化中起作用，可琢磨起来还是说不清楚。

陪同的朋友告诉我们，在伊斯坦布尔买汽车及住房相对比较便宜，一般花上6 000～1万美金可以买一辆土耳其产的中档小汽车，伊市平均每个家庭有1.5左右辆汽车。按这个保有量推算，全伊市至少要有500万辆轿车。伊市的街道并不宽阔，商业区、闹市区的街道更为狭窄，但塞车并不明显，行车有时到信号灯前等上那么二三十秒钟，信号一放汽车立即加速运行，给人一种要将等信号灯的时间抢回来的感觉。在如此之大的城市，在车的流量如此之大且很少见到交通民警的情况下，交通还算是畅通，原因何在？与中国的城市相比，没有自行车、三轮车横冲直撞的干扰是一方面，但还不仅仅如此。或许在于道路规划上分流较好，岔路多、分流快，车况好、超车快，也是一个方面。不像一些城市中所有的车辆都要集中到立交桥上转一圈，然后才得到分流，要想快起来都要到二、三环上转着跑，结果是“上环”困难，“下环”更困难，这也许是另一方面。在交通的“软件”上，或许还有什么秘诀？说不清楚。

在伊斯坦布尔市采访，为了对比，免不了要问到各阶层职业者的收入情况，但得到的答复往往是“说不清楚”。在伊市社会地位最高的职业，一是军人，二是记者。当我们问陪同的朋友，记者一个月可拿多少钱时，回答“说不清楚”。当我们到榛果厂采访，问到厂长一个月可收入多少时，厂长本人“说不清楚”。我们到黑树村采访，问到一般农民月收入时，村长助理仍然“说不清楚”。

走在伊斯坦布尔的大街上，看到人们的着装并没有什么节令感，五花八门，自由自在地穿，随心所欲地穿。同为穆斯林女士，在同一桌用餐或并肩走在大街上，有的蒙着头巾，多数不蒙头巾。据陪同的翻译说，并没任何人对其说三道四，穿什么、不穿什么，都是自己的事情。12 月上旬的天气，街上的女人有的穿着毛裙，也有的穿着厚厚的毛衣加外套，有的女人竟赤着脚穿着拖鞋在大街上信步；有的男士穿着厚厚的皮衣，可饭店中和大巴上的服务生却穿着白色衬衣服务。随意的衣着打扮，令人忘记处于什么季节。在伊斯坦布尔，12 月上中旬时人们应该穿什么衣服，说不清楚。

伊斯坦布尔以清真寺较多闻名遐迩。可全市究竟有多少清真寺？听到的回答却是 1 000 多座，至于多多少，谁也说不清楚。的确，大大小小的清真寺或沿街而建，或依山而建，或依院而建，绝对数真的很难说清楚。

土耳其伊斯坦布尔清真寺

在伊斯坦布尔飞往北京的飞机上，我们在思索，这座城市有这么多说不清楚的问题，说明它有其复杂性，或许还有我们没能看透的东西。当然，有些问题是可以说清楚或者大致可以说清楚的，只是对方不好说清楚或不想说清楚罢了。

欧亚农业博览会的简、精、博

“图雅普”这个名字对中国人来说是极其陌生的，但在土耳其的伊斯坦布尔，甚至土耳其全国，这家展览公司却是鼎鼎大名。2000 年 12 月 7 日，由这家公司主办的首届欧亚农业博览会，在横跨欧亚大陆的伊斯坦布尔开幕。应图雅普展览公司的邀请，我们前往参加了这次农业博览会。

在国内，举办大型展览一般都在大城市里，像北京的农展馆、国际展览中心等，而图雅普展览公司的展览场地却在远离伊斯坦布尔市区几十公里的地方，这让我们感到不解。博览会在 7 号上午 11 点正式开始，开幕式极其简单，没有什么显赫的政府官员前来捧场，几句开场白之后，大家就进去参观了。

没到土耳其之前，想象这样的农业博览会规模会很大，因为冠名“首届”，又跨欧亚，但当我们走进展厅，才发现其实这个博览会规模很小。4 500 平方米的展厅，还没有北京一个中等商场的一个楼层面积大。别看规模不大，参展产品的水平却很高。为了这次博览会，图雅普公司在国外做了大量的宣传，吸引了意大利、西班牙、以色列、埃及、希腊、美国、澳大利亚等十几个国家的参展商，他们带来了各自农业方面新的技术和产品。土耳其展出了他们先进的农业机械设备，如适合在果园使用的小型除草机，收割、脱粒、秸秆打包一体化的收割机等。

一个展台展出的西红柿品种吸引了许多参观者。参展商向大家展示的西红柿，颜色、大小、重量都一样，看起来赏心悦目，用刀切开，肉质很厚，吃起来口感也很好。这样的西红柿耐保存，方便长途运输。他们还向大家展示了一种西红柿的加工品种——西红柿干，有点酸，有点甜，味道很好。用西红柿加工成这样的食品，我们还是第一次看到，第一次品尝到。西班牙一家公司展示了他们的果蔬包装机械，1 分钟内能包装各种规格的蔬菜或水果 45 盒，很适合在超市里用。我们的超市里还是人工包装。

图雅普展览公司的计划经理是一位干练的女士，负责此次博览会的全部工作。她向我们介绍说，图雅普公司是土耳其最大、最有经验的展览公司，成立20年来，主要就是组织各种博览会，在土耳其国内，组织过包括工业、农业、纺织、机械设备、汽车等方面的博览会，还将一些博览会办到了国外。这是他们举办的农业方面的第一次博览会。

在博览会的现场，我们看到他们为中国浙江温岭一家独资企业预留的展台，不知是什么原因，当天该企业没有到。博览会上，我们还遇到来自江苏、浙江的两个代表团，和我们一样，也对如此小规模的博览会感到惊讶，但对内容还是感到满意，尤其是对以色列的节水设备。

邂 逅 黑 树 村

应土耳其图雅普公司之邀，我们到距伊斯坦布尔市区 22 公里处的欧亚农业博览会采访。上午 9 时到会场门口，门卫客气地告诉我们，开幕式安排在 11 时。余下的 2 个小时做什么？我们同陪同的艾明先生提出要去农户看一看。车开到距离伊市 33 公里处，我们邂逅了黑树村，圆了进村的梦。但遗憾的是没能入户。主人对我们的解释是，正逢土耳其的斋月，穆斯林每天只吃一顿晚餐，早晨都起得很晚。到村部，村长有事不在村里，村长助理热情地接待了我们，给我们介绍了这个村的情况。这个村共有 270 户、1 800 口人，分在两个片居住。村民生计以农业为主，辅以养鸭、鸡（火鸡）、羊等畜牧业，农民生活水平居于伊市郊区的中等，用村长助理的话说是“马马虎虎过得去”。

在土耳其，村里没有政府组织，每个村由村民直接选出村长，负责管理本村事务，为农户做一些力所能及的服务。村长每届任期 4 年，到期及时改选。他的工资由两部分组成：一是政府每月给 30 美金的补贴；二是靠给村民办理一些证件收取一定的手续费。比如，办一件结婚登记要收 80 美金，村长可按一定比例提取手续费。村长工资主要来源是这部分手续费，而不是政府的补贴。因为政府的每月 30 元的补贴，在土耳其只够吃顿饭的。陪同的朋友说：“我相信，有的村长可能不去领取政府的补贴。”

这里的村民们没有身份之分。是工人、是农民，只是一份工作，并不标明他的身份。只要拿自己的身份证，就可以在城乡之间自由流动。城里人可以到村里买地从事农业生产，村里人今天种地是农民，明天经营工厂就是老板或工人，如果去伊斯坦布尔或者其他什么城市经商，又变成了商人。人们完全可以根据自己的情况去选择职业。

所谓的村部，即村长办公室，并不是由村上出资兴建的，而是由村民们自愿集资兴建的，因为村上没有任何实体，不发生任何财务收支。建筑是个上下两层小楼，大约有 140 平方米。上层作为村长的办公室及接待室，下层已被辟成了足球会员俱乐部。村里的人说，这个村年轻人踢足球的水平挺高，人人都爱好足球。村长的办公室用樟子松全木装修，与村里的自然景观匹配得很协调。村里由村民出钱雇用了一名着装的保安，负责维护本村的治安，月工资是150美金，由村民各户均摊。

村民的生活情况与其土地占有数量有很大关系。这个村的土地虽然不那么平坦，但还比较肥沃，主要农作物是玉米、小麦，辅种蔬菜或瓜果。最大的农户占有5万平方米的土地，也有占有土地仅几百平方米的小户。机械化水平较高，在村落的坡地、路旁，到处可见已被淘汰的锈迹斑斑的机器设备丢在那里。但我们听到的情况说明，这个村的农业经营并不集约，基本停留在种地在人、收成在天的生产水平。

村子的建设布局似乎没有什么统一规划，房舍各自为政地散落在村路两旁的坡地上，显得无规则，可能也是一种无拘无束的自然组合。但清真寺和学校俱全，穆斯林不出村可做礼拜，孩子们不出村即可读书。清真寺院落的公共厕所里，显得格外干净和整洁，内设抽水马桶，且可闻到一股由清新剂散发出的清香。据此我们推想，村舍的内装修一定不错。

土耳其没有计划生育政策，一般每户都有两三个小孩，乡村人口的剧增，也给经济与社会的发展带来了一些值得研究的情况和问题。村民们种玉米，却不吃玉米。当我们问到玉米卖给买主都做什么用时，村长助理说不知道。看来，这个村的人还比较封闭，见识不多。

汽车离开村子，我们看到公路两旁的坡地上牧者赶着鸭群、羊群，三三两两的狗在追逐、嬉戏着。

黑海岸的榛果与加工厂

黑海、马尔马拉海、爱琴海的温湿气候，造就了榛子生长的独特环境。土耳其的榛子不但在产量上是世界排名第一位，而且在质量上也是上乘。其榛果加工厂的机器设备及文明生产都堪称世界一流。榛子及榛产业已经成为土耳其的重要产业。

据土耳其的朋友介绍，在公元前300年时，榛树就在土耳其北部的黑海沿岸繁衍。当时，榛树还不是人工种植的，而是野生在海岸边的山坡上，沿海从东向西绵延几百公里。据统计，现在土耳其榛树的栽植面积约为60万公顷，有800万土耳其人以榛子的生长、加工、销售为生，约占全国总人口的10%。在过去的10年，土耳其年均生产榛子约为带皮45万吨，去皮22.5万吨，约占世界榛子总产量的70%。

《国际水果世界》统计附录记载，目前干果生产贸易的五大品种是落花生、榛子、胡桃、杏仁和阿月浑子。就其数量而言，榛子仅次于落花生，居第二位。美国加利福尼亚州的一项长期研究表明，干果给人体的营养最重要的是亚油酸，一种双重不饱和脂肪酸。而榛子中亚油酸的含量是5.81%，还富含各种维生素及微量元素。也有报告论证，亚油酸对心脏病、癌症和血管疾病的预防和治疗，具有积极作用。土耳其科学家的一项关于榛子与糖尿病的研究结果表明，榛子所含的不饱和油脂脂肪，不影响糖的新陈代谢，且有助于脂肪参数的改善。此报告认为，可以把榛子推荐给患糖尿病的人食用。在土耳其，也有外科医生推荐用磨碎、烘干的榛子种子治疗一般性伤风和顽固性咳嗽；也有用榛子种子与熊脂混合治疗秃病的记载。由于人们特别是欧洲人对榛子保健作用的认识日渐深入，近几年榛子的消费量呈上升趋势。

土耳其已有600多年出口榛子的历史，榛子的外汇收入继棉花、无籽葡萄之后居第三位，其出口量占世界贸易总量的80%。据土耳其国家外贸署的统计，1997年全国榛子及其加工品共出口20.3万吨，收汇9.25亿美元，创下榛子及其加工品出口的最高纪录。主要出口对象是德国、意大利、法国、瑞士、荷兰等75个国家。其中，德国占41.85%，意大利占10.54%，法国占8.08%。有土耳其人认为，亚洲及中东地区正在成长为土耳其榛果的潜在市场，前景广阔。土耳其作为榛子及其加工品的生产出口大国，对世界榛果市场价格的形成起着决定性作用。

从20世纪70年代中后期开始，土耳其的榛子由原果出口转向加工品出口，兴建了一批各具特色的榛果加工厂。现在，烤榛子、漂白榛子、切片榛子、榛子细粉、榛子糊及榛子糖都成了出口产品。加工果仁的市场份额大约占30%，近几年仍在组建榛果加工的合资企业，预计到2003年时，土耳其榛子加工品的份额可能增至50%。

到距伊斯坦布尔市区18公里处的鲍尔斯榛果加工厂参观，给我们耳目一新的感觉。这座现代化工厂始建于1994年，由6位合作者共出资2 500万美金，采用意大利等国的进口设备。生产规模是日用原榛22吨，共有15个榛果品种。1997年，工厂600人共创造加工产值1.2亿美金，产品80%出国，内销仅占13%。鲍尔斯厂的厂长向我们介绍，他们所用的原榛，有的是从外贸公司进货，有的是向农户直接收购。为了保护黑海沿岸榛农的利益，土耳其对榛子实行政府保护价，其政府定价往往要比市场价高出20%。但遗憾的是，榛农仍然愿意把榛子卖给榛果加工厂。因为榛果加工厂可上门收购，且当时兑付现金，而政府收购则需要榛农把产品运到收购公司，且往往要等三个月以后才能拿到货款。厂长还说，在土耳其，榛农的土地都是私有的，最少的农户占有5 000平方米的土地，多的可达5万平方米甚至10万平方米。每1万平方米可产榛子80～300千克。土地可以自由买卖，质量较差的，1万平方米土地可卖1.5万美金；质量较好的，1万平方米土地可卖10万美金。

鲍尔斯工厂的设备是一流的，质量管理及文明生产也是一流的。我们到了质量检验室，看到每隔半小时就要对生产线上的产品取样做一次质检，且有详细的指标检验记录，一遇不合格，会立即进行调整。用生产者的话说，“不让一粒不合格的榛果进入消费领域”。整个工厂机械化程度高，流水线上工人三班倒，生产过程实行计算机程控，车间很少能见到工人。所有设备表面涂漆光亮，黄蓝相间，地面整洁，没有弃物。厂长介绍，生产规模和设备情况与这座工厂相似的，在土耳其还有10家。这11家企业，承担了全国80%的榛果加工量。

工厂用工制度灵活，工人可随来随走，收入根据工种及工人技能拉开档次。工人最低的月收入为 300 美金，有的可达到 1 000 美金。厂长的收入说不清楚，大概不会低于月收入 5 000 美金吧。

这个工厂的产品目前还没有出口到中国。他们说，要积极寻求同中国的合作，争取进入中国市场。

爱琴海边的柑橘园

伊兹密尔市位于土耳其的西南部，紧靠爱琴海，整个城市环绕爱琴海湾而建，是土耳其的三大城市之一。

“伊兹密尔”这个名字，并不来源于土耳其语，而来自欧洲，意思为“公主”。和伊斯坦布尔的拥挤喧嚣相比，伊兹密尔犹如一个美丽恬静的公主，而爱琴海的一湾碧波，更为她平添了许多娇柔和妩媚。乘船行驶在爱琴海湾里，凭栏临风，看海鸥上下翻飞，追风戏浪，真有“心旷神怡，宠辱偕忘”之感。

驱车沿爱琴海湾缓缓行驶，一阵橘香扑面而来，原来不知不觉中，已到了一片柑橘园附近。正是柑橘缀满枝头的时节，绿色葱茏之中，金黄色的柑橘在阳光的照射下，煞是喜人。路边，有橘农摆下小摊，向过往的行人推销橘子。我们走过去与之攀谈，并走进他的柑橘园。这位橘农名叫热玛扎尼，31 岁，一家三口人，受雇于伊斯坦布尔的一个老板，管理着 5 000 平方米、350 多棵橘树。好的年景能收橘子 15 吨左右，一般年景 8 吨左右。热玛扎尼告诉我们，今年的收成一般，价格也不是很理想。我们按他说的价格换算成人民币，每千克的价格相当于人民币 3 元多。

热玛扎尼不是伊兹密尔人，而是来自伊兹密尔北部的一个小城，那里的工业不太发达。他曾在一个面包坊做工，烤面包，活挺累，收入却不多。后来去当兵服兵役。当兵回来，就来到伊兹密尔，承包了这片果园。老板在伊斯坦布尔很有钱，并不看重柑橘园的利润，看重的是这块地皮紧挨着爱琴海湾，升值的空间自然不小。老板每个月给热玛扎尼 7 500 万里拉的工资，相当于人民币 900 多元。老板每年根据市场情况给柑橘定一个价钱，这部分的收入归老板，如果高于老板定的价格卖出，多出的收入就归热玛扎尼了。热玛扎尼说，每一年和老板商定价格时，他都会在老板所定的价格基础上再往上浮动一点，也就是说给老板多交一点。因为不这样，就有可能保不住自己的饭碗。和老板的合同是一年一签的，如果做得不好，老板就会在下一年解雇他，换别人。

由于老板并不看重柑橘园的利润，对果园的投入以及管理就稍显粗放。350 多棵果树，每年投入也就 250 美元左右。果树的管理，包括技术和病虫害的防治，都由热玛扎尼一个人来干。在果园里我们看到，树下的杂草长得很茂密，掉在地上的橘子也没有及时清理走。看来，热玛扎尼的生产积极性还是没有被充分调动起来。如果也像我们中国那样，承包合同三十年不变，这里或许是另一番景象。

三、韩国风情

友谊之邦　礼仪之邦

金秋，是东亚地区收获的季节。我们一行 12 人作为中国新闻工作者的友好使者，应韩国记者协会的邀请，到与我国一衣带水的韩国访问。所到之处，受到了韩国官员、各界友好人士、新闻业同行的热烈欢迎，热情接待。在参观座谈以及席间，我们真切地感受到作为中国友谊之邦的韩国的厚意，也领略到作为礼仪之邦的韩国的风情。

从北京首都机场起飞，仅用一小时二十分钟就到了韩国仁川国际机场，空中飞行距离比北京到长春还短。临行前，国内朋友告诉我们，在韩国，新闻记者普遍受社会尊重，其社会地位居各行业之首。因此，我们在韩期间所受到的礼遇和款待，可能与新闻工作者在韩国人心中的地位有关。我们一行刚刚走出机舱的廊桥，就碰上了受韩国记协委托在过道上接我们的机场工作人员，我和代表团副团长过海关时也享受到了外交通道过关的待遇。在韩期间，我们先后在汉城、济州岛、庆州、清州、蔚山、果川等地访问，还参观了现代汽车基地、现代重工业集团和三星电子总部。整整十天的紧张行程，韩国记协负责陪同的朋友掌握得十分准确，几乎全是按照预先计划，没有改动。

韩国朋友十分讲究礼仪。每逢宴会，都有主持，并且主陪都要致祝酒

韩国庆州风光

词。这样的气氛，就使得作为宾客的我们也必须致答谢词，给韩国朋友回敬一杯以示谢意。宴会基本都有事先准备好的固定座席，能够随意而坐的时候不多。出席韩国朋友的宴会要过三关：盘腿坐炕关、吃辣关和喝“炸弹酒”。越是高级的宴会，越是得上炕盘腿而坐。两个多小时的推杯换盏，两条腿盘得非常难受，但客随主便的礼仪习惯告诉我们，只能是坚持、坚持、再坚持。我曾私下问过翻译：“我可以伸一下腿吗?”得到的回答是“不可以”。翻译解释说：“你想你一伸腿，如果要碰到对方的腿脚，那是很不礼貌的。”从中不难看出，韩国礼仪的无可变通。

韩国最有名的菜肴是泡菜。用各种蔬菜腌制而成的上等泡菜，五颜六色，非常好看，但几乎全有辣椒，而且辣得很够劲。即使是金大中总统的首席新闻秘书宴请我们，也是以泡菜为主菜。十天的行程下来，把韩国泡菜看成类似中国的榨菜，只是日常调味品，上不了大雅之堂的想法荡然无存。

韩国朋友喜欢喝酒，酒的度数不高，可喝法奇特，他们称为喝“炸弹酒”。把白酒杯斟满威士忌放到大杯里，然后用啤酒将大杯斟满，形成西方洋酒与啤酒混合的鸡尾酒，宾主碰杯一饮而尽，喝毕还要手摇摇酒杯，听到小杯在大杯中那清脆的碰击声，以示喝得干净、心诚。每喝到高潮，就出现了喝“交杯”酒场面，偶尔也有服务员来给客人敬酒，一般客人不好推托，只好一饮而尽。在清州的晚宴上恰巧碰到来自中国黑龙江省的服务员，一国同胞总有点照应，采取了比较宽松的敬酒政策，亲切感油然而生。

韩国朋友对待每一个接待环节都十分郑重，让宾客在小事中看到外交礼仪，体会到热情。在正式的会见、会议场合，台面上都摆着两国国旗；在我们所住的饭店门前，也都挂着国旗；参观访问所到之处，还要打出“热烈欢迎中国新闻工作者代表团”的横幅；就是在我们代步的旅行车风挡玻璃上，也贴着“中国新闻工作者代表团”的标识，想必是让韩国人提供方便吧。

韩国人的礼仪不仅表现在语言上，而且表现在着装上。正式会面、会谈及晚宴，都要着正装，从不凑合失礼。据朋友介绍，具有民族特色的韩服现在已经退出了人们的日常生活，只是在农俗日（春节）晚辈见长辈时才偶尔穿一穿。对于新生代的韩国人来说，韩服已经变成了只有舞台上才能见到的戏装。

从清州去水原的路上，大家谈起对韩国的印象。有人说，印象最深的是韩国的厕所。无论是在汉城、釜山、庆州这样的大城市，还是分布在城郊的旅游景点，只要想方便，随时都可以找到厕所，而且不管什么地方的厕所，都是抽水马桶、洗手液、卫生纸、干手机一应俱全，没有那种凑合和简陋之感。只因如此，韩国所有的厕所都叫化妆室。尽管这个名字很“前卫”，档次很高，但留给我们的印象却是名副其实。

我们离开韩国的前一天中午，金大中总统的首席新闻秘书在汉城的一家有名的饭店宴请我们。席间，首席新闻秘书说，中国的经济发展很快，改革开放很成功；江泽民、李鹏、朱镕基等中国领导人都曾访问韩国，中韩两国在一些问题上看法一致，应该不断增进友谊。我们也表示，中韩两国经济有很大互补性，应该在更广泛的领域开展交流和合作，我们新闻工作者愿为两国的经济合作牵线搭桥，为两国人民世代友好下去创造良好的舆论氛围，贡献力量。

（发表于2001年10月17日《农民日报》）

走马观花看农业

由于多年对农业经济研究情有独钟，对韩国的访问，自然想借机多了解其农业经济情况。韩国农林部有关方面负责人在部机关热情地接待了我们，就两国农业的发展问题进行了广泛的交谈。访问农林部之后，我得出的最基本判断是：韩国农业曾经创造过快速发展的辉煌；其现在遇到的问题与中国农业遇到的问题极其相似。

韩国地处东北亚，首都汉城大致同中国的威海处在同一纬度线上，最南端的济州岛大致同中国江苏盐城处在同一纬度线上。土质肥沃，气候温和，雨热同季，生态较好，具有发展农业的优势条件。农田占整个陆地面积的20%，农业人口占全国总人口的8.7%。与高速发展的工业相比，农业的增长显得逊色，农业对国内生产总值的贡献率已经由1970年的26.6%下降到目前的5.5%左右。但韩国解决了大米的自给，绝大多数农产品有剩余的事实说明，农业满足了4 600万人口日益增长的食品需求，支撑了比较发达的工业化进程。

韩国中央政府设置农林部，负有政策制定、产业开发、情况综合、对外交流与合作、科研与推广等职能。编制为480人左右，大体同中国的农业部相差无几。同中国农业部不同的是，农林两大产业的管理职能合为一体；部址不像中国一样驻在首都，而是驻在京畿道的果川市。农林部农业政策课课长裴先生认为，韩中两国有着密切的友好关系，农业在诸多方面有相似之处，应在更广泛的领域进行交流和合作。特别是中国即将加入WTO，两国的农产品贸易格局将不可避免地发生变化，应共同研究开拓市场，促进发展。

韩国的耕地是私有的，农户户均占有耕地1.4公顷。耕地的2/3用于生产大米。耕地的所有权可以买卖和继承，继承的要按土地等级及政府指导价格交纳遗产税。对土地资源，实行严格的法律管制，并制定了比较完善的土地利用规划，任何土地未经规划不得开发，使用土地必须按照规定的用途，未经规划盲目开发及违反规划规定用途的，要受到行政、经济和刑罚等多种方式的制裁。由于人口密度大，后备耕地资源少，政府特别注意保护农耕地。其保护立法有《农地法》《农地保护利用法》《农地扩大开发促进法》《土地区划整理法》等十几个法律法规。农地转用的审批权集中在中央主管部门。为了阻止土地投机行为，政府制定了诸如地价公平制度、土地交易规制制度、土地租税制度以及土地登记制度等各种法规，用于规范土地经营行为，强化政府对土地以及耕地资源的管理。

韩国农业结构也在调整中。1997 年农产品总收入构成中，种植业占 76.4%，畜牧业占 23.6%。种植业总收入的构成，大米占 70%，水果蔬菜大约占 30%。目前，水果生产占用耕地面积大约在 9%，产值大约占 11%；蔬菜生产占用耕地面积 19%，产值大约占 22%。人参和芝麻的种植面积虽然不大，但所创产值较高。开放市场后，已经取消了小麦和黄豆的种植，因为到国际市场上买，比本国生产划算。随着大米连年丰收和人均消费量的下降，种植业比重仍将呈下降趋势。与此同时，畜牧业发展较快。1970—1998 年间，全国猪的饲养量由 112.6 万头增加到 754.4 万头，增加 5.7 倍；鸡的饲养量由 2 363.3 万只增加到 8 587.4 万只，增加 2.6 倍。养猪业的专业化程度较高，养鸡主要以小规模的家庭农场为主。

韩国是农产品进出口的逆差国家。农林部的负责人介绍，上年农产品出口 17 亿美元，进口 80 亿美元。出口产品主要是猪肉、泡菜和人参等，出口对象主要是日本和俄罗斯。猪肉的出口一度中断，从当年开始恢复。进口产品主要是小麦、玉米和大米，近两年进口加工食品呈现增加趋势。韩国大米生产过剩，有库存，是唯一一项没有对国际市场放开的农产品，但为调节外贸的需要，每年从中国进口少量的东北大米。进口中国大米，是通过招标确定的。同中国竞标的有美、澳等国，但由于它们的报价高，处于劣势。从中国进口大米，海港到岸价为 450 美元/吨，而美、澳等国则需 550 美元/吨左右，韩国国产大米成本大约在 150 美元/吨。进口的食品成品主要包括糖类、烟草、酒、咖啡和可可，最大的供应商是美国，占韩国进口食品成品总额的 1/3。为了适应乌拉圭回合谈判的要求，最大限度地利用有利条款支持发展本国农业，韩国制定了一些支持性策略，包括贸易金融服务、设立以出口农产品为目的的采购基金、为进出口企业发布信息、资助成品食品生产的技术装备等。

韩国农民平均收入大约为 5 000 美金，是城市人均收入的 80%。收入分配由农耕收入与非农收入两项构成，前者占 53%，后者占 47%。在农耕收入中，大米生产所得占 50%以上。非农收入有两种情况：一种情况是除农业以外的产业收入，另一种情况是转移所得，其中包括城里亲属的赠予和资助。

受亚洲金融危机和农产品过剩的影响，农民收入增加很困难。为了不降低农民的生活水平，政府采取了对农业的支持政策，主要有三个方面：一是建立直接支付制度。针对乌拉圭回合谈判对缔约国价格支持的否定，为了弥补因农产品降价所造成的减收，从 2000 年开始，对水稻的种植成本采用直接支付，每公顷由政府补贴 150～200 美元。由于农户觉得不解渴，政府现在正酝酿 2002 年提高成本直接支付标准。二是资助对农作物实行灾害保险。由于韩国三面临海，每年都有台风，一旦遭袭击，农户将有破产的危险。为了增强农户的抗灾能力，政府出台了补助投保制度，目前主要在梨、苹果等水果生产上，农户自愿投保的，由中央财政补助 50%的保费，即每公顷为 250 美元。农林部官员介绍，这项投保补助明年将扩大数额，逐步拓宽投保补助领域，正在酝酿对渔民实行海上灾害保险制度。三是政府资助农户建设生产经营的信息化设施，主要是进行因特网建设和计算机应用普及。目前韩国农户的计算机普及率达 30%，是世界上农户拥有计算机比例比较高的国家之一，预计到 2005 年达到 50%以上。

韩国济州岛风光

进入新世纪，韩国农业基本摆脱了金融危机的影响，但有三个突出的问题有待进一步研究解决。一是农产品特别是大米生产严重过剩。今年又是大丰收，剩余大米的库存已连续四年增加，大米价格仍呈下降趋势，结构调整一时难以见效，严重地影响农民的积极性。二是随着国家城市化程度的提高，高学历者和大批青年涌向城市，农村人口老龄化的问题愈发突出，30%的务农劳动力在60岁以上。三是食品安全问题摆上议事日程。韩国正在加大畜禽疫病的防治投入，严格海关检疫检验，防止畜禽及水果蔬菜的传染病传入。同时对转基因食品进行规制管理，对进口的豆类、玉米要求有分辨的标识。

借"入关"之机创造经济奇迹

韩国曾经是世界上贫穷的农业国家。从1962年开始实行第一个经济发展五年计划，第一个五年计划结束后，顺利加入关贸总协定（GATT），在开放市场中迎接挑战，经过近40年的努力，终于功成名就，创造了"汉江经济"奇迹。从1962年第一个五年计划的实施到1997年亚洲金融危机的暴发，韩国国民总收入由23亿美元增加到4 740亿美元，人均国民收入由87美元增加到10 307美元。1998年和1999年，受亚洲金融风暴的影响，国民总收入和人均国民收入下降，到2000年开始复苏，现在已经恢复到接近金融风暴发生前的水平，经济重新回到持续稳步增长的轨道上。

韩国1967年4月加入关税与贸易总协定，其经济的快速增长，正是在入关后迎接挑战的过程中实现的。此前，由于种种原因，其经济基础不是很好，经济发展速度也不够快。入关后，韩国采取了"贸易立国"、"出口第一"的战略，刻意发展出口导向型经济，走出了一条借助GATT和WTO发展经济之路。韩国能够成为汽车大国、钢铁大国、造船大国、电子大国，能够成为拉动亚洲经济增长的重要力量，其原因是多方面的。但是，用入关促进经济发展，利用有利条款振兴产业，合理规避限制性条款，是经济发展战略取得成功的一个重要原因。

从韩国经济战略的选择上，我们不难看出，在入关前，韩国政府就已经认识到，韩国应在同世界各国的贸易往来以及不断扩大经济技术交流与合作中谋求发展。在这种思想指导下，政府提出了以"贸易立国"为标志，把韩国经济推向一个新的发展阶段的奋斗目标。这样，就把本国经济发展战略与履行关贸总协定条款结合起来。其实质是兴利除弊、主动出击的战略选择。

入关后，韩国首先按照GATT协议要求，对经济政策进行适应性调整。为顺利地实施出口导向型经济发展战略，首先从履约上入手，根据国内工商业界的承受能力，尽可能地在本国市场上让出空间，进而推动产业的振兴和产品的出口。其主要措施：一是下调关税。入关伊始，韩国首先选取国内有替代能力、成本低廉、质量可靠、在国际市场上有一定竞争力的产品，大幅

韩国汉城（现为首尔）街景

度减低关税。1967年末，其名义关税税率就下降到14%，工业品关税下降到12%。到1994年，工业制成品的平均关税已降低到6.2%，低于同期加拿大的7.3%、欧共体的6.7%，仅比美国高0.1个百分点。二是调整金融政策。与降低关税并行，相应地放松国家对外汇和金融行业的管制，对外国银行实行有限制的开放政策，使外国银行享有与本国银行同等的待遇，并对外全部开放人寿保险市场，有限制地开放广告市场，以活跃市场，引入外资，加快发展速度。三是支持发展出口导向型企业。政府为了加快经济国际化的进程，对一些能够起出口带动作用的工商业企业给予政策支持和资金资助，鼓励不断扩大市场，刺激出口创汇。

出口导向型发展战略，吸引来了大量外资，振兴了实业，增强了国际竞争力，推动了经济的高速发展。据统计，韩国在入关的前两个五年发展时期，其经济增长率1967—1971年为9.7%，1971—1976年为10.2%；其中，靠国际经济拉动的分别为4.9%和3.3%。

韩国的另一个高明之处是应用科学技术支撑出口战略的实施。在他们看来，贸易立国的根本是产品，必须创造第一流的产品，有了好的产品，才可谈贸易。为了加快科研进程，加强对科技的产业指导，入关后，韩国政府在对应方面的措施，首先是成立国家科学技术部和韩国科学研究院，并着重于引进、消化和使用外国技术。到了20世纪80年代，由于科技有了一定的储备，经济有了一定的基础，又因势利导地调整了科技支持经济的政策，转到以策划和实施本国的科研与应用推广项目为主，加大政府开发项目和私营研发项目的投资，并在培养高级研发人才上下工夫。进入90年代，韩国政府为了进一步提高国际竞争力，又对新科技支持政策进行了微调，做出三项决策：一是鼓励加强基础科学的研究，以保持科技发展的后劲；二是调整研发资源的有效分配，力争取得最佳投入效益；三是用已有科研资源参与国际科技交流与合作，在更加广泛的范围拓宽科研与技术应用领域。目前，韩国正在实行“科技创新五年计划”，主要内容是：通过发展通讯、生物工艺学和新材料领域中有前途的技术，用以提高重点领域中的技术独立；增加政府领导的研发投资，鼓励创新，求得技术上的自力更生；加强支持基础科学活动。近两年，韩国的科技研发投入一直保持在国内生产总值的2.9%左右。

1997年7月，亚洲暴发了历史上少有的金融危机，韩国是重灾区。由于主要大企业和金融机构遭遇困难，引起外国投资商的疑虑，结果出现了严重的清偿危机，使经济发展受到阻滞。对此，韩国政府采取了改组金融机构、改组大企业、精简公立机构、改造投资环境、倾注所有财力平息危机等措施，使韩国一度混乱下滑的经济局面很快得到遏制，并逐步恢复走稳。据韩国政府对外公布的数据，1997年底韩国外汇储备仅有38亿美元，到2000年1月，跃升为768亿美元。同时中央政府还归还了国际货币基金组织的全部135亿美元的应急贷款。国际货币基金组织于1999年末宣布，韩国的外汇危机已完全解除。

当时的金融危机，首先给农业部门带来重大打击，严重影响到农产品的进出口。1998年与1997年相比，尽管韩国农产品出口量增长13.8%，但由于发生金融危机后韩元大幅度贬值，导致出口额并没有随之增加，反而还下降6.7%。在这种情况下，韩国仍然坚持出口导向型战略，首先在农业上采取了四条应对措施。一是在国内粮价高于国际市场三四倍的情况下，坚持对大米进口的限量管制，立足国内自给，同时开放其他粮食市场，保持对国际市场的融合态势。二是大力发展以养猪为主的畜牧业，为饲养农户提供大量的资金支持和技术指导，促进扩大饲养规模，大幅度降低生产成本，增加出口创汇。三是扶持发展出口比重比较大的设施园艺，生产大量的名优新特产品打入国际市场。四是由政府出钱补贴，对特产业实行灾害保险，对水稻生产成本实行直接支付。此外，政府还投入资金，对农产品流通体制进行了改革。

出口导向型的经济发展战略，在消除金融危机的影响中起到了重要作用，使韩国经济很快摆脱了金融危机的阴影，仍然保持全世界较强的经济增长速度，其国内生产总值1999年增长10.7%，2000年增长仍超过9%。在资金紧张的情况下，由于采取了保重点的决策，使信息业得到长足发展。在近两年的国内生产总值的增长中，信息业占国内生产总值的15%以上。

对于中国来说，韩国借“入关”之力发展经济的经验固然值得借鉴，但还有更重要的经验，那就是调动一切积极因素，消除金融危机的经验。在某种意义上说，韩国消除金融危机的实践，丰富了经济学理论。

（发表于2001年11月14日《农民日报》）

加强交流，增进友谊，促进发展

——中国新闻代表团访韩纪实

应韩国记者协会的邀请，以农民日报社副总编辑李文学为团长的中国新闻代表团一行12人，于2001年9月13—22日访问了韩国。访问期间，中韩两国记者在济州岛举行了环境保护研讨会。

在韩国记者协会的精心安排下，代表团访问了汉城、西归浦、庆州、蔚山、清州、水原等城市，参观了现代汽车和现代重工业公司、三星电子公司、世界陶瓷博览会以及京畿道议会，并与一些地方政府行政官员和新闻界同行进行了友好交谈。访问期间，代表团不仅领略了韩国美丽的山川风光，了解了大韩民族的风土人情，而且还看到了韩国在保护生态环境上所取得的成就，感受到了韩国人民的热情好客、对中国人的友好态度及对中国未来发展的良好愿望。这次访问加深了两国记协的交流，增进了两国新闻工作者之间的友谊。

一、加强新闻界交流，促进中韩共同发展

韩国重视中国新闻代表团的来访。每到一个城市，代表团不仅受到当地记者协会的热情欢迎，而且受到当地政府高级官员的接见，双方进行了友好的交谈。所接触的韩国各界人士，不论是工商业者还是政府官员、议会议员，都希望通过两国新闻界的交流，加深两国人民的相互了解，增进两国人民的友谊。同时，也希望中国的新闻媒体关注韩国，宣传韩国。济州道政务副知事向代表团介绍了济州道政府机构的设置、济州岛的文化传统、目前的经济状况和未来的发展方向。京畿道议长李揆世、忠清北道政务副知事、西归浦市副市长、清州市副市长等地方政要，对中国代表团的到访都表示热烈欢迎并设宴款待。

在汉城，韩国国政弘报处处长朴骏莹（部长级官员）会见并宴请了中国代表团。朴骏莹在祝辞中说，中韩两国建交以来，关系迅速发展，特别是金大中总统访问中国以来，两国领导人和民间的交往更加频繁。韩国每年到中

国访问、旅游者达140万人次，中国到韩国访问、旅游者为45万人次。为了两国关系的发展，为了加强各个部门的合作，两国新闻记者的交流是必要的。他希望两国记协交往更加频繁，为两国的发展作出贡献。朴骏莹说，他曾经做过20年新闻记者，新闻的作用犹如人体的血液，而人民就是身体的各个部分。新闻媒体非常重要，以前说知识就是力量，现在可谓信息就是力量。

韩国政府官员和人民都很重视同中国的友好往来，希望两国各级政府和人民进行不同层次和多种形式的交往。他们当中很多人都到过中国，对中国经济的快速发展表示钦佩。代表团员都深切感觉到，在韩访问期间所接触到的韩国各界人士对中国人的感情是真诚的，中韩两国新闻界同仁通过访问所结下的情谊是深厚的。

二、担当新闻记者的职业责任，积极推动环保运动

访问期间，中韩两国记者在美丽的济州岛举行了环境保护研讨会。在会上，中国新闻代表团团长李文学作了《中国农业生态环境建设与可持续发展》的主题报告，中国环境报社记者陈廷榔作了题为《中国的环境现状与环

中韩两国记者在济州岛举行了环境保护研讨会

保行动》的发言；韩国记者协会环境特委委员长卢永大作了《韩中环保合作的时代要求及悬案问题》的主题演讲。韩国记者协会会长及各道分会会长等参加了研讨会。韩国记者协会在因特网上现场直播了这场研讨会。在研讨会上，两国记者就有关问题如在内蒙古种树等进行了热烈的研讨。代表团团长李文学回答了韩国记者的提问，向他们介绍了中国生态环境状况和西部大开发中有关生态保护的政策措施。

李文学团长在主题报告中，首先介绍了中国生态环境的现状，用事实说明最近几年政府已经重视生态环境、组织动员全民保护生态、改善环境的进展情况。同时，也介绍了中国新闻界在保护生态、改善环境一系列活动中的舆论作为。李文学在报告中说："在新的历史时期，中国政府已经把保护和建立良好的生态环境作为基本国策，并表示要长期坚持下去。"各级政府正在强化保护生态环境与社会同步规划、同步实施、同步发展的战略思想，纠正"先发展、后治理"，"边发展、边治理"的错误观念，明确中央和地方各级政府保护环境、建设秀美山川的责任，争取用15年时间，基本遏制生态环境恶化的趋势；在此基础上，再用15年时间，使生态环境状况有个明显改观；到21世纪中叶，在全国建立起适应国民经济和社会可持续发展的良性生态环境，大部分地区做到山川秀美，江河清澈，人与自然的和谐。对于韩国记协同行所提出的春季风沙源问题、粮食安全问题，一一做了客观的回答。

卢永大在演讲中说，所有的环境问题应该在全球范围内寻找解决之道。中韩两国是"环境共同体"，两国面对风沙侵袭、黄海污染等共同的环境问题。除此之外，在共同保护各种候鸟、防止韩国老虎（东北虎）灭绝、保护自然生态等问题上，也需要进行密切合作。中韩两国记者要把环境问题视为现阶段新闻关注的重点，让国民知道环境问题的现实严峻性和唤起民众保护生态环境的紧迫性，为此，两国记者要做催化剂的工作。此外，为了说服盲目开发经济的人，还需要培养专家型的记者。

卢永大说，韩国记者协会于1993年组织环境特委，并设立了自然保护实施机构"濒临绝种生物复原本部"，展开法定保护植物的自生地复原事业。除此之外，还广泛开展了"自生植物普及事业"，宣传韩国自生植物资源的价值，引起了社会的极大反响。中韩两国记者必须扮演推动"知识环境运动"的重要角色，来解决比战争还要可怕的全球环境问题。

最后，卢永大倡议，中韩两国在"环境共同体"的共识之下，两国记者协会应该在如下的有益事业上进行合作：一是共同展开对濒临灭绝植物的保护运动；二是保护黑头鸥的栖息地，保护候鸟的繁殖与越冬地；三是保护野生老虎、珍贵海洋生物及鹤类等；四是展开内蒙古等沙漠地带的绿化事业；五是共同阻止因乱开发导致的破坏自然现象；六是共同制作有关环境保护的节目，如自然纪录片等。

通过访问，代表团感到韩国民众的环境意识很高，大家自觉地爱惜、保护环境，街道干净整洁。整个国家从南到北生态环境优美，到处绿树葱茏。韩国在环境保护方面所取得的成就与韩国政府对环境保护的重视是密不可分的。韩国在发展经济过程中曾经走过弯路，现在韩国政府加大了环境保护的力度。对此，韩国国政弘报处处长朴骏莹介绍说，韩国在20世纪还不发达，建起了很多工厂，环境污染严重。现在，我们开始恢复环境运动，这个过程需要很多的财政投入。现在韩国人很后悔，如果20世纪70年代建设工厂时，把建厂资金的5%～10%用于建设环保设施，那么环境污染就不会像现在这么严重。现在需要投入10倍甚至20倍的资金才能解决这些环境问题。我们得到的教训是，开始发展时要投入一定的资金进行环保。现在韩国银行以很低的利率向企业贷款，帮助企业防治污染。但是政府难以控制每一个企业、每一个家庭的行为，现在出现了许多社会团体，他们向政府、企业提出建议，甚至施加压力，要求保护环境。我们希望加强社会团体的力量，来推进环境保护运动。环境没有国界，环保不是一个国家的问题，中韩两国是邻居，在环保方面进行合作是重要的。

三、制定农业政策，应对国际市场竞争

韩国记者协会还专门为中国新闻代表团安排了一次对农林部的访问。农林部农业政策课长向代表团介绍了韩国农业发展情况和应对加入WTO后的对策。

1. 韩国农业概况

韩国国土面积99 600平方公里，只相当于中国一个中等省份的面积。但韩国国土的植被覆盖很好。国土森林覆盖率达65%，农田占国土的20%；人口4 700万，其中农民400万，占总人口的8.7%。在20世纪八九十年代的国家工业化进程中，大批农村人口涌入城市就业。直到目前，农村年轻人进入城市的趋势还没有停止，预计到2010年，农业人口将下降到5%。现

在一般农业家庭的耕作规模平均为1.4公顷。尽管农业比重已经很低了，但是韩国城乡居民之间的收入仍然存有差距。据农业政策课长的介绍，韩国一个农户全年收入为1.5万美元，是城市家庭收入的80%。

农林部农业政策课长在谈到韩国农业问题时说，韩国的农业环境不是很好，土地少，地价奇高，造成大米价格很高，生产1吨大米的成本是1 500美元，所以大米的竞争力不强。韩国农民担心中国年底加入WTO后，肯定有许多农产品进入韩国，这会导致大米价格下降。根据WTO原则，韩国还要进口大米。韩国将通过招标来进口大米，主要从中国东北进口，此外还从美国、澳大利亚进口。为了提高竞争力，最近韩国政府决定从增加产量转向提高大米的品质。最近10年来，韩国每年都丰收，大米库存充足，但是韩国对大米的消费总量逐年下降，这也导致了大米价格的下跌。

2. 韩国的农业政策

韩国政府实行直接补助政策，扶植农业发展。农民如果履行了政府的规定，政府就给予一定的补助金。2001年种植水稻的农民每公顷可获得150～200美元的补助，以后还会提高补助金额。韩国从2001年开始实施农作物灾害保险制度，对从事苹果、梨生产的农民实行保险，保险费的一半由政府

韩国济州岛风光

支付。韩国目前正在实行农村信息化政策，在农村建立通讯网络，让农民在因特网上交易。目前农村电脑普及率为30%，预计到2005年可达50%，并且计划扩大对农民的信息化教育。同时，韩国政府将采取基因安全对策，加强对基因食品的管理。

随着在WTO体制下农产品市场的开放，韩国深切意识到本国农业所面临的危机，正在采取积极有效的农业政策，为农民提供更好的生产条件，调动农民从事农业生产的积极性，增强农产品的竞争力。

（2001年11月22日）

四、瑞典归来话林业

重新亲近绿色

飞机越过波罗的海，渐渐临近了斯德哥尔摩。从机窗俯瞰大地，茫茫无尽的碧绿，伸向遥远的天际。北欧王国瑞典，用它广袤无垠的森林，拥抱着中国林业代表团的使者。

瑞典斯德哥尔摩

勤劳勇敢而又富有挑战精神的瑞典人，亘古以来就与森林结下了不解之缘。森林，是瑞典人创造新的生活、发展生产和世代繁衍生息的基本条件。对于瑞典的现代文明，森林的奉献功不可没。但是，回顾这个国家的林业发展史，他们也走过弯路，经历过由破坏到培育、由乱到治的曲折。

19世纪中叶，瑞典在进行工业革命的过程中，为了满足加快发展的需要，曾一度对森林采取了掠夺式利用，使林业资源遭到严重的破坏。因为工业革命的基础是钢铁工业的发展，在当时生产力比较低下、科学技术比较落后的情况下，用林木资源去弥补原材料及燃料的不足，自然成了无奈的选择。而这样做的结果，使本来很丰富的森林资源遭到空前的洗劫，大批失去林地的工人失去了应有的生产生活资料，以伐木为生计的工人失了业，还严重地破坏了生态环境，带来了一系列的社会问题。

19世纪末，瑞典有战略眼光的政治家们面对严酷的现实，进行了深刻的反思，对毁林型发展战略提出了尖锐的批评，认为大规模砍伐林木是竭泽而渔的行为，是愧对于子孙的错误选择。在一些社会上层有识之士有理有据的游说下，政府认识到了问题的严重性，重新修订了发展战略，提出“以造增林，以管兴林，均匀采伐，永续利用”的工作指导方针，开辟了重新营造“绿色”新生活的时代，从此使林业由山穷水尽走向了柳暗花明。

陪同的朋友告诉我们，瑞典实施的跨世纪营造“绿色”工程，基本经验是造林、限伐、补贴。开展大规模的全民植树造林运动，组织工人、农民和学生上山下滩进沟壑，人人为河山填绿作贡献，这是瑞典跨世纪的举动。全国每年植树大约在6亿棵左右，人均植树72棵，这是世界上绝无仅有的。同时，实行限量采伐，保证林木的年生长量大于采伐量，增加后续林源。全国年木材采伐限量，20世纪30年代是4 500万立方米；70年代是采伐高峰期，为7 500万立方米；90年代为7 000万立方米。而目前全国林木的年生长量约在1亿立方米以上。国家对采伐迹地及时更新造林作出硬性规定，对林场主的经营行为实行有效的管理。国家对造林予以资金补助的政策，对于调动全民造林的积极性起到了重要作用。利用荒地造林，国家给50%的资助；“小老树”和疏林地的改造，国家给70%的资助；对严重病虫害的防治，国家全额负担；对私有林主的道路建设，国家给56%的资助；对人少地广、自然条件差、技术更新困难的地区，实行林业特殊补贴。经过大约30年持之以恒的努力，一举扭转了林木年生长量小于采伐量的局面。现在，木材蓄积量是一个世纪前的两倍，为加快发展森林工业奠定了雄厚的物质基础。瑞典已经建立起了能够兼顾生产与生态的可持续发展的良性循环的产业体系。

瑞典国家工商部国务秘书自豪地告诉我们，现在全国森林总面积已达 2 360 万公顷；森林覆盖率为 58%，比世界平均水平高出 27 个百分点；人均占有森林 3 公顷，是世界平均水平的 3 倍。置身于山皆绿、水皆清、风光秀丽的国度中，我们觉得瑞典的“森林王国”之称，真是当之无愧。

在瑞典，森林的 50%是私有；38%是共有，即归股份制形式的经营公司所有；12%是公有，即归国家、地方机构、国立学校和教堂所有。私人林场的经营规模平均为 45 公顷，最小的不足 5 公顷，超过 400 公顷的有 1 184 户。他们的收入不光来源于林地，有的还经营农田或畜牧业，有的林主家中主妇兼作护士、教师等。西波顿省副省长特奥林先生告诉我们，在瑞典，私人林主一家人要过上好日子，经营森林的面积至少得有 400 公顷以上。大部分私有林主不在自己拥有的林地上居住，而是定居于临近上班的地方。森林可以自由买卖的政策，给经营者按照效率的原则来调整经营规模开了方便之门。拥有森林在 45 公顷左右的兼业户，大多数是向工商业转移。经营规模相对集中，是私人林场的发展趋势。

大的森林公司，其森林工业资源供应不光来源于自身，而且还往往需要在小林主那里得到补充。瑞典林业的第一大公司是总部坐落在余默奥附近的阿西多曼公司。它拥有森林 340 万公顷，占全国森林总面积的 14.41%，在北部、中部和东南部三大片林区中，都有它的森林。它以发达的林产工业和比较健全的林产品系列加工体系闻名于世，有“欧洲林产工业先驱”之美誉。

“地随林权”的产权制度，是瑞典林业政策的一大特点。由于购买了森林的同时即购买了林地，使森林所有制结构保持相对稳定。这样极有利于采伐后的迹地更新，能够有效地激励林主扩大投资发展林业的积极性。

中央政府的林业管理机构是工商部下属的国家林业局（1993 年以前隶属于农业部管辖）。它的主要职责是：对部长会议负责；制定林业经营管理规划；提出决策意见和建议；监督森林法和林业政策的执行。地方管理机构是设在 22 个省的林业局（有两个林业局各负责两个省）。它接受国家林业局的业务指导，负责具体贯彻森林法和林业政策；开展森林资源调查；监督自然保护法的实施；为林场主提供咨询服务和技术与业务培训。

林场主自己的组织是瑞典林场主联合会。它下属 8 个林场主协会，共有近 9 万会员。会员总计拥有森林 570 万公顷，占私人拥有森林面积的 53%，年产木材1 500万立方米。维护成员的合法权益，协调内部关系，组织成员发展林业，为成员提供服务，是这个组织的宗旨。加入林场主协会的相当一部分林主除了拥有自己的森林或林地外，还经营锯材、造纸等林产工业和林化工业。林产工业企业还有相应的行业协会，如锯材协会、纸浆和造纸协会等。这些民间组织在贯彻执行国家的产业政策、提高技术水平、交流管理经验、建立稳定的产品流通秩序等方面，发挥了重要作用。

依法护林

完备的法律法规体系和配套政策，是瑞典林业得以兴盛发达的根本保证。

瑞典森林法规的产生，可以上溯到13世纪。当时虽然国家没有统一的森林法，但在一些林业大省的相关法规中，却加进了有关林业的内容。1903年，随着营造“绿色”新生活时代的开始，瑞典王国颁布了第一部森林法，这也是世界上最早的一部国家林业专门法典。在90多年中，瑞典先后4次修订了森林法。现行的森林法，是经议会批准从1994年1月1日开始实施的。新的森林法更加体现了“可持续发展”的思想，如“林业经营必须包括长期的、生态方面的考虑”；“任何采伐活动过后都必须重新造林”；“均匀采伐，永续利用，采伐量不得超过生长量”；“林地必须用于林业，生产木材”等规定，都是从历史延续下来并不断得到强化的条款。瑞典还有《自然保护法》，这是与林业极为相关的法律，它的根本宗旨是保持生态平衡，保护生物的多样性。该法规定：国家环保局和省级环保局有权决定建立国家公园和自然保护区，林地一旦被划为国家公园和自然保护区，国家负责支付给林场主因不能从事林业生产经营的补偿费。《自然保护法》使用了“生境保护”这个新概念。鲁利亚大学的教授给我们解释：“生境类似沼泽地和低产林地组成的网络中的节点。”其实际是指对保护生物多样性和动植物群种生存起重要作用的区域。按照法律规定，凡是对生态环境有危害的行为，包括国家的一些工程，都要有消除危害的保护措施，否则，是要受到法律惩罚的。

瑞典国家林业局的官员们认为，即便是比较完备的法律法规体系，也不可能包罗细碎的事项，也会有未及的地方。只有政策与法规的匹配，才会使全民的林业行为得到严密的规范。瑞典的林业政策，几乎是与森林法相伴而生，20世纪70年代末达到比较完备的程度。林业政策的主要内容包括：各

瑞典街景

级政府对林业的管辖，林业发展规划和森林及林地资源清查，生产目标与环境目标，政府补贴等。“对森林资源的可持续管理和满足生产目标”，是林业政策的核心。90年代初，国会意识到，当时的林业政策还是偏重于刺激林业生产，保护环境的力度不够。1992年联合国里约热内卢“世界环发”大会之后，瑞典国家林业局按照“21世纪议程”的要求，着手修订林业政策，于1993年5月经议会通过，从1994年1月1日起，实施了新的林业政策。瑞典的这一富有积极意义的行动，引起了国际社会的广泛关注。新的林业政策突出强调了环境与自然保护，提出林业活动必须以能为人类现在和将来提供足够的资源，并使环境不受到破坏为前提；以适当的方式进行森林的采伐和保护；必须用可持续的方式来管理林业和林地，以满足人类现在和未来的社会、经济、生态、文化需要。这些需要包括：木材、水资源、食品、动物饲料、动物栖息、生物多样性、药材、燃料、住宅、就业、二氧化碳吸收等。与瑞典国情相适应的林业政策，起到了支持发展生产和规范保护环境的双重作用，是很成功的。

科 技 兴 林

瑞典临近北极，冬季漫长，气候寒冷，日照不足，自然条件并不利于林木生长。是先进的科学技术，缓解了林业与自然的矛盾，推动了林业的持续、快速发展。对此，林学院院长高度概括地说：“瑞典林业发展史的实质是一部科技进步史。”

林业科研历史悠久，科研及推广经费充裕，科技工作者队伍精干，是瑞典林业科技的三大特征。早在 1902 年，瑞典就创建了国家林业研究站。近一个世纪，瑞典政府曾多次更替，林业政策也几经修改，但重视林业科技、注重投入、加强基础科学和应用科技的研究这一指导方针，却始终没有改变。国家在平衡财政预算时，对林业科研及技术推广经费予以关注，尽量予以满足。林业科研投入比较高的 1990 年和 1991 年，每年用资 4.5 亿克朗，占全社会科技总投入的 1.1%。仅农业大学的林学院，近几年每年用于科研和技术开发的经费都在 2.45 亿克朗以上。充足的经费和稳定的经费来源，使得一些尖端的科研项目都能按时完成。

林业科研与开发任务，主要由瑞典农业大学林学院和瑞典林业研究所来承担。林学院是瑞典最大的林业教学与科研机构，有 860 名教学科研人员，设有项目委员会，专门负责研究与开发项目的组织与协调。瑞典林业研究所是 1992 年由林木生产和改良两个研究所合并而成的，是由 100 多个成员单位出资建设的股份专业科研机构。这些成员单位拥有的森林面积占全国森林总面积的 75%，研究的侧重点是应用技术与开发，130 名科研人员分布在林业、生态、苗木、计算机、信息、农学、水文、植物生理和工程等十几个学科和领域。从经济和生态的角度促进林业的可持续发展，解决林业面临的新问题，是瑞典近期林业科研的主攻方向。整个社会对林业科技都比较重视，一些团体、公司或私人也建立了林业研究机构，如瑞典纤维素公司、莫道姆公司都有自己的研究机构。科研成果的不断推出，为瑞典林业的发展奠定下了雄厚的技术基础。

代表团在访瑞之前曾设问，瑞典科技兴林的基本经验是什么？经过同瑞典政府官员、林业科技与管理工作者的广泛接触和讨论，我们得到了“三个结合”的答案。一是教学与科研的紧密结合。在 1962 年之前，瑞典林业教学与科研机构也是分设的。在实践中他们发现，这种体制的弊端是研究项目与现实需要总有不小的距离，不利于人才的培养，现有的科技力量也不能全部得到发展。于是，他们选择了“教学与科研一体化”，对机构进行了调整，也改善了管理体制，从而使教学与科研有效地衔接起来。二是基础研究与应用研究相结合。从林学院研究与开发的项目目录上可以看出，不但有绿化与土壤、生态系统、环境价值等一些基础研究项目，而且也有良种繁育、病虫害防治、遥感技术应用等一些应用技术研究；不但有采伐机械、木材综合利用等一些自然科学范畴的研究，而且也有森林资源的调查方法、资源经济和林业企业管理等一些社会科学范畴的研究。瑞典林业研究所还把森林的历史价值、森林在国家经济中的地位以及世界林业等研究项目列入了未来研究的选题。三是科研与推广相结合。大多数科研人员都有自己的成果推广基地或示范点。科技人员经常深入生产第一线，同林场主座谈，了解情况，掌握成果应用的动态，密切关注生产中所出现的新问题，以实际需要来选择研究项目。林业研究所每周都要出一期科技成果通讯，每两周举行一次新成果应用学习班，每月摄制一盘科研成果录像带，及时把科研成果推向生产领域，使之转化为现实生产力。

在瑞期间的耳闻目睹，使我们深深地体会到，瑞典"森林王国"的根基是世界第一流的科技水平和技术装备水平。在良种繁育、造林技术、营林机械、木材加工、环境保护等领域，瑞典走在了世界的前列。在造林方面，良种化的程度已达50%以上。在采伐作业方面，早在1970年就实现了机械化。一部采伐机，可完成伐倒、截断、打枝、扒皮、装车等一系列作业项目，每小时可把120棵活木采伐装到运输车上。在森林资源测绘方面，广泛应用遥感技术，对树高、胸径、树间距等数字的采集，都由仪器自动完成。在木材加工方面，采用X光设备对原木进行横截面的透视，用以选定锯口，从而大幅度地提高了出材率和优秀品率。干燥技术、复合板制造技术和造纸

瑞典乡村风光

技术，均在世界上处于领先地位。林业科技的发达程度，令人叹为观止。

大自然的回馈

茂密的森林和逐年大幅度增长的林木蓄积量，为瑞典发展林产工业提供了丰富的原料，先进的林产品加工技术和设备，与其他生产要素优化组合，有力地推动着瑞典林产工业的持续、快速、健康发展。

生产锯材、纸浆、木制家具、装配式住宅等以木材为原料的林产品加工业，在瑞典的国民经济中占有举足轻重的地位。全国采伐原木总量的 45%用于锯材，25%用于生产板材，30%的加工剩余物用于造纸，木材的综合利用率已达到了 100%。

面向国际市场，采用世界一流的技术工艺和设备，生产世界一流的产品，是瑞典林产工业企业的共同追求。高质量的产品和合理的价格，使瑞典的林产工业品具有较强的竞争力，在欧洲以及整个国际市场上久盛不衰。近 10 年来，林产品的出口份额一直保持在全国出口总额的 20%以上，林产工业始终居于国内第一大出口产业的霸主地位。1993 年，林产品出口总额为 670 亿克朗，在国际上的排行仅次于加拿大、芬兰而名列第三位。林产工业已从瑞典本土扩散到整个欧洲，在丹麦、法国、德国、意大利、爱尔兰等许多国家中，都有瑞典的独资企业。

企业组织的集团化和生产的规模化、集约化，是瑞典林产工业的发展走势。企业在不断提高技术水平和改进生产工艺的同时，通过购买、入股等渠道，不断扩大生产规模，向集团化的方向靠拢。例如，锯材工业 1958 年从业企业是 6 980 户，每户年均生产能力只有 1 200 立方米；现在已减少到 2 500 户，每户年均生产能力提高到 5 000 立方米。这些企业经过几十年的发展壮大，现已形成了实力雄厚、各具特色、效益可观的具有较强竞争力的大型企业集团。仅阿西多曼、莫道姆等全国排行前四名的林产工业公司，年营业额就占到全国同行业营业总额的 85%以上。这样的大企业，已经能够运转自如地适应市场，具有雄厚的抵御经营风险的物质条件。

令世界同行们最为头痛的纸浆和造纸厂排放物污染环境的问题，在瑞典也已经初步得到了解决。欧洲最大的林产工业企业 SCA 公司，率先在世界上实现了造纸系统封闭型生产，整个生产过程消除了对环境的污染。

近一个世纪，瑞典人为发展林业投入了巨大的人力、物力、财力，进行了不懈的努力。现在看来，这种投入和努力，已经得到了丰硕的回报。瑞典人认为，这种回报是认识自然和改造自然之所得，是大自然的馈赠。

从经济效益方面看，丰富的森林资源，带动了林产工业和林化工业的发展，也拉动了机械、电子、载重汽车制造业的发展，同时为发展公路运输业提供了货源，为发展旅游、信息、咨询等行业提供了物质媒体，成为瑞典国民经济重要的增长点。发达的森林和林产工业体系，也是瑞典国民收入的重要来源，为国家工业化的建设提供了大量的原始积累，同时，也满足了人们多样性的消费需求。

从社会效益方面看，林业和林产工业的发展，创造了 21 万个就业岗位，使占全国 5%的劳动力得以稳定地就业，并能够过上好日子，大大减轻了政府解决失业问题的压力。森林所具有的多种功能，也丰富了人们的文化生活。到森林中去采集、狩猎、垂钓、旅游、度假、娱乐，被瑞典人看成是一种时尚，是调节生活节奏、恢复体力和智力，陶冶情操的好方法。政府为满足人们接近大自然的需要，建造了 23 个国家公园和 1 511 处自然保护区，全国 13.6%的森林成了人们休闲、娱乐的场所。

从生态效益方面看，森林覆盖率高，大大改善了自然生态环境，使人与自然相处得更加和谐。瑞典很少发生冰雹、洪涝和干旱等自然灾害，不受酸

瑞典城市风光

雨的困扰，森林火灾和病虫害发生率也降到了历史的最低点。浩瀚的森林，涵养了水土，净化了空气，使瑞典成为目前世界上唯一一个二氧化碳的吸收量大于排放量的国家。优美舒适的环境，造就了人们健康的体魄，瑞典人的平均寿命是78岁，是世界上人均寿命最长的国家之一。森林也为动植物群体提供了良好的栖息场所，一些濒临灭绝的动植物在这里得到了良好的保护，并不断繁衍生息。蓝天、碧海、绿林、红楼，瑞典是个令人心旷神怡的地方。

五、美国小获

好莱坞惊险的一天

好莱坞，是电影、电影工业和世界顶级演艺大腕们的竞技场，是五彩缤纷的游乐园，也是美国西部洛杉矶所辖的一座美丽的城市。凡至洛杉矶的游客，如“没到好莱坞，就等于没到美国西部”。所以，五洲宾朋，都会带上惊喜的心情，去经历那惊险之旅。

初识好莱坞

早晨在洛杉矶市区用过“豆浆加油条”的中式早餐，旅游大巴在高速路上向正北方向疾驶。车间，陪同的朋友在滔滔不绝地介绍着“好莱坞”过去的兴盛与今天的更新，我们聚精会神地倾听、提问、讨论着。突然，“注意，刹车!”导游带着“麦克”的话音，伴随着一车人的前仰后合，车戛然停下来，我们惊险地躲过了前方的四车连撞。经历惊险的几秒钟，司机娴熟地低速改道挪车，又匀速前行了。

远眺那黄土裸露的山丘上，出现了一行用钢筋水泥浇铸的巨幅英文字母，导游介绍，那就是好莱坞的英文标识。好莱坞位于洛杉矶的西北部，距洛杉矶只有 30 分钟的车程。它的兴起，是由其自然条件所决定的。大约在

19 世纪末，爱迪生发明了电影机后，美国的电影事业迅猛发展。但是，美国最早的电影中心，并不在洛杉矶，而是在东海岸的纽约州和新泽西州。由于当时是在日光下拍摄，所以，这两个东部地区既缺乏阳光，又经常阴雨连绵的城市，并不适合这个新兴产业的发展。于是，随着西部淘金热和铁路的修建，电影大亨们终于看到了这块光照充足、自然景观良好、环境优秀的热土，逐年西迁至此。到 1921 年建市时，已有华纳兄弟、环球电影制片、美高梅等影片巨贾在内的 20 多家生产厂家落户好莱坞。当年的好莱坞大道两侧，影棚、影院、剧场和影视、广播服务业星罗棋布，影视广播大亨云集，奥斯卡金奖接踵而来，一部部人间悲喜剧从这里走向世界。好莱坞成了电影圣地，电影业的摇篮，电影业的代名词。

漫步星光大道

到了好莱坞，第一步要走星光大道。这条不到 1 000 米长的好莱坞大道之所以闻名全球，因为有世界电影摇篮的名气；也因为有欧陆风情的街景；还因为两旁人行道上，一颗颗黄铜为基的五角星上，镌刻着一批批影视明星的名字：猫王、詹姆斯·狄恩、伊丽莎白·泰勒、汤姆·克鲁斯、莎朗·史东等都在其列。其中，香港的李小龙和台湾的吴宇森两位华人名列其中。据介绍，如将两旁五角星印满，大约可容下 5 000 多位，目前，只印上了 2 700 多位。随着新星的加入，也会不时对老星的位置有所调整。用中国话说，星光大道上的名位，并非一劳永逸，而是会随着时光的流逝和明星的人气状况逐年有所变化。由此可见，影视界的竞争，不但是残酷的，而且是包含着生前和死后的。

漫步在星光大道上，最抢眼的建筑是历史悠久的中国剧院。这座剧院建于 1921 年，因门面装饰为中国风格而得名。这里是好莱坞电影的首场地。在剧院的前门庭广场水泥地上，永久地镶嵌下了 200 多位著名影星、歌星及文化名流的手印或脚印。在入门的径道上，不可不看的是影视女杰玛莉莲·梦露的手印水泥方砖。这块方砖上不但梦露那纤细的手印清晰可见，而且手印的上方还镶嵌着长宽大约在一厘米左右的一块碎玻璃。知情者相传，当梦露到中国剧院门前留手印时，她看到那给其预留的显赫位置，心情格外激动，在印下了手印的一刹那，顺手将手指上的顶级钻戒摘下，深深地按在了还没来得及凝固的两手印上方中央处。遗憾的是，第二天这枚钻戒丢失，后人只能重新按上一块碎玻璃块来代替。明星按手印脚印的“专利”，相传有两个版本。有人说，在中国剧院第一次大修时，一位工人不小心赤脚踩在了待凝固的水泥方块上，留下了一双独特而又工整的脚印，这一过程，被剧院老板所见，他灵机一动，于是就成了真作。也有人说，1927 年黑人巨星诺马·塔尔梅齐在剧院维修竣工时，一不小心踩到了未干的水泥地面上，无心的意外，铸成了日后中国剧院这一千古流芳的传世之作。与众不同，明星约翰·韦恩按下了自己的拳头，而吉米·杜兰蒂却印下了自己的大鼻子。

与中国剧院比邻而居的是具有艺术设计和现代装饰气息的柯达剧院。这座剧院始建于 2000 年，总投资大约 2 700 万美元。竣工后由美国的柯达公司出资，买下了这座建筑物的冠名权。令人不解的是，这座称为剧院的标志性建筑，实际是个具有多种功能的商业楼宇，服装店、旅游纪念品商店、钟表首饰店鳞次栉比，各类商品琳琅满目。柯达剧院的门前，游荡着一些穿着时髦服饰的“赝品”明星，他们靠揽客同游人照相为生，游客只要肯掏一美元就可以得到一次合照机会。

走出好莱坞大道，远眺山丘上那高低错落、集中连片、庄重别致的山庄别墅，令人叹为观止。导游告诉我们，那就是赫赫有名的比弗利山庄。虽然有山庄的别名，但其实质是一座独立于好莱坞之外的小城市。它伴随美国电影事业的崛起，又伴随明星巨贾的名字而扬名五洲。自 20 世纪 20 年代建城以来，这里就成了影视明星的栖息之地，每一幢豪宅的价格都在数百万甚至几千万美元。相传，加利福尼亚的州长施瓦辛格曾多年居于此处；天王巨星麦当娜的豪华别墅也坐落其间；1962 年 7 月，影后玛丽莲·梦露在该山庄家中不明不白地告别了人世，由此留下了一桩千古之谜。来到好莱坞，比弗利山庄是一处不可不看的好地方。

感受环球影城

如果说好莱坞的星光大道能给人以惊喜，那么，坐落在 101 公路沿线山丘上的环球影城，却能给人以惊险。环球影城是环球电影公司利用巨大的已经废弃的摄影棚改造而成的电影娱乐中心。这座占地 26 公顷的影城，由游乐设施、外景地表演剧场、室内主题场馆三部分组成。在三维动感影院，游人可以乘上模拟的宇宙飞船，亲历那《遨游未来》的“蹂躏”。或飞上天穹，或穿越火山瀑布，或坠落悬崖，或飞向恐龙的血盆大口……无比惊险，无比刺激。游人的喊叫声、恐龙的怒吼声、星球的碰撞声、火焰的喷发声、飞船的引擎声……此起彼伏，合奏着一曲动人心魄、令人心碎的狂想曲，当飞船停下的一瞬间，人们互相对视，仿佛真的逃脱了一场人间劫难。

结束了虚拟的动感之旅，我们又去体验真实的“激流勇进”。游艇载着游客依黄金水道徐徐上升，首先使人居高临下，然后俯冲而下，在重力加速度的作用下，顷刻间使人失重，飞过引漕，近乎垂直地从高处坠落，落入一泓湖水中，掀起层层久久不散的涟漪，那一瞬间人们的发声，似是尖叫，更似歇斯底里般的呐喊。经过了“水”的考验，还没来得及晾干身上的溅水，我们又入了“火场”，揭开影片里火灾、爆炸、枪击现场制作之谜。偌大的摄影棚，根据排片的需要设计成若干个层次，或者说是若干个功能现场。一排排游人在场导的引导下，依杆而立。在大家还没来得及四顾现场的整体布局时，突然一声巨响，一颗飞来的流弹击中了油罐，引发了大爆炸，顿时眼前火海一片，耳边连爆声一片，强大的火势掀起层层热浪，强大的声音冲击波震耳欲聋，火光及爆炸声不断蔓延，且越演越烈。随之出现大面积的断梁悬壁，房屋倒塌，游人置于其间，心底甚至会生成“我们还能否出得去”的疑问。在离开这个摄影现场时，我并没听到人们的赞叹，而多见的是那一张张还仍然处于恐惧表情中的面孔。

环球影城的惊险，一环紧扣一环。刺激中带着几分新奇，惊险中让人感受恐惧，游人的紧张神经无法恢复平静。集演艺与惊奇为一体的观瞻项目，莫过于碗形剧场中的“水上表演”。表演现场的入口处及由水和构架等设施设备所组成的立体舞台，被装扮得极其破败，经战火焚烧，爆炸冲击，断桥阻路，钢梁扭曲，房屋倒塌，所有能令人想出的战斗残骸，在现场展现得淋漓尽致。为了安全起见，剧场看台的座位分为绿、蓝、白三色。绿色为孕妇及婴儿坐席，蓝色为表演时可能把客人溅得满身是水的坐席，白色为普通坐席。令人难以想象的是，这场以惊险刺激、凶杀、暴力为主题的表演，也有开场前“预热”，也追求台上台下联动的效果。正式演出之前，时不时地有小丑出场，或将水泼向蓝色的观众席，或做着一些荒诞的丑态，或来一段开场前的打斗，极尽所能地调动观众的神经。表演是在观众不经意间开始的。在“热场”小丑还没来得及撤出的情况下，看台右侧的水门嘎嘎作响地打开，两辆水上摩托风驰电掣般冲出，在急转弯的打斗中将水搅得波涛翻滚，浪花激向看台。二三十米高的钢梁构架上的“武士”开始还击，“武士”们沿着随时可能断裂的钢梯上蹿下跳，飞檐走壁，东挡西杀，枪弹击中悬空的液体罐，储存的液体顿时多孔溅出，泄入水面，又突然形成一片火海，让人领略那水火交融的壮观。一女侠格外骁勇善战，越障碍、架索道、飞身过堑，将身居三四十米制高点上的“敌人”一枪击中，观众眼看着被击者在空中挣扎着，坠落水中。在观众犹入其境，还没回过神来的情况下，只见一架飞机从舞台的高处飞出，向看台上的观众直冲过来，在观众还没来得及躲闪的一刹那，飞机戛然转换运行轨迹，垂直坠毁于水中。整台表演持续了45分钟，六男一女在各有伤亡中谢幕。如果说“战前”的舞台是一片狼藉，那么，演罢的舞台是狼藉场面中的极品，堪称全世界最破败的地方。

经历摄影棚“劫难”

在美国，游乐场所不但没有票中票，而且门票是一天有效，中途可以多次进出，只要在游人的手臂上按上一个印记，随时可以识印返回。于是我们借这样的方便，走出影城去用午餐。午后，我们乘坐影城的“小火车”，去华纳兄弟电影制片厂的旧厂区，继续我们的惊险之旅。

华纳兄弟电影制片厂建在一处山坳里。场区很大，摄影棚林立，汽车、轮船、飞机、大炮等大型演艺道具无规则地散落在道路两旁；场区内的欧洲街道、印第安人部落、名人公馆等影视景地比邻而居；古罗马、哥特式、希腊的巴特农等各式风格建筑在这里都可以找到对应的造型。场区整体视觉效果是陈旧而不破败，过时而不多余，逼真而不掩饰。来这里参观，看在其中，但更有特色的是通过声光电等现代手段和实体景观的营造，让游人亲身感受那些诸如山洪暴发、地震、飞机失事等灾难。我们乘坐的“小火车”沿着崎岖的山丘缓缓爬行，正在过桥的当口，突然间左侧山坡间电闪雷鸣，如同狂风暴雨来临，山洪暴发了！只见滚滚洪流顺着坡路直泻下来，一瞬间冲垮路旁的民房，完整的木桥经过抗争性的摇晃，顷刻间塌落下去，洪水向着我们继续俯冲下来，在离我们只有几米之遥的左侧汇入河流，强烈的冲击自然也使小河两岸的“布景”在劫难逃。山洪几分钟即逝，我们的车在平静中又前行了。

与感受“山洪”不同的是，对地震及火灾的感受，是“小火车”开进摄影棚时进行的。摄影棚里似乎安装了铁轨，车行进到中央停下，车身开始激烈地震动和颤抖，理智告诉我们大地震发生了。顷刻间高压输电线杆倾倒，重重地砸在路旁的汽车上，电火花发出刺眼的蓝光。摄影棚全部停电，只是几盏应急灯发出微弱的橙色灯光。几秒钟后，熊熊燃烧的大火照亮全棚。在又一次强烈的震颤中，汽车横移，摄影棚的承重钢梁折断，发生大面积坍塌。在震颤中再看远处，正在行进的火车拦腰凸起，后车厢发生 90°倾倒，钢轨被扭曲得像面条一样展现在不远处。余震接连出现，现场局部的倾塌仍在继续着，游车颤抖着逃出了摄影棚。在火灾现场，似乎是由火灾引起了化工厂的大爆炸，巨响、火光、流体喷射、屋梁折断声此起彼伏，厂房难逃坍塌的厄运。不同的是，这里出现了积极的救助，灭火液体或灭火粉自动喷射，几分钟控制了火势，完成了一桩真实的演艺。

“小火车”要经过“时光隧道”，让游客体验到宇宙及星球的变迁；要经过“恐龙区”，把游客带回到远古的白垩纪时代，观看恐龙之间的残杀；要经过苍茫的大海，去看鲸鱼的兴风作浪；要经过寂静的山林，听百鸟的歌唱；要经过土著人的居住区……最后，还要从飞机失事的现场旁经过，看那机身的断裂、散落在漫山遍野上的机器零件，目睹那一幕幕的人间悲剧。

好莱坞，是电影之城，也是惊奇之城、梦幻之城。

美国新闻制度初考

美国作为一个主张民主、自由、开放的资本主义大国，它的新闻管制及新闻发言人制度，必然会有与众不同的特点。但耳听为虚，眼见为实。11月30日，当即将完成对美国首都华盛顿哥伦比亚特区的考察任务时，中国驻美大使馆新闻发言人应主办方的邀请，就美国新闻发言人制度、工作特点以及同中国的比较等问题，给大家介绍情况，同时就新闻出版工作者感兴趣的一些问题进行了交流和研讨。

据介绍，美国的新闻发言人制度是与美国三权分立的政治体制相适应的，是与中国的还处于摸索阶段的新闻发言人制度有很大区别的。美国的国家新闻发言人不是隶属于哪个部门，而是作为总统的新闻发言人，是直接代表总统出面发言的，通常的称谓是白宫新闻发言人。他每周有若干场新闻发言，采访新闻发言人，都是固定的列有名单的媒体记者。值得琢磨的是，在每场新闻发布会上，第一个得到提问机会的，一般总是美联社的记者；而第二个提问的机会，往往由路透社记者获得。联邦政府的21名内阁成员，也都相应有自己的新闻发言人。不管是总统的新闻发言人还是内阁成员的新

纽约自由女神像

闻发言人，他们都地位高、授权大，可以代表总统或部长直接回答一些很尖锐的应急性问题。新闻发言人敢于回答问题，是因为他们对一些决策过程了解，有的甚至是直接参与了决策；新闻发言人善于回答问题，是因为他们有机动的授权和比较高的从业素质。

政府同新闻媒体打交道的另一个途径，是定期或不定期发布新闻公报，采取主动引导舆论的方式，将一些公民关注的问题及时公之于众。政府这样做的实质，是利用媒体帮忙，力避媒体添乱。

总统与内阁成员对新闻发言人的能力和水平要求很高，标准也比较苛刻，且有经常换将的情况。作为新闻发言人，哪句比较要害的话说得不周延，就有可能失去工作机会。美国新闻发言人的工作特点：一是反应快，讲时效，总是在第一时间发布消息。新闻发言人时刻跟踪本领域瞬息万变的信息，一有情况，立即站出来说话，并且不用请示。二是讲诚信，说实话。对事实的真相不隐瞒，对应该让公众了解的事情不掩饰。对于记者所提出的问题，如果不知道，就明确回答“这个情况我还不掌握，待会后我把了解到的情况通报给新闻界的朋友”。自作聪明，帮助掩盖事实，或者言不由衷，被新闻发言人视为不道德的职业行为。三是认真履行职责，不被物质所惑。新闻发言人都有高度的责任感，凡事不突破底线。比如，2006 年 4 月，中国国家主席胡锦涛访美，布什在白宫南草坪举行的欢迎仪式。尽管中方的外交官同美方新闻主管之间的关系很融洽，但是当中方提出希望得到所有采访记者的名单时，对方则说，这样的名单不能提供，因为这种事情没有惯例，没有办法照顾。中国驻美大使馆的新闻官员介绍，遇到这样的事情，可不是像在国内请吃饭、送礼品就可以如愿的。

美国的媒体是同政府彻底分开的。政府对媒体无法实施干涉，媒体也不可能接受政府的直接干涉；政府不会为笼络媒体而失去尊严，媒体也不会为利益而改变新闻操守。美国曾有官员说：“不是我们的体制和制度没问题，而是因为有独立的媒体监督着体制和制度，使之不断地得到完善。”还有媒体人士说：“我们存在的一个理由，是具有监督政府的职能。”

美国的媒体，将做新闻与做生意严格分开。对此有人提问：“如果一个媒体采访到了一个广告客户的负面新闻，一般会怎样处置？”回答是：“广告照用，负面报道照登”。因为广告同新闻报道本来就是两件事，媒体不可能为了钱而去误导读者。如果为了钱而隐瞒事实真相，是新闻的失职，也是极其不道德的。

美国的新闻记者在履行职责时，将情感与工作严格分开。有时即便是被访者为记者的采访开了“方便之门”，记者也会刁钻的问题照问，不管是总统，还是一般被访者，决不照顾情面。比如，在布什总统60岁生日时，许多新闻媒体都想得到采访布什的机会，他最终选择了ABC电视台。应该说，布什青睐了ABC电视台的记者。而ABC电视台的记者并不领情，照样提出了一些很尖锐的问题。如：“你每天早晨起床后，最关心的是什么问题?”“我最关心的是什么问题？我最关心的是伊拉克问题。”“是不是你对伊拉克的事情没处理好，那么多人反对，你很没面子?”“作为国家的捍卫者，我不是考虑个人的利益问题，而是把国家的事情办好。”这种行政官员与记者的博弈，使美国的官员不情愿同记者打交道，而记者千方百计接触官员，只为找新闻。

美国国会大厦

美国的社会价值取向、人们的生活方式、社会治理结构、新闻制度，改写了“记者是无冕之王”的称谓。新闻记者都特别敬业，有时为了采访到一件新闻，会事先做许多准备，甚至也有预案；有时采访了许多人，但最终能够见诸银屏或报端的，可能只是对一个人的一段采访；有时为了采访到一件重要新闻，记者要理性地跟踪，甚至是守夜；对于凶杀、爆炸、战争的采访，有时甚至还要付出生命的代价。在我们访问《洛杉矶时报》时，接待我们的美国朋友说，他有一位同事，到阿富汗战场上采访，已经长眠于阿富汗的土地上了。从他那低沉的语调中，我们理解到了他对同事的缅怀和对战争的憎恨。但是，美国记者的社会地位不高，收入也不高，基本处于中等收入阶层。一个新闻专业研究生毕业，月收入仅为 3 千～4 千美元。这样的收入水平，是很难在类似于曼哈顿这样的都市区生活下去的，因为在这样的地段，每月的房租都得 2 000 美金以上。记者不能接受被采访者或被报道者的费用赠予，也不接受政府部门或被访者的宴请，当然也就不可能像中国记者那样得到“车马费”了。有人介绍，受美国本土文化价值观的影响，国民选择职业的自我意识很强，不是别人让干什么，而是自己乐意干什么。因此，一些从业记者，不是为了挣钱，而是选择自己愿意做的那份工作。

据介绍，美国的媒体产业都是私人拥有，不论是共和党还是民主党，都没有自己的媒体。比较有影响的报纸是《纽约时报》《今日美国》《华尔街日报》《华盛顿邮报》和《洛杉矶时报》；比较有影响的期刊是《国家地理》《纽约客》和《读者文摘》；比较有影响的电视台是 NBC 电视台；比较有影

美国圣地亚哥街景

响的广播电台是哥伦比亚广播公司。发行量最大的报纸是《今日美国》，日发行200万份以上，它的出版经营策略主要是：区别不同的行政经济区域，出版不同的版本，用扩大覆盖面来争取读者。《纽约时报》和《华盛顿邮报》各具特色。有人说，《纽约时报》是办给掌管美国的人看的，《华盛顿邮报》是办给未来可能掌管国家事务的人看的，而《华尔街日报》则是办给经济人或经纪人看的。NBC电视台主办的《今晚新闻》栏目收视率最高，达到了家喻户晓、人人皆知的程度，受众对主持人服装细微的变化都看得出来。

业界人士说，与三年前相比，美国媒体更加关注中国，注意报道中国。2005年，美国人在中国的入境签证为155万人次，而同期中国人入美签证只是53万人次。美国人与中国的交流越发频繁，自然带动新闻媒体越发关注中国。但是，他们关注的领域还比较狭窄，往往着眼于政治、宗教、民族和人权问题；对经济领域即使关注，也是着眼于中国的宏观或微观经济出现了什么问题。尽管存在一些偏见，但美国看中国的新闻本质的回归，是逐渐发展的，也是不以美国政客们的意志为转移的。

（写于2006年12月5日）

零距离接触《洛杉矶时报》

美国是世界上的军事大国、经济大国，而且也是新闻大国。在这个新闻大国中，闻名遐迩的《纽约时报》和《洛杉矶时报》，分别作为美国东部和西部媒体的两巨头，代表着媒体的基本特征。中国新闻代表团访美，要看最好的、有特色的、知名的，自然不可遗漏美国西部的《洛杉矶时报》。

2006年11月22日，美国西部时间早8时30分，我们按约来到坐落在洛杉矶市第一大道与春天大道交汇处的洛杉矶时报社，在报社公关部主管（亚裔美籍人）的陪同与讲解下，零距离接触了这个具有厚重历史、辉煌业绩的逾百年老社。

20世纪30年代洛杉矶时报门前街景

（作者访问《洛杉矶时报》社翻拍于展览橱窗）

厚重的历史

据1935年7月1日的《洛杉矶时报》记载，《洛杉矶时报》创刊于1881年12月4日，至今已有125年的历史。时报是伴随美国西部淘金热而生，又伴随着大洛杉矶地区的经济与社会发展而盛。时报创刊时，洛杉矶还是个仅有1.2万人口的小镇，在美国市镇排行榜上，处在199位。而如今，洛杉矶已成为仅次于纽约市的全美第二大城市，美国西部的第一大城市，石油、矿产、化工、核电、军工等行业在全美处于举足轻重的地位，美国的第一大军港——圣地亚哥军港坐落此间，世界著名的高科技领地——硅谷，世界电影摇篮——好莱坞影城也坐落此间。美国加利福尼亚州的大发展，为《洛杉矶时报》铺就了一条成功之路。正是借着这个大势，《洛杉矶时报》从无到有，从兴到盛，从一张创刊时的4页小报成为世界报业一骄子。

《洛杉矶时报》的创始人我现在还没有查到。有明确文字记载的是，参加过美国南北战争的哈里森·格雷·奥蒂斯上校，于时报创刊翌年（1882年）加盟《洛杉矶时报》，出任时报的第一任总编辑，1886年，他成了时报的独立发行人（产权所有者）。1914年奥蒂斯将时报传给他的女婿哈里·钱德勒。以后顺辈相传，到现在时报发行人约翰·皮·普纳手里，《洛杉矶时报》至少经过了6代人的卓绝努力，走过了125年不断发展的历程。

矗立在洛杉矶市区中央，与市政厅毗邻的洛杉矶时报大楼，是在时报第二代发行人哈里·钱德勒的主持下，始建于1934年，于1935年7月1日投入使用。此前，时报已两次移址。时报的第二代办公大楼（俗称旧楼）是于时报创刊5年后的1887年投入使用的。遗憾的是，这一与新楼只相距一个街区的五层办公楼，在1900年10月1日被炸毁，并在大火中化为灰烬。相传，这一爆炸事件与报业竞争有关，是人为所致。庆幸的是，当时的发行人奥蒂斯和未来的接班人钱德勒不在现场，躲过了灾难，才有了以后的炸旧建新、“火烧旺运”的劫后重生。

时报大楼，当初在洛杉矶市鹤立鸡群，雄壮挺拔；经历了82年的风风雨雨，现在仍然是洛市区的高层建筑，超凡而不落俗。据1935年7月1日《洛杉矶时报》报道，这座大楼的设计者是英国伦敦的戈登·科夫曼。他曾为很多地方的大建筑做过设计，设计经验丰富。时报大楼的建筑被称为摩登式风格，当时创造了三个第一：是美国西部最高的楼，是第一个完全为新闻出版而建造的楼，是洛杉矶市第一个配备空调的大楼，于 1937 年在巴黎荣获金奖。大楼总造价为 300 万美元。

洛杉矶街景

独特的理念

《洛杉矶时报》不但历史悠久，报业大楼超凡脱俗，而且办报及经营理念独树一帜，给全世界的报业发展乃至新闻行业的创新，都留下了许多值得研究、总结和借鉴的非物质文化遗产。

一是新闻报道的中立理念。在美国，新闻是自由的，但并不是任何一家媒体都能做到中立。受媒体主持者自我意识及对事物总的看法影响，一些媒体在个别时段或个别事件中，会表现出报道的倾向性。而《洛杉矶时报》一直主张做真正的新闻，不被事态变化的形势所左右，保持中立，不畏强权，不欺弱者，客观公正传递信息。时报洛杉矶地区版是时报基础版块，多年来能够保持稳定的市场份额，对此，陪同的公关先生说：“因为我们有责任独立调查州政府的行政运作，对每个环节都能及时真实地报道。”他说：“对于国内事务，不论是民主党还是共和党，我们都曾支持过，也都曾反对过，一段时间对一个党派揭得多了，我们就要转变，一段时间对一个党派褒得多了，也要转变。去年在舆论上支持了施瓦辛格，今年就有可能多在舆论上支持希拉里。”对于国际事务，时报反对战争，主张和平。时报是最早提出“美国应该从越南撤军”的新闻媒体，时为 1971 年。在报道美国对阿富汗的反恐战争时，也报道了“阿富汗女人都到了很危险的地方去了”。美国同中国有分歧，“时报也很关注中国新闻，每两天报一次，也有‘三个代表’在中国的内容。”“时报关注中国新华社的稿件，但不直接采用，尽量用本报记者自己采写的中国新闻。”陪同的公关部主管还说，“我们了解到，在中国有一位油漆工，每年都由他给天安门城楼上的毛主席像涂一层漆，我们觉得是新闻，准备采访一次。但遗憾的是这个人我们一直没找到，报道也就一直没做成。”他说：“中国对西方世界非常重要。”

二是务实的人力资源理念。从架构上，时报分为新闻采编和经营与广告两大系统，共有 3 000 余人，二者分别占全员份额的 1/3 和 2/3（2006 年 11 月数字）。而据资料介绍，在 2002 年时，两大系统共有 5 000 多人，其中采编系统为 1 100 人。如此看来，“9・11”事件后，时报的经营出现了滑坡，随之裁减了员工，主要是裁减了经营与广告系统的员工。这种适应性调整，充分体现了确保采编、精干经营的人力资源布局理念。陪同的时报公关部主管介绍，在用人上，时报不看学历，十分注重实践能力，注重以实践的业绩上选用人才，一般不录用刚刚走出大学校门的毕业生，补员的主要途径是通过事业的发展，吸引社会上特别是业界中的人才。其中，在新闻岗位的工作年限及经历是重要的取舍条件。毕业于耶鲁大学经济学专业的保罗・斯泰格尔，1966 年进入《华尔街日报》，后为高额的薪金所动，1968 年投奔《洛杉矶时报》，由华盛顿分社的普通记者，发展成为经济部主编。《洛杉矶时报》与诸如《纽约时报》《华尔街日报》之间人才流动的事例，不止于此。最近几年，由于种种原因，《洛杉矶时报》也不可避免地出现了人才流失。对此，公关部主管说：“这几年员工工资的涨幅不大。但是，绝大多数员工热爱时报、献身时报的信念并没改变，他们并不为钱所动。”

三是继承传统的企业文化理念。时报经过了 120 多年的风雨历程，创造了发展的辉煌，也积淀下了厚重的企业文化。当代时报人非常注意记忆过去，传承凝结在今日时报之中的无形资产。进入并不富丽或者说略显局促的时报主楼大厅，首先映入眼帘的是，大厅中央坐落着标志时报面向全世界的地球仪，地球仪上标注着时报的驻外分社及报纸发行目的地；右手墙面悬挂着多幅时报创刊以来重大事件和具有重大变化标志的图片，从中可以大致领略时报的历史性变迁；左手玻璃隔栅间，高低错落地摆放着已经退役的第一台印刷机、1960 年记者使用的尼康照相机、1992 年记者使用的第一台数码照相机等实物。到访的朋友，可以随意自取记录时报发展过程的简单资料，也可以随取印有“洛杉矶时报赠”的纪念铅笔。在编辑部的走廊两侧墙面，都有一些记录历史、缅怀过去、弘扬传统的图片，其中包括对扩版改版作出过重大贡献的组织者、长眠于战场上的战地记者。公关部主管指着墙上的一幅照片说："这是我的一位好朋友，他牺牲在阿富汗反恐战争中。"在社史馆中，可以找到从创刊以来的任意一期《洛杉矶时报》。对于近些年的报纸，已经刻录成光盘永久留存。

四是以主业养副业的经营理念。《洛杉矶时报》的出版量，平日 100 页左右，周末一般 156 页，(每日根据广告量做临时性调整)，2006 年 11 月 12 日的时报为 780 页，有一年圣诞节曾出版 1 000 页，是时报出版页码的历史之最。平日 100 页的报纸，零售价为 100 美分；周末 156 页的时报，也只卖 150 美分。这样的售价，不但无法收回采编成本，而且连纸张价款都难以收回。那么，时报为什么 126 年久办不衰，而且还曾创造了几个阶段的快速发展？根源就在于把以副养主、多种经营的理念付诸实践。据介绍，时报的日发行量大约在 140 万份左右，次于《今日美国》《纽约时报》而居第三位。但是，它的日出版页数、广告收入两项，却是全美的第一。广告页的收费分黑白与彩版两种，每版次为 6 万～8 万美元。在 3 000 名员工中，有近 2 000 人从事广告采编或物业经营业务。这种经营方式，与其说是把报纸卖给读者，不如说是把报纸卖给广告客户更贴切。当然，时报做广告的成功，根基还是做新闻的成功。是出色的新闻锻造了卖点，吸引了众多的广告客户。洛杉矶所处的西部经济及社会的持续发展，为时报的发展提供了先机。加利福尼亚地区硅谷的崛起，闻名于世的好莱坞影视业，持续多年的西部"淘金"热潮，无疑使《洛杉矶时报》占据地理优势，成了"近水楼台先得月"。

一流的报纸

报业"纸"为基。这个"纸"，是载有新闻的纸。面对如林的同业竞争对手，面对影像、网络等新媒体的挑战，《洛杉矶时报》能坐稳美国报业的前锋位置，归根结底是时报人做出了一流的新闻事业，用一流的报道赢得了读者，用较高的美誉度覆盖了报纸的所到之处。

因区施报，多种版本。依附于传统的《洛杉矶时报》，根据不断变化的市场，时报派生出了一系列地方版本。除了有对全国发行的主版时报外，还先后办起了奥兰治地区版、文图拉地区版和圣费尔南多河谷版。以刊登地方新闻为主的地方版，比较好地适应了区域读者的关注点，同时也有利于吸引方便居民生活的各类广告。出于占领青少年人群市场和培养未来读者群的需要，每月单独出版一期面向学校师生的教育专刊，还办有《西部》等三本杂志。

按叠分类，包罗万象。在常规情况下，时报分为新闻、加州新闻、经济、体育、技术时代、生活、彩版广告共七叠，除开广告占有一定版面外，新闻报道大约占版面的60%左右份额。每逢星期五，要增加周末叠，主要刊载与电影、戏剧等娱乐有关的内容。星期天，又在平日基础上增加汽车、房产、图书出版、旅游、就业、一周电视等十叠左右，并且单设社论版或言论版。社论版包括读者来信的内容，言论版包括漫画。每叠首页的下部设置导读专栏。

报道真实，服务有效。新闻报道重点采用本社记者稿件，没有特殊情况不搞转载。要求记者写亲历亲采之事，报道眼见确凿之实。陪同的公关部主管告诉我们："我们通过报道，告诉读者真实的生活。"对于服务性、生活帮助类报道，主张记者、编辑要首先搞懂，然后才是说明白、写明白。我们在参观编辑部时，在两个编辑室中间一座器皿时尚、设备齐全、窗明几净的现代化厨房映入眼帘。对此有人问："这是为员工们的午餐而备?"主管先生回答："不，这是为食品版记者编辑的实际操作而设。每周三的食品专刊，不断介绍新颖时尚的食品或者新的吃法，记者首先要在这里亲自下厨，有了配方先做试验，然后才能按步骤地传达给读者。"他还说："这里也曾经试验（介绍）过中国的广东菜、湖南菜。"

重大事件，从不缺席。时报从一份名不见经传的小报发展成报业巨头，得益于时报的报道起点高，能够立足加州本地，走出本地，从更高层次上关注国内国际大事，特别是能够放眼风云激荡的世界，对一些重大突发事件作出及时而又客观的报道，树立起新闻总汇的良好形象。从第一次世界大战到第二次世界大战以及日本在夏威夷偷袭美国珍珠港，美国在日本广岛扔下原子弹；从美朝战争、美越战争、美伊战争，到新世纪的"9·11"事件以及在阿富汗的打击恐怖活动；从联合国的重大活动重要会议，到美国的大选，在若干重大历史事件中，"洛杉矶时报的报道从没缺席过"，陪同我们参观的公关部主管先生如是说。时报曾揭露过一名9岁男孩只是坏了两颗牙，到医院就医却死在医院的事件；也还曾经揭露过印度西部生态环境严重受污染的问题。2004年上海合作组织的成员国元首会议，《洛杉矶时报》将出席会议的中国元首胡锦涛主席、俄罗斯的普京总统、美国的布什总统“三巨头”照片发在了一起，引起了读者的关注。据资料介绍，全时报的采编系统共有 1 100 人（约占全员的 1/3），除了大本营的员工外，在国内还设有华盛顿、波士顿、旧金山和拉斯维加斯等 10 个分社，在加州的周围县市设记者站；在海外设有 24 个分社，有近 30 人的专职记者。一大批活跃在世界各个角落的采访记者，全天候地洞察变化多端的世界，捕捉第一时间的新闻，并以最快的编辑及发行节奏，将新闻传递给读者。由此，报社先后有一批知名记者编辑曾获得美国新闻与文化的最高奖项——普利策奖。

洛杉矶迪斯尼乐园

据美国传媒 2006 年 11 月 12 日报道，创刊于 1881 年的《洛杉矶时报》，由于销量下降，成本与利润发生较大变化，不得不减少员工，目前处于困境之中，有可能发生资产重组。据称，美国著名慈善家艾利·布洛德、娱乐大亨大卫·格芬、连锁零售业巨头罗恩·巴克尔，都有意角逐《洛杉矶时报》的新股东，整体出售的标的有可能在 150 亿美元左右。

（写于 2006 年 12 月 10 日）

六、在越南看热闹、想门道

还是在小学读书时，经常听到老师讲抗美援越的故事，也曾看过《南方来信》的电影；参加工作后，又曾经历过中国对越南的自卫反击战，听说过越军用我们援助他们去对付美帝国主义的武器、给养和军需物资来对付我们；改革开放后，世界社会主义阵营风云激荡，苏联解体，东欧剧变，整个社会主义阵营中仅存几例，但越南名在其中。再后来，听说越南也在进行着革新开放，并且在有些地方比中国人思想还开放，走得还超前，也听说越南的经济发展很快，老百姓的生活大为改观，一些社会性问题比中国解决得还好。带着这一系列的悬念，也怀着一份好奇心，我们踏上了越南的国土，亲历越南的自然风光，初探越南特色的社会制度，领略南亚红河与湄公河流域的风土人情。一路走来一路看，一路问来一路思，虽然称之“走马观花”，但是毕竟有一些见识和感悟。

美丽的下龙湾

越南是个海岸线漫长的国家，从南到北，整个国土几乎都临海。大海给这个并不发达的国家带来了水产资源，滋润了燥热的大地，也给这个东南亚的发展中国家赐予了旖旎的海岛风光。

从中国的北海赴越南的下龙湾是最佳的旅游路线。我们晚上 9 点从北海码头踏上“远洋公主”号豪华游船，经过 13 个小时的航行，大约在第二天上午 10 时到达下龙湾。设计这样的时刻表，一是可以在晚上享受到略有异国情调的夜生活。船上设有夜总会，有民族风情歌舞表演。只要买上每位50元钱的饮料小酌，就可以看上一个小时的文艺节目，船上还设有商品部和廊吧。站到甲板上，可目送着灯光闪烁的北海渐渐远去，前瞻着那漫无天际的北部湾，体会那大海的胸怀，倾听着发动机轰鸣与大海涛声的合奏曲。二是早晨可以观赏海上日出，目睹美丽的下龙湾沐浴在朝阳中的真面目。三是这样夜航昼游的安排，既节约住宿的费用，又挖掘了可利用的时间，标榜出“少花钱、多见识”的经济性。

一觉醒来，拉开窗帘，只见一轮红日早已升腾在海面上，金黄色的光芒映着碧波荡漾的大海，仿佛人间仙境。再平视眼前，岛屿林立，海中生山，山环碧海。船渐行渐进，一幅美丽的海上桂林的图画展现在面前，让人不能不看，越看越想看。据说，这一块胜景就是有名的下龙湾茶班岛和菇苏群岛。由于越南人已经明智地认识到游人的到来是给他们增收，所以尽可能地改变过去繁琐的入境程序，实行海关到船上办理入境手续，仅此一改，就使游人们减去了劳顿，也节约了时间，还产生了对越南开放的第一印象。

庞大的“远洋公主”号不能靠近码头，也不能继续载着游人去观看那独有的喀斯特地貌在海上所生成的壁刃群峰，我们换乘了可以载四五十人的木游船，开始穿梭于下龙湾那数不清的岛屿间。

木船上，越南的“地导”阿欣、阿贤两位搭档，认真地介绍眼前景点的寓意和特色，在努力唤起游人遐想的间歇，仍忙里偷闲地、交替地、滔滔不绝地向我们介绍着越南的情况，介绍着他们54个民族的发展历史，介绍着越南经济的发展及在越南旅游的注意事项。每在一处景点停靠，都会有载着越南水果和旅游纪念品的小船靠近，向我们推销。1斤多重的火龙果，10元人民币可以买三个；水产船上的商品鲨鱼，1千克100元人民币。令我们赞叹的是，物美价廉，人民币通用；卖多买寡，推销者很礼貌，绝没有中国旅游景点中的强买强卖现象。船上那顿中越风味结合的午餐，使大家卸下了“吃不饱”的担心。

在太阳要“下海”的时候，我们的木船奔着下龙市的方向游去。听阿贤介绍，下龙市是广宁省的省会，全市常住人口不足20万，并以越南的主体民族——京族为主。这个城市的主要产业是海洋渔业、旅游业和轻工业，居民的生活水平和生态环境都是越南比较好的。目光从船上投向远方，只见海、楼、山三位一体的群落向我们走来。下龙市虽然没有很壮观的高层楼群，但那散落在山与海之间的以淡黄色为主基调的建筑群，仍然给人们留下了面向大海、背靠青山，下龙市是个风水宝地的印象。

迈入下龙湾大酒店，着越南民族服饰的服务生托着木盘走出，首先给每位送上了一杯饮料，热茶、咖啡、可乐任选。阿贤介绍，这是下龙市最好的、也是唯一一座四星级酒店。说到四星级，他又解释："这是按越南标准评定的，不是国标，也比不上中国的四星级。"没有中国酒店迎宾大堂的喧闹，少了一些必备的服务项目，自己拖着行李走入房间，看到窗明几净、床上洁白、卫生间既不奢华又实用，倒觉得另有一番情趣。

入夜，每人花 60 元人民币购买了一张海滨公园的门票。这张通票，可以参观历史博物馆，可以看 1 个小时的民族风情歌舞表演，还可以欣赏到被越南人誉为国粹的水上木偶表演。一票品味下来，尽管道路有所不便，但还是感觉物有所值，不虚此行，如果不看，也是遗憾。

尚待建设的基础设施

在国内，早已对越南的基础设施较差略有所闻。真正是个什么水平？差到什么程度？耳听为虚，眼见为实。

在船上眺望下龙市，果真是一幅层次分明、风光秀丽、景色宜人、色彩相宜的风景油画。而当我们徜徉在下龙市的街路上，活动在各个景点时，果真感到越南加强基础设施建设的急迫，也感到中国这几年基础设施建设的突飞猛进和超于经济发展时段的便捷。下龙市只有一条主街，路面凹凸不平，已经铺过方砖的人行道，被断断续续地挖开，似乎在施行配套建设项目。在我们的记忆中，没有见到过红绿灯。不论是在下龙市的街道上，还是在下龙市到河内的公路上，汽车、拖拉机、摩托车、自行车，甚至是畜力车，各行其是地混行于同一条街路上。下龙市距首都河内大约 190 公里，其间是一条国标一级公路，仍然是各种车辆混行。为减少交通事故，限速为 60 公里/小时。每当对面来车，司机都要开灯示意，对此阿欣告诉我们，这是司机互相通报，"前面没有警察，你可以超速行驶"，这已形成了互相帮助的潜规则。

在下龙市的海滨公园，游人同样遇到了找厕所的尴尬。顺着指示走去，近在咫尺的公厕，由于道路的深陷和泥泞，人们无法进入。好在天黑夜蒙，远处可见游人面对大树"解决问题"。从民族歌舞表演现场到水上木偶剧场，游人必须在一段很泥泞的道路上经过。一位游人将水面上漂浮的一块发白的泡沫误认为石头，一脚踏上去滚倒在水中。面对路的难行，有的游人说"回去吧，不看了”；有的又觉得水上木偶是越南的国粹，既然来了还是去吧；有的游人发出“这哪是公园呀”的感叹。

坐落在红河边上的首都河内，是越南的第一大城，常住人口 400 万左右。在我的眼中，河内有五大特点：一是街路狭窄，街向曲折，几乎看不到一条能够赶上北京中等水平如朝外大街那样状况的街路。二是交通指挥设施落后，路面既少有红绿灯又没见交通警察的现场指挥，居民的主要出行工具是摩托车，保有量为每户两台以上，摩托车疯狂地在街路上穿行，从不顾及行人。三是建筑低矮陈旧，据我们目测，层高在 10 层以上的楼房，全市也不超过 50 座。由于土地的私有，每户住宅都是在狭小的平面上建筑四五层的楼房，尽管房舍外表艳丽，但明显可见分割的痕迹。四是商业网点星罗棋布，但规模普遍偏小，绝大多数是前店后宅、下店上宅单家独户经营的格局，营业面积在 1 000 平方米以上的商场，全市几乎没有。五是城市绿化以自然为主。由于近海的地理位置和炎热、湿润的气候，使得绿化的乔木、灌木种类繁多，棕榈、芭蕉与槟榔树等枝繁叶茂，但很少见到人工花坛和草坪，对此，人们说，河内的绿化得益于气候，并非人的努力。

在河内，我们住在隶属于国家旅游局的五星级胜利大酒店。院内花草繁茂，曲径通幽，夜总会、咖啡馆、酒吧间设施齐备，客房建在内湖的水面上，给人以轻松清凉之感。晚上到院外漫步，正街上摩托车穿梭，搅得游人跨上人行道都很不容易。即使是安全地跨上了人行道，说不定向前没走多远这条人行道就终止了。街面夜宵小店多多，白天卖 8 元人民币一瓶的啤酒，夜间可涨价到 16 元人民币。一路多见松骨及按摩院，门前坐着“店小二”，只要不主动上前搭讪，他不会主动拉客。据越南人的解释，这样的店不可搞“性骚扰”。类比，倒比中国此类店铺文明得多。

红 色 观 瞻

由于越南是共产党一党执政的社会主义共和国，同中国的政体基本一致，具有马克思列宁主义的共同信仰，所以，在越南行中，我关注的重点是观瞻越共总部、主席府及胡志明主席故居。

中国北京有天安门广场，俄罗斯莫斯科有红场，越南河内有巴亭广场。天安门广场有毛主席纪念堂，红场有列宁墓，巴亭广场有胡志明墓。来到越南的巴亭广场，扑面而来的是一股浓厚的社会主义气息。巴亭广场的东部，坐落着人民大会堂，中部为胡志明墓，西部为胡志明博物馆。与中国政治中心——中南海的方位巧合的是，巴亭广场的西北部为主席府和胡志明曾经办公居住的高脚屋和花团锦簇的百草园。

政治色彩浓于建筑色彩，这是巴亭广场的一大特征。广场周围的组合建筑，除了彰显庄重的胡志明墓为深褐色外，其他建筑物为米黄色。巴亭广场虽比不上天安门广场那样宽广，但仍然显得很开阔。

越南胡志明广场

具有河内中南海之称的百草园，以胡志明的两处办公地为主体，分布着胡志明曾使用过的汽车展室和侍从室，芒果路、红树林和开阔的鱼塘，还有那绿茵茵的草坪，组成了别有南国情调的生态环境。胡志明最早的办公地——1954 房间，是法国殖民地时的一处电工房，据目测，总建筑面积也不超过 140 平方米，分为会客室、用餐、办公几个功能区，布局紧凑，用具普通，格调简朴。办公室的墙上，悬挂着马列两幅画像，标榜着主人的政治信仰。书橱中的图书摆放整齐。据介绍，胡志明从 1954 年入此办公，到 1958 年以后，搬入距其 100 米左右的高脚屋，直至 1969 年 9 月 15 日，在这具有越南民居风格的居室中辞世。高脚屋分为两层，底层为接待或开会的地方，上层为办公室和卧室。今人为了保护旧居，对高脚屋增设了专供上二楼观瞻的外接楼梯。不可思议的是，作为国家元首的官邸，这两处居室都没有室内卫生间，且没有空调降温设备。高脚屋的左处，设有一处防空洞，入口不远处吊挂着一口用手锤敲打的警报钟。据导游介绍，当年胡主席的警卫人员就用这种原始的办法，适时通报防空的敌情。

走出故居，去观瞻从越南建国一直沿用至今的主席府。因为是越南国家现职领导人的办公地，游人不得入内，只能在铁栅栏外观赏。这是一幢西洋风格浓烈的法式建筑，地上为四层，每层迎面设有十扇窗子，黄墙红顶，气势恢宏。门前散落着百花争艳的花坛，中央设有喷水池，以红色为底的国旗迎风飘扬，与建筑物上镶嵌的国徽相得益彰。主席府的身后有一处廊柱式花藤，繁枝缠绕着廊柱，鲜花争奇斗艳，院落飘溢着令人心旷神怡的芳香。在这座法国统治时期的支那总督府里，胡志明主席曾经接待过包括中国周恩来总理在内的各国政要和国际友人。

越南国家主席府

如果说观瞻胡志明故居还不足以了解胡志明那革命的一生，那么，参观胡志明博物馆后，就一定能够比较全面地领略到这位世界和平捍卫者那伟大、光辉的人生。与胡志明墓毗邻而居的胡志明博物馆，奠基于 1985 年 8 月 31 日，竣工于 1990 年 5 月 16 日，这天正逢胡志明诞辰 100 周年。俯瞰正方形的白色建筑，恰似一朵洁白的荷花，向后人展示着主人的圣洁。博物馆分为革命生涯、辉煌成就、专题展示三部分。在革命生涯展示厅，通过一些宝贵实物、资料、图片和艺术品，全面展示胡志明接受进步思想，走上革命道路，最终实现了祖国统一，创建越南社会主义共和国的波澜壮阔的一生；辉煌成就展厅，展示了胡志明时代伟大的越南人民对侵略者所进行的英勇顽强的抗争，最终取得了胜利；专题展厅，有选择地介绍了胡志明所处理的重大历史事件，胡志明的家乡和今日越南等情况。博物馆采用声、光、电等现代技术和越文、俄文、中文等多种文字，辅以现代美术手法，比较全面地向游人介绍了胡志明以及广大越南人民的革命和建设历史，被越南人称为教育后人的红色园地。

胡志明主席 1969 年 9 月去世后，越南共产党中央委员会决定，在巴亭广场建筑胡志明墓，应用防腐技术，永久保留胡志明遗体，供后人缅怀和瞻仰。陵墓每周一、三、五的上午对瞻仰者开放。陵墓管理处对前来瞻仰者的衣着和禁带物品有“约法三章”，即：瞻仰者着素装；穿带有红色或艳丽的服装、超短裙、短裤或吊带背心者不得入内；不得带入任何铁器、摄录像设备和手机，进入陵寝要保持肃静，不得大声说话。游览巴亭广场的第二天上午 9 时，我们一行来到胡志明陵墓，瞻仰了这位越南革命先行者的遗容。我们看见这位伟人的身躯安详地仰卧在水晶棺中，面部本皮本色，胡须清晰可辨。瞻仰的人流如潮，两处排两队，交替放行，偶尔看到当年同胡志明共同革命的老者，在武警战士的引导下优先插入队中，去圆那看望老战友的夙愿。

与阿欣、阿贤一席谈

越南国际旅行社的导游阿欣和阿贤，都是大学毕业生，他们十分热爱这份工作，并且有一定的国际知识，有比较强的语言表达能力，举止言谈中表现出他们的爱国之情。本人由于工作的惯性，一有机会就同他们交谈，请他们回答一些自己思考的问题，他们也主动地介绍一些我们感兴趣的情况，或政治，或经济，或文化，或历史，或旅游，我们探讨的问题算不上深入，但比较广泛。

阿欣大学毕业走上导游岗位已经 4 年多了。他非常关心政治。他说：“在越南，得有 5 年工龄以上的人才能有资格要求入党，明年，我就有资格入党了。”“只有入了党，才能有前途，不是党员，无论在政治上还是经济上，都没有希望。”“我们国家旅行社的导游，是公务员，是干部，在社会上有一定地位。所以，对我们的要求很高。如果我们的工作发生情况属实的投诉，要涉及奖金和一系列问题，那后果可就惨了。”在几天的旅途中，到每个景点要注意什么，到商店什么可买什么不可买，哪些东西可以带回国，哪些东西不能带回国，如何防止买到假货……阿欣、阿贤总是叮咛加嘱咐。看到阿欣、阿贤认真负责地工作，领略到国家对他们的要求很严格，他们把自己当成了国家对外开放的一个窗口。

对越南的革新开放和社会发展，阿欣、阿贤两位充满信心。据阿欣介绍，从1986年越共六大提出革新开放的发展路线算起，越南已经进行了20多年的类似中国的改革。虽然成绩没有中国那么大，但收效不小。他说：“与10年前相比，人民的生活水平有了显著的提高。像我和阿贤这样大学毕业后工作了4年以上的导游，平均月薪2 500元人民币。”他还说：“现在的越南人民，虽然山区有一部分人仍然很贫困，但都能吃饱饭，在越南的市场上，只要有钱，你就可以买到你要买的东西。”阿贤介绍，越南也在反腐败。他说：“类似下龙市市长这样的干部，月工资应该在4 500～5 000元人民币的水平，他们的生活很好。有的干部家里有豪宅，子女开着豪华汽车，这给老百姓的感觉是超出了实际收入水平，钱怎么来的，说不清楚。”

在开放方面，阿欣、阿贤认为越南比中国还大胆。因为越南允许色情服务。阿贤说：“在越南，你千万不要轻易地说‘要米粉’。如果真的要‘要米粉’，应该说清楚是4两的米粉还是50公斤的米粉。不然，一位50公斤的‘米粉’（妓女）站到你面前，你就得给钱了。”阿欣说：“由于多年战争等原因，越南人口的男女比例严重失调，女多男少的问题很严重，有许多女孩子找不到对象，过着独身的生活。”想必，这可能是越南允许色情服务存在的一个缘故吧。

“观花”后的思索

在越南，看了四天的“热闹”，堪称“走马观花”。在“远洋公主号”与下龙湾渐行渐远，与北海码头渐行渐近的过程中，我梳理了一下所闻所见，就中越两个社会的相关问题略有所思。

一、越南公民的生活水平并不低

据资料介绍，越南的国内生产总值2005年突破500亿美元，人均GDP

达到650美元。就人均GDP与中国相比，只相当于中国同期1 920美元的33.85%。但是，就中国人与越南人的消费水平和生活质量的感观相比，似乎没有这么大的差距。据介绍，越南外资企业工人的月工资最低标准为85万盾，相当于425元人民币，这在中国的同类指标，还很难达到。越南工薪阶层的住房，以私有私建为主。在河内和下龙市，基本做到了居者有其屋，私产自用的开销相对要少很多。这两个市的私家交通工具主要是摩托车，户均两台以上，品牌以日本的中高档为主，每台原值一万元人民币以上，且运用成本较低。市场上主要副食品肉类、蛋类的价格，基本同中国市场价格持平。据《人民日报》记者任建民介绍，在离河内40公里的一个贫困县，31岁的农民陈光协在新希望公司河内车间中控室工作，每月收入400万越南盾，合人民币2 000元，他的妻子在一家制衣厂上班，每月可收入100万越南盾，合人民币500元。这样的三口之家，在越南如此消费水平下，日子过得其乐无穷。中国的人均GDP比越南高出很多，但是，要设问：有多少GDP能够真正转化为国民收入？转化为国民收入的，又有多少被教育乱收费、医疗卫生乱收费和各种生活环节的乱收费所抵消？综上分析，能否得出越南人比中国人活得滋润的结论？值得研究。

二、越南革新开放的势头很强劲

1986年12月，越共六大以“大胆正视事实，准确评价事实，公开阐明事实”的务实态度，提出全面实行革新开放。从时间上算起，越南的革新开放比中国的改革开放滞后了大约8年的时间。通过系统的研究，我们发现，越南的革新开放大有后来居上的势头。实行革新开放战略的20年，越南的经济年增长率都在7%以上，过去靠吃进口粮，现在不但粮食自给，而且还成为世界上第二大稻米出口国。在海洋省去往河内的道路两旁，成片的工业小区、出口加工区的厂房鳞次栉比，在建的厂房一处连一处。各国的投资商络绎不绝。2005年，越南共吸收外资58亿美元，比2004年增加40%。有8 400万人口的越南，仅比有10亿人口之巨的印度年吸引外资少了20亿美元，亲历越南，大有大干快上的感觉。

越南经济发展较快，其中私人经济的作用功不可没。据越南驻中国公使介绍，在越南的GDP构成中，民营经济已占有45.7%的份额，而且仍呈上涨的趋势；国营经济占38.4%，而且仍显下降的趋势。越南相当重视技术引进和发展国际贸易，国家正以优惠的税收和土地政策，吸引着计算机芯片和高档服装等国际投资商，同时，加入 WTO 的谈判也正在加紧进行中。到目前，越南已基本完成了与 28 个国家的双边谈判，并于 2006 年 5 月，啃下了同美国谈判的“硬骨头”，终于签订了双边协议，一些多边的技术性问题也在一桩一桩地了结。对此有专家说，如果不出现突发情况，越南有可能在 2006 年成为 WTO 的第 150 个成员国。越共中央评价革新开放的基本口径是：政治稳定，经济稳步增长，社会全面进步。

三、旅游业特色鲜明

越南旅游业的发展时间较短，基本设施还不配套、不完善，但是，整个旅游业的自我特色鲜明，值得国人思考。

越南带有“国”字头的旅行社，其导游都是国家公务员身份，严格按照公务员来管理。这样，真正把一个休闲场合办成了一个有利于自我约束、自我展示的窗口。比如，介绍国家情况强调统一口径，处理导游事务认真负责，注意征询游者对其改进工作的意见，购物“回扣”公开，等等。上文提到的阿贤和阿欣两位导游，无论是正规地介绍情况，还是闲聊，举止言谈中绝没有对国家的抱怨和对社会的不满之言，就是对人人厌恶的腐败问题，也是用“坚决打击”和“仍然存在”的口吻去介绍，听罢一席话，给人以蛮“讲政治”的感觉。海洋省的一处国营旅游商店，是旅途中计划内的纪念品购物点。在此，哪些物品可以买，哪些不能买，哪些物品能够带出境，哪些物品不能带出境，哪些物品是什么价位，如何识明真假等，阿欣介绍得十分详细，并要求要发票，以备过关或万一物品质量出问题时用。游者回到车上，阿欣拿着一叠人民币同大家解释：“按要求，车应该在此停留 15 分钟，超时要由商店按人头付给导游一定的超时费，我要把‘它’上交公司，当然，我们可以按比例分到我们应得的那份利益。”虽然有“回扣”之嫌，但是由于“透明”，游人并没有被“涮”的感觉。

由于越南比较注意对人的爱国主义和革命传统教育，所以他们的革命圣地“红色游”搞得比较有特色，诸如河内巴亭广场周围的胡志明故居、胡志明陵墓、主席府、百草园、博物馆等，一直坚持对外开放，有的项目免费，有的项目合理收费。联想到北京的中南海，20 世纪 80 年代中期曾一度开放，但后来因为种种原因取消了开放。适当时机，能否借鉴越南的做法，重新部分地开放中南海，让中国人及国际友人了解中南海，特别是了解党的几代领导人的生活起居情况，对激起民族的自豪感和爱国热情一定会有裨益。

四、中越友好是两国关系的主流

越南是中国的邻邦，两国及人民之间的友好往来源远流长。在越南期间的耳濡目染，虽然可窥见个别的另有所行，但是都不足以破坏主体行为，友好仍然是两国及人民关系的主流。

临行前国人介绍，进入越南的领地，不要提及20世纪70年代末中越之间那不愉快的往事。据说，有个别的越南小商贩可能是有亲属受到中越自卫反击战的伤害，出于一种抵触情绪，他就不卖给中国人东西。同一个马克思主义的信仰，基本相同的社会主义制度，使中国人与越南人的交流很容易谈拢。两位导游同游人基本能敞开心扉，对问题尽可能地给予解答，并透露着一种融洽。阿欣几次说到，越南从中国的改革开放中学东西，并且对中国的改革开放给予高度评价，赞扬中国反腐败既“抓虾米”，又“打老虎”。腐败分子成克杰、胡长青被刑惩的事例，他们都能说上一二。

经济是“友谊”的黏合剂。这一点在中越人民之间的关系上，体现得尤为充分。中越两国经济，正在寻求互补的切入点。据介绍，中越在经贸领域有联合委员会，经过双方磋商，在北部湾经济圈中建立“两个经济走廊”的设想，正在规划落实中。一个是昆明—老街—河内走廊；另一个是南宁—凉山—河内走廊。越南驻中国公使裴仲云说：“和平、友谊、合作、共同发展，不断扩大共同点和共同利益，是处理中越关系的特点。”

在我们越南行的同月，越南总书记农德孟于8月22—26日访华。农在华说：“我们可以找到新的伙伴，但我们不能找到新的邻居。”“而且我们还有个特殊的关系，我们是好同志。”因此，有新闻媒体对中越关系给出“同志+兄弟”的定论。

七、哈巴三日

——参观俄罗斯远东风光

从黑龙江去俄罗斯观光，有三条路线。一是从东线的绥芬河市出境，抵俄国的符拉迪沃斯托克，俗称海参崴；二是从中线的抚远县出境，抵俄国的哈巴罗夫斯克，俗称伯力；三是从北线的黑河市出境，抵俄国的符拉戈维申斯克，俗称海兰泡。再由这三处可深入首都莫斯科、古城圣彼得堡或者远东的共青城。哈巴罗夫斯克是俄国远东第一大城市，是哈巴罗夫斯克边疆区首府，是俄国远东地区的行政、军事、工业和文化中心，俄罗斯总统在远东地区的代表办公室设在这里，中国驻远东的总领馆也设在这里。哈巴还是中国割让给沙皇江东（乌苏里江）64 屯的核心区域，从此入境，是个不错的选择。

船 上 听 史

从黑龙江的抚远口岸过境，手续并不复杂。只要提前三天，在佳木斯市申请旅游一次性签证，就可顺利成行。登上公主号游船，听广播介绍，抚远港与哈巴港的水路距离只有 65 公里，大约行驶 1 小时 40 分钟。游船顺黑龙江转入乌苏里江前行，途中可一览具有领土争议的黑瞎子岛的风光。

行前，对哈巴市的地理区位、历史沿革、风土人情曾做了一些大概的了解。一知半解的询问，引出了抚远旅游局陪同翻译从古到今那滔滔不绝的述说。翻译介绍，以哈巴为轴心的江东（乌苏里江）64 屯，历史上曾是中国版图的一部分，是腐败无能的清政府，将这块丰腴的土地拱手相让，成了俄国的领地。哈巴这地方，唐朝为黑水都督府勃力州；辽金时代，辽国在此设五国都节度使，辖黑龙江下游各部；15世纪时，隶属后金汗国管辖，在此设博和哩州，取博和哩的谐音，才有了哈巴罗夫斯克的称谓。1858年，俄国沙皇亚历山大二世派遣西伯利亚总督穆拉维约夫强占中国黑龙江沿岸领土，逼迫清政府订立《中俄瑷珲条约》，1860年侵略者得寸进尺，逼迫清政府签订《中俄北京条约》，从而使俄国强占的外兴安岭和乌第河以南原属中国的大片国土合法化，并在此屯兵设军事哨所，将此地改名为哈巴罗夫卡，1883年改为哈巴罗夫斯克现名至今。

资料介绍，哈巴边疆区面积82.46万平方公里，人口179万，是个矿藏丰富、林茂鱼肥、水路运输相对发达的好地方。苏联取得政权后，于1938年在此设立哈巴罗夫斯克边疆行政区，大力发展以煤、铁、锡、金为主的采矿业，发展船舶、农机等机械工业，利用森林资源，大力发展森林采伐、木材加工、纸浆及造纸工业，利用水面资源发展渔业。在今日俄国的远东经济区域，哈巴占有举足轻重的位置。

早在1904年，抚远与哈巴的民间商号就有通商往来，随着中国改革开放和苏联政治体制的变革，近几年两地贸易往来更加活跃。1992年5月8日，国务院将抚远口岸批准为国家一类口岸，使抚哈之间的黄金水道更加畅快。通过黑龙江转乌苏里江这条黄金水道，中国人将服装、鞋帽和日用品水运到哈巴，换回木材、纸浆、钢材、水泥、橡胶等工业原料；俄国商人将仿军用物品、钟表、望远镜、套娃类儿童玩具随身带到中国，换回他们急需的生活用品。双方通过旅行社组织的采购团频繁往来，每周两班的对开客轮总是满载而行。1993年6月，黑龙江的省会哈尔滨与俄国哈巴结为友好城市。

船在江面上平稳前行，江面上没有大海的波涛万顷，但也还开阔。左前方出现了一望无际的森林，翻译介绍，那就是中俄两方主权争论不休的黑瞎子岛。当问及比较出名的珍宝岛的位置时，翻译告诉记者，珍宝岛在黑瞎子岛的东边，处于乌苏里江航道上。他又说，小小的珍宝岛，大大的黑瞎子岛。黑瞎子岛实质是由黑龙江与乌苏里江夹着的冲积平原，有93个小岛和沙洲，俄国人称之为“大乌苏里斯基岛”。其总面积350平方公里，几近新加坡的国土面积，是香港的1/3、珍宝岛的500倍。岛上植物茂密，珍奇飞禽走兽较多，具有发展渔业、珍奇养殖业及农业的资源优势，交通条件优越，此岛自古以来就是中国的领土。这样一块风水宝地，何以能到俄人之手？据民间传说，这是民国时中国国防力量弱败的结果。1929 年，东北军总司令张学良在蒋介石的鼓噪下，兴兵驱逐苏联在中东铁路上的工作人员，武力接管中东铁路。当时比中国东北军装备精良的苏军，北起满洲里、同江，东到绥芬河全线出击，空有飞机轰炸，地有坦克开路，江有舰船护航，由抵抗转为进攻，打得张学良部只有招架之功，没有还手之力，战役以苏军占领了包括黑瞎子岛在内的大片大好河山而告终。谈判桌上，苏联人虽然有条件地退回了强占的部分中国领土，但是苏方以张学良部敌视苏联，无力防范日本，可能给日本侵略苏联留下通道为口实，拒绝交回大黑瞎子岛。事后又在岛上架设通往哈巴市的浮桥，长期屯兵把守。1934 年，苏联红军动用武力强行将岛上的中国居民驱赶到抚远，造成了黑瞎子岛归属苏联的既成事实，但中方历来不予承认。据说，1989 年邓小平同志在北京会见前苏联总统戈尔巴乔夫时，后来江泽民主席会见叶利钦时，对此多次提出交涉。黑瞎子岛被占领，同穆拉维约夫占领江东 64 屯，既不是一个时段，也不是一码事，是“中东铁路事件”国军惨败的结果。如今的黑瞎子岛，俄方称大乌苏里斯基岛，仍由俄军占领，岛上住着农牧民，有集体农庄。如果想上岛游览，必须经哈巴落地签证后，才能登岛。

游船向东驶出黑瞎子岛的视线，左边就看到依山而建的哈巴罗夫斯克了。

听到与见到的反差

在国内，各种信息相传，苏联解体后人民的生活每况愈下，社会动荡、经济衰退、物价飞涨、供应紧缺，失业加剧，老百姓意见大，心气不顺。传言终究是传言，眼见的与传言并不符合。哈巴尽管远离俄国的政治、经济中心莫斯科和古城圣彼得堡，哈巴的所见所闻也不能代表苏联解体后俄国的整体情况，但是，所见所闻也给我们留下一些具有佐证意义的思索。

在哈巴从入关到出关三天时间中，所能接触到的俄国人，都是面带笑容、紧慢有度、衣着整洁、彬彬有礼，未曾见到小偷抢劫、治安纠纷、寻衅滋事和街骂的行为。这里居住着斯拉夫人、外高加索人、西伯利亚人，也有波斯人和突厥人。男人高大、魁梧、白皙，女人高挑、挺拔、苗条，有的略施粉黛。由于俄国远东地区幅员辽阔、人口密度低等原因，街面上人流稀疏，车流断续，秩序井然。国内人说，俄国人食品短缺，吃黑面包，商店里的蛋果蔬菜供应量小价高。到了哈巴后，得到了准确的答案。俄国人吃黑面包是事实，那是不加任何添加剂和颜料的健康食品；商店里蛋果蔬菜量小也是事实，那是因为城区人口分散、日消费量小，一次不可多进货，不完全是因为食品短缺。入夜，酒吧间仍然灯红酒绿，以俄罗斯特有的歌舞为特色的表演团队穿梭于各宾馆、旅行社之间。据说，哈巴也有相当规模的赌场，只是我们没能亲眼所见。国内传言，俄罗斯官方腐败，游人过海关经常被勒索人民币。据导游介绍，那是由于俄罗斯海关有携带外币入关的数量规定，比如，每人携带人民币入关的数量为 5 000 元以内。多余的，要按海关报关的规定处置，也确有游人不知法条贸然带入超限额人民币的现象，也有过游人用人民币“融通”海警过关的现象。但是，我们没遇到这种情况。

俄罗斯人对华人友善，不排斥，爱照相，特别喜爱同游人照相。在广场、街心花园或旅游景点，不管是多么漂亮的俄罗斯靓女或俊男，只要你说出想同他们留影的想法，他们都会欣然接受，并且配合着你留下美好的瞬间，有的甚至情不自禁地闯入你的镜头中。哈巴是个宁静而美丽的城市。从海关到哈巴市区的公路宽阔，车辆稀少，交通顺畅。公路两旁绿树掩映，森林连片，不规则地散落着白房子、黄房子，房与房之间互不搭界。路上跑的汽车以国产的拉达车、日本的二手车居多，少见高档豪华车，停车场上五颜六色。与这美景不协调的，是公路两旁废弃的铁架、散落的轮胎，不难看出资源大国对废弃物处置的不经意。

哈巴凸显欧洲风格。城市建筑的主色调为白色、米黄色，起脊、拱窗、石头贴面、铁艺装饰是楼房的特色。街路口多为平面交叉，没见到在国内大行其道的立交桥。哈巴的宾馆、旅店并不多，居于上等水平的国际旅行社楼不高、房间大，装饰装修以木为主，卫浴设施一般，缺少欧洲的奢华。导游介绍说，哈巴是远东的绿色城市，公园、街心花园和林荫带占地 800 多万平方米，市郊有占地数万公顷的自然保护区，其间有保存完好的大片原始森林。无论置身于城区还是郊区，都会呼吸到清新的空气，看到赏心悦目的绿色，感受到人与大自然的和谐。

历 史 的 记 忆

哈巴从 1858 年建市至今，仅有近 140 年的历史。应该说，这是一座年轻的城市、幼稚的城市和变幻莫测的城市，它承载着沉重的历史。具有城市音符之律的雕塑，散落在城区的各个角落，向人们述说着在中国人看来是强盗、俄国人看来是光彩的过去。著名的雕像有：坐落在火车站广场上的哈巴罗夫青铜雕像，坐落在阿穆尔河岸边的穆拉维约夫雕像。据资料介绍，哈巴罗夫斯克是一位俄国将军的名字，是他率俄军占领了中国的伯力，后来建立了这座城市。从这个意义上说，哈巴是战利品，也是掠夺的见证。而穆拉维约夫，是沙皇俄国东西伯利亚地区的总督。是他一手制造了《中俄瑷珲条约》，迫使中国腐败无能的清朝割让了金鸡嘴尖叼着的“珍珠”，即江东大好河山。作为来自失地国的国民，看到这些威武雄壮的雕像，总有人情不自禁地举起照相机按下快门，甚至与雕像合影，而导游则提醒大家，最好不合影。因为他是侵略者，是他使中国人失去了大国的风骨，雕像所标榜的是中华民族不光彩的一页。

哈巴在1922—1992年长达70年的苏联共产党统治时期，非常崇拜马克思列宁主义，城市的发展伴随着马克思列宁主义的传播，形成了一些具有时代意义的红色符号。比如，城市建有著名的马克思大街、十月革命60周年大街、列宁广场和共青团广场。列宁广场的尽头，矗立着列宁铜像，他的双眸炯炯有神地注视着远方，似乎仍在思考着占领“冬宫”之后如何建立苏维

俄罗斯哈巴街上的美女

埃政权。

酷暑八月，北京炎热难耐。而在异国邻乡的哈巴，气候凉爽宜人，江河湖泊清澈透明，鲜花扮靓街景，风情如诗如画，堪称避暑胜地。哈巴，真的可以再见！

（写于 1998 年 8 月）

八、日本纪行

初识东瀛的记忆碎片

——日本纪行之一

与我国隔海相望的日本，历史上同我国有着诸多的纷争和瓜葛。作为一名中国人，我从小学时就对这个国家有一种敌对意识。因此，在广泛的世界大交流背景下，我几次推掉了亲历日本的机会，认为“没什么可看的”。这次应日本“家之光”协会的期刊出版交流的邀请，我被动地踏上了这块充满着活力的热土。在刻意淡化主观意识、强化客观现实的思想引导下，边行边看边思索，从而得到一些与想象中有很大差异的印象，觉得日本在城乡治理、环境保护、公民文明行为、社会秩序维护等方面，有许多值得我们学习借鉴的地方。牢记历史的目的是为了开辟未来，只有与时俱进，才能有效地避免悲剧的重演。他山之石，可以攻玉，识人所长，补己所短，这是我用笔记录所见日本之好处的初衷。

整　洁

从东京到北海道，从京都到大阪，一路走下来，看到的顺眼，听到的顺耳，有一种轻松愉悦之感。东京是世界著名的特大城市，想必类似楼高楼密、人多人挤、车多车堵的城市通病很难脱开，一看则不然。楼尽管高，但楼与楼间、楼与街间的色彩和谐，没有外立面多余的装饰，体现出一种静态的互相照应。街面上少见残缺的、支离破碎的广告牌，夜晚也很难见到“缺胳膊少腿”的霓虹灯。街道不论宽窄，交通标线划得十分清晰，没有遇到给马路“开膛破肚”的情况。东京重点旅游景点——浅草寺以及寺前纪念品一条街，店铺林立，摊货摆放十分整洁，店面招牌规矩、得体、不张扬，路面与室内辉映。前店后居，正面与背后街面的整洁不二，每户的煤气表、电表毫无例外地安装在背街面的墙上，且一律铁红色，没有锈迹，想必也不担心被窃。

京都古城的街道非常狭窄，但是道路网状密集，车行便利。街口上的指示牌简明易懂，街面自成体系的住户门牌齐全，房舍虽与马路近在咫尺，大多数住房也在门两旁或窗下摆上几盆鲜花，有的门旁堆砌着的防撞石上也人工铺上青草，点缀着绿植鲜花；有的二层以上的窗下，也吊挂着盛开的鲜花。所到之处，均可体现出对鲜花的情有独钟，对生活的热爱，对细节的关注和主人“见缝插针”的装点匠心。

在日本的公共场所，比如公园、机场、商店，人们不用为解决个人的卫生问题而担心。从厕所、卫生间、洗手间到化妆室，尽管标注不一，但布局合理，引导标牌醒目，标注精确，设施齐备好用，窗明几净，地面防滑。有厕位就有抽水马桶，有马桶就备一次性纸垫，盥洗室中从没看见缺洗手液、卫生纸、干燥机的情况。每当见到此情此景，脑海中都会浮现出国内公共场所厕难找、门难入、味难闻、污垢满地、冲水器具停用、卫生纸箱空空如也的不和谐、不人性化的欠缺。由此可见，评价一个国家的文明程度和老百姓的生活质量，不但要看吃的穿的用的，也要看诸如人人都离不开的如厕情况。从日本像公厕这样的公共设施解决得如此瑕疵难挑，就不难断定日本经济与社会发展状况和国民的素质如何了。

公园整洁、街面整洁、楼宇整洁、室内整洁，源于日本人热爱生活、追求整洁的良好习惯。日本人重仪表，视装束为一种礼仪，其实质是一种价值观。东京是个世界上人口密度较大的城市，在街面上摩肩接踵、形迹匆匆的人流中，每个人都着整洁的装束。陪同的友人说，近几年人们穿西服必配领带的习惯有所改变，一般场合不系领带已不被人们看成失礼。但是，男人外衣与衬衣、皮带、皮包、皮鞋的搭配，还是很讲究的。不分年龄大小，化妆是女人每天生活中的常项，年轻女人以淡为主，浓淡相宜；年长的女人对化妆更为认真，力求用人为的打扮抹去过去的岁月痕迹。不论年岁，女人都注意饭后的补妆。日本化妆品的销售情况，也可作为日本女人酷爱化妆的佐证。据介绍，日本每年化妆品的销售额在1.5万亿日元左右，仅次于美国，名列世界第二。

文　明

中国人看日本，虽然观念不一，价值观也有区别，但是，所见所闻的顺眼顺耳之事，标志着大和民族的文明程度。按人口密度来说，日本是世界上少有的几个高密度国家，这无疑是社会管理的难题。恰恰是在这个城市化水平较高、街面上人流如潮、人们的生活节奏较快的社会，人们用良好的习惯，诠释了国民的文明。

在日本，做任何事情都讲求“先来后到”。排队已是人们日常生活的基本规则，哪怕只有两人，也自然形成直排，从没见到有人越过“一米黄线”的现象。乘扶梯的人们，很规矩地站在右侧，将左侧让给着急的行人。无论是出行还是办事，老弱病残孕都会得到优先的照顾。机场登机，自然形成先老弱病残孕，然后才是普通旅客的顺序。在汽车保有量很大的东京或者京都，虽然车走车行道、人走人行道是天经地义，但是当绿灯亮起时，车辆仍然让慢步在“斑马线”上的行人通过。我们一行无论是在东京还是京都，无论是在北海道的小樽还是在札幌，从没看到交警的身影。在生活节奏快、人们形迹匆匆的情况下，车人和平相处，看不出抱怨和愤懑。

到日本考察、交流的时间短暂。作为服务对象，也着实能体会到“上帝”的感觉。每天到旅行车前，总是司机兼导游首先拉开车门，并且给你见面的问候和鞠躬礼，介绍情况、回答问题总是能表现出无比的热心和百问不烦的耐心。一天的活动结束后，司机（导游）也总是详细地讲述明天的安排和注意事项，给客人送上“晚安”的祝福，并且目送着客人离去。

日本人讲话，有果断和干脆的风格。但是，在公共场所很少听到大声喧哗。人们的手机铃声多数都是设置在震动状态，遇到来电，会礼貌地同身边人说一声“对不起，我要接个电话”，然后离开一点，或者到比较僻静的地方接电话。在机场、城市交通换乘站或餐饮店，多见闲暇的人用信息交流而少见用手机“聊天”的。日本的公共场所是禁烟的，但是，为了方便吸烟者解除烟瘾，有一些公共场所设立了封闭很好的专属吸烟室。旅日期间，从没见到随意吸烟的情况，从没见到互相争吵甚至拳脚相加的情况，也没曾看见

“花儿”乞丐和沿路散发小广告的现象。而相反，在街面上却看到前人不慎掉下的废纸被后人弯腰拾起，就近送入垃圾箱的现象。这些情况，一方面说明日本人的物质生活水平比较高；另一方面也说明，他们的精神生活达到了相当文明的高度。

在京都，亲历日本游客的拾金不昧。京都有一座称为八木邸的古老民居，曾是电影《新选组》的拍摄片场，后院有一处美丽而又紧凑的庭院花园，到这里参观并不拥挤。我们看到，一位游人在石板路边的草地上拾到了一枚戒指，当我们游览结束走到出入口时，正巧看到那位拾戒者把所拾戒指送到售票处。翻译告诉我们，这位拾戒者在说，请他们转给回头来找的失主。戒指的贵重程度我们不得而知，但我们看到了比饰品更为贵重的诚信。

方 便

从首都国际机场乘坐中国民航航班飞往东京。当我们坐入机舱时，机上广播“抱歉”地通知我们，因飞机故障，将拖回修机坪检修，飞机延误的时间暂不确定。到东京飞机落地，已是下午 4 点了，事先安排到“家之光”协会访问座谈的日程只好被迫取消。倒是东京成田机场服务人员笑容可掬的引导和明确的导行标识，使我们去掉了不会说日语的忐忑心情，机场的人性化服务、高效便利的通关，又使我们去掉了几分陌生感。机场高速路设有自动计费装置，车流如潮的情况下仍然是畅通无阻。进入东京市区，车行缓慢，但仍有序前行，不见左右随意并道抢行的现象。东京、京都、北海道这一路走下来，除成田机场到东京市区路段为自动收费外，再没见到收费站。对此，日本朋友解释说，日本的高速路绝大多数为国家投资的公益性工程，当然也就无需再交费了。

城铁与公共汽车的换乘，多为借助扶梯的上下垂直运行，定点候车，停车的位置总是车门对着排队的旅客，充分考虑到了尽量减少客人旅途的奔波与劳顿。从北海道新千岁机场到登别的城铁，不论是起始站还是中途站，完全对号入座，列车的到开时间可以精确到秒，由此可见大和民族有着极强的时间观念。从京都到东京的高铁“新干线”列车，全程自动验票乘车。车厢整洁，电子屏幕上滚动报告着列车时速、车厢温度、前方站名及到站时间，时速为 240 公里，车速快且稳，整个旅途尽可观光赏景，令人心旷神怡。可惜，由于天阴有雾，我们没能看到富士山风光。

日本所有的宾馆、酒店拒收小费，服务并不打折扣。房间价格不论高低，设备保证都齐备好用，没有遇到马桶漏水、龙头损毁和缺东少西的现象。所有的酒店均使用热水洁身马桶。酒店大堂备有免费的旅游简介、所在城市地图、交通和服务指南，免费随取。从东京的浅草旅行纪念品一条街，到京都的清水寺前区鳞次栉比的店铺，所有商品完全是明码标价、不砍价，从没听到满街高音喇叭的促销，也没见到追着游客的叫卖者。

到日本观光，固然有语言障碍，但是，通过店前招牌和宣传海报，店里经营什么，有什么特色，中国游客会大体有个不离谱的猜测。一些世界各国通用性标语，比如卫生间、化妆室等，会给你提供许多便利。有些标识虽然字义同中文有别，但可以理解。比如，酒店中的“案内”，为中文的服务指南；“泊车有料”，为收费停车场；“无料泊车”，为免费停车场；宾馆中的“朝食会所”，会明确地使中国游客确认为早餐厅。

日本的公园免费开放，这不稀奇；在公园中可吃到免费的午餐，这是一个新奇。在东京的日比谷公园里，有一家慈善机构，每月的 25 日给游人免费供应午餐。尽管游人很多，老少皆来，排队领餐仍秩序井然。

环　保

日本是《京都议定书》的发起国。从以玩具为伍的孩童到白发苍苍的老叟，保护生态环境，维护美好家园，是全日本公民崇尚的风气。街面干净整洁，公共场所干净整洁，私宅的房前屋后仍然干净整洁。公园的路旁看不到烟头和垃圾碎片，人行密集的机场、车站看不到垃圾碎片，剧场、体育场的一场演出或者一场比赛过后，场地干净整洁如初，看不到一场大型活动散场后的一片狼藉。城市街面上的垃圾箱，本来让人认为是藏污纳垢的地方，可在日本，街面上的垃圾箱同邮政信箱一样，透着不同的本色、显示着不同收贮分类，干干净净地伫立街头，箱盖总是那样规整地盖着，周边地面仍然难寻任何垃圾碎片。日本朋友和一些介绍日本的书籍资料告诉我们，日本能够在干净整洁方面赢得全世界的赞许，与他们保护生态环境从娃娃抓起有关。小朋友在公共场所吃零食，会随手将垃圾收入袋中，一丝不苟地放到应该放的地方。学生从小学开始，要学习环保知识，接受环保教育，全体民众都懂得“谁产生垃圾谁负责处理”的道理。

日本的生态环境保护得好，得益于垃圾问题解决得好。住户的生活垃圾，有严格的分类和分日回收制度，而民众的自觉，使制度得到了严格的执行。在京都时，我特意在早上 6 点 30 分起床，到饭店周边的大街小巷来见识住民生活垃圾的回收清运。每家的门前整齐地摆放着用半透明塑料袋装好的垃圾，有的餐厨垃圾经过家庭的初级处理，清运车顺街装车运出，垃圾清运车同邮政快递车一样色彩鲜艳、干净整洁。扔垃圾有严格的截止时间，过时不准再扔。据日本垃圾分类海报介绍，垃圾分为七类，政府免费做出垃圾日历，每日统一只处理一种垃圾。垃圾海报图解垃圾分类，并且注明不同种类的投放时间。有城市垃圾纠错的志愿者，每天巡逻在大街小巷，对违反扔垃圾规定的人进行劝告。

北海道风光

对集中回收的垃圾进行无害化资源化处理，变废为宝，实现物质的循环利用，是日本保护生态环境的主要措施。在东京、京都、大阪或横滨这样的大城市，偶尔会看见色彩缤纷、充满童趣的美妙建筑物，外来人都会以为那是儿童游乐园。其实，那是现代化的垃圾处理工厂。据资料介绍，一座现代化的垃圾焚烧炉，24 小时全天候运转，每天可处理 500 吨普通垃圾和 50 吨大型垃圾。焚烧炉排放的大量烟气，要经过烟与尘分离处理，使尘变成灰渣，用于填海造田；烟经过水洗、加热和脱硝处理，严格消除“二噁英”之后，排入大气。对报废的汽车、家电等大件垃圾的处理，实行生产者全回收，在自动化线上分解分离，实现多种材料的循环再利用。据资料介绍，设在名古屋的丰田金属回收公司，全自动回收生产线上处理一台报废的汽车，从整车投入破碎机，直到变成有用的残渣、碎屑，仅用 9 分钟。经过高效精确的自动化处理，一台汽车最终只剩下 2 千克左右的残余物，作无害填埋处理。垃圾是个宝，资源与自然的协调，已经成为日本人的一个生产生活理念。

访日归来，途有所思。在感官上，如果将同处于东北亚的韩国与日本相比，韩国有如青年般的活跃和芳华，某种程度上还带点嫩稚；日本有如壮年般的沉稳和成熟，某种程度上还表露出大气。

东亚异域的红色之旅

——日本纪行之二

从19世纪末期开始，中华的仁人志士受日本明治维新思想影响，东渡东瀛欲求救国图新之策。有据可查的，先后有梁启超、孙中山、周恩来、郭沫若、鲁迅等进步华人，在日本的东京、京都、神户、横滨、仙台等地留下求知求新的足迹。在我阅读的记忆中，中国革命先驱孙中山曾在日本致力于救国图强、复兴中华，并且留下一段与宋庆龄结为连理的爱情佳话；老一辈无产阶级革命家周恩来，曾在“五四”运动前夕留学日本，留下了《雨中岚山》的不朽诗篇。带着一份崇敬，访日行前我向日本友人提出了拜谒孙中山纪念馆和寻迹登岚山的要求，日本友人欣然答应，并做出了详细的日程安排，使我了却一桩心愿。

参观松本楼

要看松本楼的真面目，必须对日比谷公园有个概貌性了解。坐落在东京市中心千代田区、毗邻皇宫和银座的日比谷公园，是一处始建于18世纪末的德式风格公园。公园原为江户县的一处贵族宅院，在明治维新时期，曾作为陆军近卫师团的练兵场，直到1903年，公园才对游人开放。公园占地16公顷，约等于北京颐和园总面积的22%。园虽小但植物丰茂，闹中取静，空气清新。在绿树掩映中，有一座古朴典雅的欧式风格的三层小楼格外抢眼，那就是赫赫有名的松本楼，是中国革命先驱孙中山在日本的落脚之处。

松本楼的主人是生于1868年、卒于1934年的梅屋庄吉。此人出生于日本长崎，经营照相产业，家庭富足，崇尚维新，思想进步。梅屋庄吉有一个亲生女儿和一个养女。亲女儿婚后改名叫国方千势子。1978年国方夫妇应中日友好协会的邀请曾到中国访问，时任全国人大常委会副委员长、已经85岁高龄的宋庆龄在上海家中招待国方夫妇。现在的松本楼饭庄，是一家法式料理的西餐店，由梅屋庄吉的外孙婿小坂哲郎经营。

梅屋庄吉与孙中山先生，由于进步图强的思想相投，互相启发、互相支持，结下了深厚的情谊，书写了一段人间真情。据资料介绍，1895 年，梅屋在香港经营照相馆。是年 1 月的一天，孙中山经香港医学院詹姆斯教授引见，在香港中环大马路 28 号与梅屋庄吉初次见面，后有频频接触，往来俱多。两位热血青年谈天说地，志趣相投，追求人世间的平等博爱，志同道合。孙中山提出“先行中华之大革命”，梅屋庄吉承诺“君若举兵，我以财政相助”。直到中国大革命失败，孙中山于 1913 年来到东京，落脚于梅屋庄吉的松本楼。

梅屋庄吉对孙中山推翻帝制、光复中华的伟大事业倾囊相助。有资料说梅屋庄吉先生援助革命，曾出资给革命军购置了飞机弹药等大量武器，总投入超过 10 亿日元，换算成现值大约在 2 兆日元以上，相当于 1 300 亿元人民币。在生活上，梅屋庄吉夫妇给予孙中山无微不至的照顾，并且促成了孙中山与宋庆龄的婚事。宋庆龄的父亲宋嘉树是孙中山的好朋友，当年孙中山常到上海宋的家中做客，给懵懵懂懂的宋庆龄留下了好印象。宋庆龄在美国威斯里安女子中学读书期间，通过家里的书信来往，了解到一些孙中山领导辛亥革命的情况，对孙中山平添了几分敬仰，一来二去，宋庆龄和孙中山产生了感情。但是，宋庆龄的父亲坚决反对这桩婚事。宋庆龄主意已定，最终选择了离家出走日本，投奔了借居于松本楼的孙中山。初到时，宋是给孙做秘书，后来在梅屋庄吉夫妇的见证下，宋庆龄、孙中山二人在松本楼喜结良缘。由此可见，松本楼不仅是宋孙的借居之地，而且也是二人喜度花烛夜的洞房。

框架结构的松本楼，过去的装饰装潢如何，我们不得而知。眼前的松本楼，一摆一设、一书一画，都叙说着梅屋与孙中山之间的深厚情谊。迈进松本楼，首先映入眼帘的是一架老式钢琴。据松本楼资料介绍，这架由日本乐器制造股份公司于 1907 年出产的带有烛台的钢琴，是宋庆龄当年在闲暇时抒发音乐才华的唯一物件。尽管斗转星移，事态多变，这架钢琴却完好无损地保存下来。钢琴后面的墙上，有孙中山亲手所书的“同仁”横幅，横幅下簇拥着若干件珍贵的照片，有 1913 年孙中山来日本时梅屋庄吉主持各界朋友欢迎酒会的照片，有孙中山与梅屋夫妇的三人合影照，有邓颖超 1979 年访日时在松本楼会见梅屋庄吉外孙女夫妇的照片，有日本前首相福田康夫陪同胡锦涛主席参观松本楼并写下“中日友好，世世代代”题字的照片。钢琴左侧摆放着“孙文·梅屋庄吉略年谱”的展板。无论于公还是于私，孙中山、宋庆龄都视梅屋庄吉夫妇为恩德之侣。在松本楼印制的《梅屋庄吉与孙中山——辛亥革命秘史》的宣传册上，我们看到孙中山为表达感激之情，在梅屋庄吉夫人梅屋德的和服外褂上亲笔题写的“贤母”二字的照片。据说松本楼还珍藏着当年孙中山写给宋庆龄的英文书信原稿，遗憾的是我们无法看到。今日的松本楼三楼，已辟为法式餐厅，餐厅装饰古朴典雅，具有浓重的西方气氛，大约可供40位客人同时进餐。2008年5月6日晚上，时任日本首相福田康夫在此设私宴，招待国家主席胡锦涛，又续写了中日友好新篇章。

1925年3月，孙中山被查出肝癌晚期，梅屋庄吉得知消息即给居住在中国大连的养女梅子拍电报，梅子代父立即赶赴北京探患。孙中山去世后，梅屋庄吉先生立即致电宋庆龄、孙科，对挚友表示沉痛哀悼，并在电文中称赞孙中山“乃中国革命之大恩人，世界之伟人”，“先生去世，不仅使贵国前途未卜，更是日本之不幸”。为了让中国人缅怀孙中山进行辛亥革命的伟绩，宣传孙中山的进步思想，引导中日两国人民的后代珍惜中日友人之间的友谊，梅屋庄吉排除各种干扰，斥巨资在日本为孙中山铸造了四尊铜像，海运到中国，分别竖立在孙中山生前战斗过的南京、广州和澳门等地。后来，梅屋庄吉由照相业扩展到电影制作业，仍念念不忘同孙中山的友情，决定要拍一部《大孙文》的影片，但因时局变化和他身体状况，没能如愿。1931年“九一八”事变后，梅屋庄吉仍坚持中日友好的初衷不改变，不畏强暴，上书广田弘毅外相，主张“实现中日亲善”。1934年11月15日，梅屋庄吉拖着晚期癌症的病体，踏上赴中国进行和平斡旋的征途，不幸晕倒在途中，于11月23日去世，终年66岁。

斯人已去，主张中日友好的思想长存。

雨后看岚山

曾作为日本国都的京都，不但有古香古色的街道和市容，而且有风景如画的金阁寺和清水寺景区，最美为岚山。早在学生时代，就曾背诵周总理《雨中岚山》的诗文。当时认为岚山曾得到周恩来的留恋和推崇，一定是人间最美的地方，企盼有朝一日能亲眼目睹那群山叠翠、细溪潺潺、柳绿枫红、鸟语花香的仙境。2009年9月27日，一场晨雨把京都的空气净化得格外清新，我们如愿以偿。看后得悟：不虚此行。不仅看到了群峰美景，而且更难忘的是有幸拜谒周总理碑文，了解到周总理留日期间其人其事。

京都金阁寺

岚山坐落于京都西部，海拔仅382米，山脚下的大堰河，水清见底，是游人轻舟荡漾的地方。山上植物繁茂，松柳杉竹枫樱各种树木俱全，见景生情，给人带来春有樱花装点、夏有柳荫乘凉、秋有枫叶染红、冬有雪松伴绿的遐想。值此九月天，只见山上满目青翠，山脚下一泓清潭，游人如潮，好不惬意。顺右边山路拾级而上，仅用十分钟，眼前展现一片开阔的平台，平台中央矗立着一座石碑，这就是周恩来总理诗碑处。诗碑由基座和本体两部分组成。基座是由没有雕琢的石块砌成，诗碑本体是一整块本地产的赭色鞍马石，正面镌刻着由时任全国人大常委会副委员长廖承志手书《雨中岚山》的诗文，背面镌刻着发起人名单。诗碑面对岚山和大堰河水，碑高2.4米，略显椭圆形，目测，诗碑平台占地不足100平方米。

碑文告诉我们，周总理《雨中岚山》诗文作于1919年4月5日。据资料介绍，这首诗文在周总理回国后，于1920年发表在《觉悟》杂志的创刊号上。1917年春季，19岁的周恩来从天津南开学校中学毕业，为进一步积累救国图强知识，从天津乘邮船东渡日本，先是学习日语，在日为期两年。1919年春，国内“五四”运动的前潮涌动，天津要办南开大学的消息传递到周恩来耳边，他觉得有必要回国图谋大事，毅然于4月中旬从神户港登船回国，接下来就是投身于“五四”运动，在天津创办觉悟社。据考证，周恩来在日期间曾四次游岚山，曾经还写过《雨后岚山》和《游日本京都圆山公园》的诗句。《雨中岚山》是周恩来最为得意之作，所以他回国后将其在《觉悟》杂志的创刊号上发表。

周总理留日时间仅为两年，却结识了许多名流朋友。抗战胜利以至新中国成立后，他一贯主张将中日人民之间的友好同日本军国主义的仇恨区别开来，并一直致力于实现中日邦交正常化。令人欣慰的是，周总理生前铸成了“中日邦交”大业。逝后，一些日本友人出于对周总理的敬重，开展了一系列纪念活动。在岚山上设立诗碑，以此纪念先贤和昭示后人的，是由当时的日本国际贸易促进会京都总局会长吉村孙三郎提议，并且亲任“周恩来总理诗碑建设委员长”。从1979年1月22日成立诗碑筹建委员会，到是年4月16日诗碑揭幕，仅用三个月时间。读诗碑背面碑文得知，诗碑建设委员会由当时的京都府知事、京都市市长任顾问，建设团体共有京都府日中友好协会等9家，京都华侨总会作为协力团体。诗碑于1979年4月16日，由周恩来夫人邓颖超揭幕。

岚山美丽，岚山又因矗立着一座老一辈革命家、中国人民敬爱的周总理的诗碑而添庄重。在诗碑铸立后，有据可查的，相继有邓小平、胡耀邦、华国锋、廖承志、邓颖超、胡锦涛、温家宝等中国党和国家领导人到岚山，拜谒周总理诗碑。

走下岚山回望，一抹晚霞映照峰峦叠翠的天际，耳边回荡“流出泉水绿如许，绕石照人”的诗句。

资本主义制度下的现代农业

——日本纪行之三

2009年国庆节前，应日本“家之光”协会的邀请，到日本进行短暂的访问。走马观花，虽然不能对“花”的内涵及机理有确切的深度了解，但是总会有些认知和感悟，产生具有对比意义的联想。特别是对几个涉农问题的联想，应该引起我们的深入思考和必要的求证。

在生产要素组成结构发生变化的条件下，重新认识日本的资源匮乏。

包括学生地理教科书在内的介绍日本国情的书籍、资料，几乎无一例外地说：“日本是个海岸线狭长、岛屿众多、资源匮乏的国家。”现在看，应矫正这种认识。在现代社会中，资源的含义已经远远超出了自然资源禀赋的范畴。从形态上说，可分为物质性的自然资源和非物质性的智力资源；从生产力的构成上说，有硬件资源（有形的生产工具、设备）和软件资源（无形的凝结在人类劳动中的技术、工艺）。过去说日本的资源匮乏，主要是指有形的石油、煤炭和稀有金属等矿产资源匮乏，而智力资源和生产工艺、技术，相对其他国家来说，是富有的。目前的日本，国内生产总值仅次于美国，位居世界第三，人均国内生产总值还要高于美国。这样的经济现状和所处的国际地位，有理由让人们开阔视野，重新认识日本的资源状况。战后日本经济突飞猛进发展的客观情况已经证明，在社会化大生产条件下，生产过程对物质的、有形的资源消耗与非物质的、无形的资源消耗相比较，前者的比重会逐渐缩小，后者的比重会逐渐加大。由此可得出，用于生产的智力及现代技术的提高，不但能节约自然资源，而且能替代自然资源，进而还能发现新的自然资源。日本经济领域先进的技术基础和创新机制，是推动经济发展的最大资源优势。最大限度地发挥这样的资源优势，是日本经济成功的重要因素之一。日本农业的发展，很成功地实现了“用现代的技术基础和工艺手段来替代土地和劳动力资源”的目标。因此我们说，日本是一个“软”资源极其丰厚的国家。

在粮食自给率比较低的情况下，也可以确保国民的粮食安全。

据日本友人介绍，日本的粮食自给率只能达到60%左右，丰年也只能达到 70%。这个指标在西方发达的七国集团中，可能是最低的。但是，日本的国民却衣食无忧，餐桌上的食品量足、质优，人们既吃得饱，吃得好，还吃得健康，奥妙就在于采取了以效率优先配置资源，利用国际市场调剂余缺的农产品取向。日本在国土的整体利用上，宜工则工，宜林则林，宜农则农；在耕地的整体利用上，宜草则草，宜花则花，宜果则果，宜粮则粮。在比较紧缺的土地上，并没强调必须用于农业；在比较紧缺的耕地上，并没十分强调必须种粮，而是什么效益好就干什么，什么挣钱多就种什么。用高度发达的工业，用优质、精密、新奇的工业品，在国际市场上换取大量的外汇，再用外汇进口农产品。这样的大进大出，等于提高了国土的利用率和收益率，其实质，等于进口了耕地。其实，在农业生产条件相对好一些的关东地区和北海道，也可以多种粮食，那样，粮食自给率能提高一些，但整体经济结构和效率状况将发生大的变化，结果很可能是得不偿失。在和平与发展成为当今世界主流的情况下，市场是开放的，经济发展是相互依存的，哪个国家搞经济或产品封锁，都可能是搬起石头砸自己的脚，只有平等交易，互通有无，才能实现双赢或多赢。日本人看明白了国际市场的大趋势，借船出海，聪明地利用了国际市场，所以，在粮食自给率比较低的情况下，确保了粮食安全。中国的国情与日本差异很大。如果不去保护耕地，不采取大力发展粮食生产的优惠措施，即使是粮食的自给率在现有基础上下降 10 个百分点，都是个没有办法补充的天文数字。不但国际上没有那么多粮食可供中国进口，而且也没有那么相应的运力保证。因此，不可效仿。

在资本主义制度下，同样可以实行生产者的合作与联合。

过去人们认为，资本主义的生产是建立在私有制基础上的生产，同业之间具有强烈的排他性，经营者的单打独作和自私行为是这种生产关系的基本特征。而在日本，在土地私有的产权制度下，大力发展农民自己的组织——农业协同组合，有效地弥补了私有制生产关系的弊端。全日本共有综合性农协近 2 500 个，专业农协 3 500 多个，全国 99%的农户都加入了农协。通过农协这种非营利性的生产与流通组织形式，建立起社会化的农业生产服务体系，解决了一家一户办不了、办不好、办了不经济的生产或流通问题，将千家万户的分散生产与千变万化的大市场连接起来，大大增强了农业抵抗自然风险和市场风险的能力，从而熨平农业生产的周期性振荡，取得了农业的平稳可持续发展。日本的农协，真正起到了互助协作、引导生产、发现价格、保护权益的作用。对农户来说，它是“保护伞”；对政府来说，它是“稳压器”；在处理农户与商务中介以及政府之间的关系上，它又是“黏合剂”。这样的农协，不能说尽善尽美，但应该说是国际上比较成功的合作与联合的范例。

在分散的小规模经营条件下，照样可以发展现代农业。

日本的农业生产经营单位户均占有耕地为1.5公顷，而美国是200公顷。与美国、澳大利亚和欧盟等国家和地区相比，日本农业显然是生产经营单位户均占有土地量低，生产规模小。但是，这并没有影响到现代农业的发展。在土地有效利用、新技术贡献比重、机械化作业水平、农产品质量安全和农业生态保护等方面，日本有的指标还走在了前列。中国人对农业所提出的高效、优质、安全的目标性要求，在日本都基本实现了。这样的农业虽然还很难定义为现代农业，但是，称之为先进农业应是不争的事实。由此可见，以用现代新技术改造农业、用优良品种提升农业、用先进设备武装农业为主要内容的现代农业建设，与单位经营规模的关联并不十分明显。只要积极稳妥地采取集约经营手段，就可提升农业的产业素质，推动农业向现代化目标迈进。

日本东京

在粮食自给率不高的情况下，同样可以追求食品的质量安全。

人类在生产及消费过程中，理出了一条质与量的互变规律。即在量足的情况下容易提高质，在量亏的情况下容易忽视质。而日本农产品的生产与消费的实际，却改写了这样一条人类多年的公论。日本农产品60%的自给率，无论如何不可称为量足。但是，日本政府从不因为青睐量而忽略质。从日本农产品高度的质量标准到国民的餐桌食用，一系列的实例可以证明，日本的农产品安全系数是很高的。老百姓的饮食安全，从生产、加工到消费环节，都有明确的质量要求，对于进口的农产品，更是质量标准文件齐全，遵循有据，严格把关。过去人们常说日本海关对食品搞技术及标准壁垒，殊不知，这是对国民健康的高度负责精神。在生产力高度发达的现代，确保人类的健康是政府的第一职责。对一些农药残留量较高的农产品放任自流，对一些食品添加剂的乱投滥用熟视无睹，就是对国民健康的侵害。既让国民吃得饱，又让国民吃得好、吃得健康，是政府行政的题中应有之义。

（写于 2009 年 10 月 15 日）

九、感受埃塞俄比亚的贫穷与民主政治

中国人常说，访问南非，不代表访问非洲；只有真正到非洲中部国家看一看，才是真正看到了非洲。于是，我们在结束了对南非的访问考察任务之后，从南半球跨过赤道，飞机降落在亚的斯亚贝巴的国际机场，顺访东非大国埃塞俄比亚，领略真正的非洲、贫穷的非洲和具有黑人典型特色的非洲。

中央机关同老百姓一样受窘

埃塞俄比亚曾经以阿比西尼亚为国名，位于非洲的东中部，面积1 103.6万平方千米，人口大约在7 800万左右，是非洲人口排在尼日利亚后的第二大国。境内多为高原和丘陵地带，东非大裂谷呈东北与西南走向贯穿全境，水源丰沛。尽管这个国家离赤道较近，但是，由于整个国土居于非洲屋脊，常年温度适宜，四季如春。在夏季炎热的非洲，这里是避暑胜地。我们所到的亚的斯亚贝巴，是埃塞俄比亚民主联邦共和国的首都，也是埃国的政治、经济、文化中心。亚的斯亚贝巴是埃塞俄比亚国语阿姆哈拉语，为"新鲜的花朵"之意。据陪同人员介绍，埃塞俄比亚已经有3 000多年的文明进化历史，曾被奥斯曼帝国和葡萄牙人入侵，1936—1941年被意大利人占领，1974年9月由一些少壮派军人推翻塞拉西政权实行军人管制，1991年5月人民革命民主阵线取得政权，1992年12月通过新宪法，次年5月首行多党选举，成立了埃塞俄比亚联邦民主共和国。

飞机从南非的约翰内斯堡起飞，大约飞行6个多小时，降落在亚的斯亚贝巴国际机场，虽然位势升高了 2 350 米，但是，感官上的经济落差悬殊。飞机降落前，从舷窗眺望，几乎看不到大城市的形象，零零散散的村落，都是茅草屋和铁皮房，想必这就是非洲的贫民窟吧。机场附近看不到高楼群和发达国家首都机场附近高速路上那特有的排队缓行的车流，目极之处仅能看到候机楼、塔台和几栋孤立的附属房屋。机场到市区的路不是很远，没有高速路，汽车是在丘陵起伏的山路上前行，路旁偶尔可见居民村落。亚的斯亚贝巴市区，几乎没有很像样的街道，路口也很少装有红绿灯，大小客车、大卡车、摩托车、手扶拖拉机和行人混行，时而要穿过挖开的路面，水泥路、柏油路、砂石路、土路互接，看来是没有整体规划。亚的的天空湛蓝，因有尤加利和咖啡树的遮蔽，满眼葱绿，路边草茂花鲜。城区主体建筑以二、三、四层居多，偶尔见到一幢七八层高的玻璃幕屏楼，显得鹤立鸡群。由于城市建在高低起伏的丘陵上，所以，显得错落有致，层次分明。途经被埃塞俄比亚人称为最有名的革命广场，游人和玩耍的儿童三三两两地漫步，广场周围偶尔可见高层建筑。陪同的当地译员说："这就是有名的放羊广场。"因为牧民可以到广场来放羊而得别名。从机场到宾馆，除了所见行人之外，一路的感官简直是置身于 20 世纪 80 年代中国北方的地级城市，这就是亚的斯

埃塞俄比亚首都亚的斯亚贝巴街景

亚贝巴人给初来者的“见面礼”。

埃塞俄比亚是世界上最不发达的10个国家之一，其人均年GDP不到400美元（约2 680元人民币）。国家货币单位为比尔，1比尔约合0.34元人民币。对于埃塞俄比亚人来说，多数人的月收入不足1 000比尔，相当于340元人民币。到这里来打工，月收入400元以上就是高薪了。黑人家庭贫困，人口却不少。尽管医疗条件不好，儿童死亡率很高，但是，一个家庭三四个小孩是常见情况。经济落后，建筑材料缺乏，铁皮房是居民的住宅主体，夏季屋里炎热，冬季透风漏雨。苔麸、荞麦做成的煎饼，裹着蔬菜和自制的酱，是埃塞俄比亚人的主流食品，保留着原始的手抓进食习俗。我们一行六人所住的宾馆是以接待华人为主的宾馆。早餐每人可以吃到一份米粥、面包和煮鸡蛋，自助餐台上盘中摆放着很稀疏的几片香肠和烤肉，大家都不忍心去夹起。接待我们的友人特意安排了一次本地特色的晚餐（手抓饼），四人或六人一台，可以喝到本地酒水，伴有民族歌舞演出。台下我们吃着黏糊糊、酸溜溜的手抓荞麦煎饼裹着蔬菜，演员蹦跳的台上扬起灰尘，各种打击乐刺耳，那种感觉是无法用语言形容的。

作为中国新闻代表团，我们的任务是访问埃国政府新闻部、全国记者联合会和国家通讯社。我们所到的国家新闻部独门独院，从用钢筋焊制的对开院落大门进院，院落系砂石地面，显得不平坦，从后门进入主楼。楼门厅里似乎没有传达室，我们由事先约定的工作人员引导上四楼会议室，埃国新闻部的副部长及几位新闻出版界人士热情接待了我们。坐定稍作寒暄，新闻部长从侧门进入了会议室。在部长简单地介绍了埃国新闻事业总体情况和国家发展情况之后，我们开展了业务交流。

到埃国的国家新闻通讯社访问，直观感觉到基础设施、办公条件、信息传输设备与中国的新华通讯社相比，至少要落后20年。此新闻通讯社创建于1942年，曾多次经历国家动荡和政权更替，有着68年的历史，归属于国家新闻办指导，是国办的唯一一家新闻发布机构。通讯社独楼不独院，据陪同人员介绍，通讯社内设只有三个部门，办公都在这幢六层楼房中，估计总建筑面积不会超过6 000平方米。上下楼的直立电梯内饰陈旧，关门、启动、停止都会震荡。我们在进门大厅的沙发上稍坐，就简单地看了采访部和几处编辑室。办公用具简陋，我们认定桌上电脑多属486、586的水平，屏幕大，占据着局促的空间，有的桌上零星地散落着报纸和杂志，有的桌上有灰尘，想必是很久没人来办公了。事后回忆，一个小时的参观访问，所见到的通讯社工作人员有10人左右。由于埃塞俄比亚盛产咖啡，在三楼电梯厅前准备了咖啡和茶点，可坐十几人的沙发，扶手包皮都已磨破，裸露着“海绵”。电梯门一开，迎目而来的是服务员大口地吃着茶点，甚至在给客人递上咖啡时嘴里还嚼着饼干。陪同的使馆人员对我们用中文说，这是惯例，不奇怪。

在埃国三天，我们提出能否到黑人居住的村落或家庭看一看。接待方出于安全的考虑，再加上黑人朋友有不愿意让陌生人进家门的风俗习惯，我们没能如愿，只是到城郊的小山顶上，从外观上看一看黑人朋友的居住点。下山的路上遇到三五成群结队的砍柴女人，乘车停下拍照之机，蜂拥而至，纷纷伸出手来向我们要小费。使馆陪同人员立即用中文说“千万别出手!”我们上车迅速地关上车门，车已经缓慢地启动了，还有人用棍棒敲着车窗。车上，使馆的陪同人员告诉我们，今天我们一旦出手给钱，我们将被洗劫一空。在这些黑人妇女看来，我们过得比她们好，给她们一些好处是理所当然的。由于非洲黑人的观念封闭，所做的事情我们很难理解。比如，他们普遍贫穷，有的一天生活费不足一美元，但是，有人会拿10比尔上大街雇人擦皮鞋。再比如，黑人干活是一人干、两人指挥、三人在边上闲谈。路上，我们遇上了给马路“开肠破肚”的场面，亲眼验证了陪同所说的这种情况。

据中国驻埃大使馆的工作人员介绍，在贫穷的埃塞俄比亚，也有富人阶层，只是这个阶层的人员比重很小。在首都亚的斯亚贝巴，也有相对的富人区，一些靠经营能源和贸易发家的富人，住着别墅，园中也是湖光山色，精致精良，有的富人甚至坐飞机去南非打高尔夫球，有的到意大利、法国定居。全国最富有的是穆罕默德·侯赛因·阿里家族，个人总资产高达123亿美元，曾在世界富豪榜上排名在123位。

听主人谈新闻

埃塞俄比亚国家新闻部巴德部长对中国新闻代表团说，我们所说的新闻部，严格说应该叫新闻办公室，是2008年政府机构改革之后由此前的新闻部转化而来。现在的新闻办公室，基本延续了过去新闻部的职能，所以，大家还是叫新闻部。这个部的工作目标是给公众提供最及时、最准确的信息，同时为政府提供最透明的信息反馈，负责了解民众对政府的反应，引导公民树立团结、民主的价值观，力求建立国家的正面形象，在新传媒系统中起信息的主导作用，保证信息充分有效地流通。新闻办处于政府信息工作的主导地位，忠实于宪法，尊重信息的准确性和实效性，是政府引导民众同贫穷作斗争非常有效的手段。政府新闻办还负责组织本国新闻行业与国际组织的合作与交流，积极参与非洲大陆以及整个世界的业界活动，引进先进的传媒技术。据巴德部长讲，目前埃国传媒业界的网络和电视技术主要来自中国。

在埃塞俄比亚，新闻自由是受宪法保护的。宪法保护不同性别、不同肤色、不同种族民众的平等权利，鼓励每个公民直接参与国家事务。国家新闻办保持同各大媒体的及时沟通，不定期召开“吹风会”、新闻发布会，邀请与政府主张相近的媒体到会，“不友好”的一般不邀请，时而发出“新闻单”。对政府意见的反馈方式，是由新闻办主动给媒体打电话收集情况，也有时请各媒体去调查。

在国家新闻部的一楼会议室，我们同埃国记者联合会座谈。座谈会由国家新闻部的一位副部长主持，记者联合会的主席、副主席等若干人到场。会议主持者介绍，埃塞俄比亚的历史悠久，但资本主义产生的时间较短，新闻史也比较短。埃西拉皇帝在位时，引进了政府媒体，但影响有限。那个时代没有新闻自由，帝国被军人推翻后，军政府完全限制媒体，政府媒体变成了宣传工具，在执业能力上很差。军政府维持 17 年后被推翻，新政府组成后的第一件事就是确立言论自由，同时引进媒体法，放开对私人媒体的管制，实行媒体出版自主和自由。媒体法实施后，陆续有记者、女记者、体育、自由撰稿人等七家行业协会应运而生，这些组织对媒体法的丰富和提高起到了很大作用。这位副部长说，大家一致认为，媒体法引入只有短短几年，对媒体的发展起到了很大作用，不同的媒体都有进步。

埃塞俄比亚全国记联成立于 2003 年，包括政府主办和私人媒体在内，有 500 多名会员。全国记联不受政府干涉，主要是给记者提供培训和力所能及的帮助，是一个很自由的组织。记联同国际记联、非洲记协和东非记协有很好的业务交流。埃国记联表示，他们很希望同中国记协交流，建立起稳定的合作关系。

埃塞俄比亚全国记联副主席说，埃塞是一片神奇的土地，有多种文化，热情好客，是非盟总部所在地。记联的主要职能是维护新闻自由和记者自由，担负着记者培训、组织媒体交流和同政府对话的任务。媒体和记者遇到什么问题或者对政府有什么要求，由记联出面同政府去谈。媒体和记者遇到的难题主要是来自于同警方或者法院的冲突，最简单、最快捷、最有效的办法，是由记联出面商谈、协调和解决问题。

座谈会上介绍，在埃塞俄比亚，记者违规的事也时有发生。因为个别记者执业能力低，有些党派或者经济组织就利用他们说话，记者就陷入麻烦了。有些国际新闻组织或媒体会鼓励记者违法违规，但一旦出了事，这些表现不端的组织或媒体又会出来说埃塞俄比亚没有新闻自由，有一些媒体会通过这种形式从西方拿到钱。记者有时同雇主也会发生矛盾。政府在制定政策，记联在抓记者培训，这几年的矛盾一直在减少。东非记联的报告说，以前埃塞俄比亚是上了违反新闻自由黑名单的，现在已经不在这个名单上了。

埃塞俄比亚记联加入了国际记联，要给国际记联交会费。其本身没有政府资金支持，主要由会费支持正常运转。他们非常盼望有机会去中国，向中国记协学习，了解中国媒体发展和记者管理情况。谈到去中旅费问题，埃塞俄比亚记联的朋友说，他们同埃塞俄比亚航空公司的关系很好，可以获得打折机票，还可以找一些赞助。还说到，本国一些记者的新闻观、价值观都是西方的那一套，希望同中国同行进行交流，学到一些东西，以提高记者的执业技能和记联的培训水平。

埃塞国家新闻通讯社约有 500 人，主要职能是“做新闻”。通过建立在各省市之间的 38 个分社的 52 名记者，收集采写新闻故事给电台、电视台及指定网站供稿，宣传政府的现行政策。消息来源，有本地的，也有国外的，比如中国新华社和法国路透社。对中国的报道，大量的是使用新华通讯社的发稿。通讯社的一位负责人介绍说：“主要是反映中国的发展，用以教育我们的民众。我们虽然同中国的新华社没有用稿协议，稿件也只是网络渠道，但是，我们认为新华社稿件是可靠的，新华社对我们的用稿是默许的。”埃塞俄比亚国家通讯社还同赞比亚、也门、安哥拉等非洲国家签有用稿协议，转发这些国家有价值的新闻。在他们看来，发展中国家需要大量的创造性信息。接待方表示，埃塞俄比亚的媒体一直为国家的发展而努力，希望经过努力能同中国一样走上比较好的发展道路。

以中国为榜样

埃塞俄比亚不论是政府还是民间组织对中国都很友好。国家新闻部长巴德在同访埃代表团座谈时说，“中国是我们的好朋友、好伙伴、好榜样。”他们认为，中国的民众解放运动和近32年的改革开放，经济和社会发展非常快，成绩非常大。中国具有建设性的做法，值得他们认真学习。

这个国家有80多种语言，多种文化融合。不论是什么样的语言、文化和历史，民众都是平等的，地方可以自治，可以组建独立的权力机构。现行宪法是由民众选举出的宪法委员会主持起草，并通过民众广泛讨论后颁布实施的。宪法规定地区及个人的权利都是平等的，妇女、儿童、少数民族和宗教权利受宪法保护，政教分开，互不干预。所有民族语言是平等的，工作语言使用阿姆哈拉语。宪法规定，18岁以上的公民有选举权，21岁以上的公民可以成为公职人员。国家实行民主联邦共和制，所有土地资源归国家所有，不得买卖，但国家有权有偿征用。联邦政府下辖9个省，每个省都有权组建自治政府，制定本省的宪法和法令，通俗地说，地方有独立的立法、司法和行政权。国家最高权力机关是人民代表院，负责选任总理和内阁成员。人民代表院要讨论通过国家战略与政策，负责宪法修订等有关事务。代表院下设12个专门委员会，比如，人权和媒体委员会等。部长说，这样的政治体制曾经受到过质疑，通过20多年的施行，埃塞俄比亚人自己认为效果不错，有效地增强了国家凝聚力。

埃国官员认为，他们的国家最近10年发展得也很快，特别是在消除贫困方面，取得了很好的成就。他们表示，希望用民主的办法来推动经济发展，加快消除贫困，建设社会公正的国家，力争尽早跨入中等收入国家的行列。他们自信地说，这个进程已经开始了。2003—2009年这7年，埃国的经济以年均11%的速度增长，其增长速度在非洲名列前茅，是世界第五。埃塞全国有1 300万个农户，户均1公顷耕地。他们秉承以农业为基础、以工业为先导的发展战略，依靠农民创造成果推动发展工业，由农业国逐步走向工业化国家。他们设想，农业以年均增长15%的速度再发展5年，下一个5年就可以促进工业的加快发展，同时，再优先发展电力、交通、通讯和基础设施，埃国就会有一个大的变化。

埃塞友人认为，埃塞联邦政府对社会的管理很成功。其中，坚持民主和良政，是重要的治国经验。没有民主和良政，一些政策将无法贯彻执行。在良政方面他们坦言还有些问题，但是，他们认为一直在往前走，政府一直鼓励最贫穷的民众参与到国家的管理和决策中。同时，要求政府官员更好地为民众服务。埃国曾启动以“加强培训、提高能力”为内容的公务员改革，调动公务员的积极性，为经济发展和建设民主社会贡献才智。

近10年来，令埃塞俄比亚人民骄傲的是，国家在消除贫困方面成效显著。2002年，政府实施《可持续发展和减贫计划》，全国工作重心转向经济建设。10年前（2000年），按照联合国制定的日均生活费低于1美元的标准，埃塞俄比亚全国有54%的人口处在贫困线以下，现在（2009年），已经下降到27%～29%。从2003年以来，GDP一直快速增长，有力地支持了教育和医疗条件的改善。现在在校学生1 800万，特别是女孩入学率逐年提高，国家规划到2022年后，全国大学要在现有8所的基础上增加到32所。改善国民医疗条件的重点放在多发、常发疾病的防治上，力求改变缺医少药的局面。政府官员坦言，在公务员队伍中也有寻租和贪腐现象，有的国民不太爱劳动。国家的政策体制很好，但国民的能力有局限性，是由教育落后所决定的。虽然因贫穷而获得美国、中国及联合国开发计划署等的援助，但国际上对其发展也有不利因素，“主要是发达国家希望非洲的发展别太快”。所以，西方对非洲及埃国的报道总有不正面的。

埃塞俄比亚的孩童

“我们要按照自己所选的道路走下去，因为我们看到中国自己选择的道路很成功，走得很好，不但中国的老百姓受益，而且给整个世界都带来了好处，希望中国的朋友多给我们介绍经验。”埃塞俄比亚的新闻部长用这番话结束了他的讲话。

（写于 2010 年 10 月）

十、在非洲看“欧洲”

——南非访问记

说到非洲，人们的第一反应是贫穷。经济理论工作者在讨论粮食安全时，总是说“有 1/5 的非洲人挣扎在饥饿的生死线上”；医务工作者总是说“非洲是世界上艾滋病的泛滥之洲”；教育工作者总是说“非洲是教育待开发的处女地”。但是，如果有机会到南非民主共和国走一走、看一看，就会得

南非开普敦桌山

出与人们心目中的非洲决然不同的结论。这个位于南半球和非洲最南端的以黑人居多的民主共和国，不但山水如画，空气清新，景色宜人，而且经济发展并不落后，城市建设并不比发达国家逊色，人们的生活水平也不像想象的那样困苦。在这个多种族、多民族、多部落的国度中，不管是白人还是黑人，抑或是亚裔的黄种人还是棕种人，都享有同一样的国民待遇，都在一个统一的社会制度和平等的法治环境下生活。在飞机即将降落的那一刻，从飞机舷窗俯瞰，一望无际的海域顶着白云漂浮的蓝天，海岸毗邻着高低错落、鳞次栉比的楼群，碧绿植被覆盖着大地，五颜六色的汽车长龙沿着海滨大道有序前行。目击所到之处，尽收眼底的壮美和宁静，让你恍惚这是到了欧洲，又一晃然，断定这是非洲，是南非的立法首都开普敦。

独一无二的首都构架

由于地理环境、气象条件、历史沿革和土著民族的不同，国与国之间无论是国体政体还是风土人情，都会有差异。世界上不存在"内里"与"外表"都相同的姊妹国，差异总是有的。南非与世界各国的最大差异，是它有三个首都，这是世界上独一无二的。

立法首都开普敦。开普敦位于南非的最南端，是西开普省的首府。由于南非的国民议会总部设在开普敦，所以，开普敦自然成了南非的立法首都。开普敦西濒大西洋，南接印度洋，是欧洲殖民者殖民非洲新大陆的据点。历史上由于长时间被荷兰占领，城里的古老建筑多呈现欧洲风格，白房红瓦居多，偶有现代的玻璃屏幕的楼房点缀其间，开普敦有南非最大的海港，也是著名的旅游城市。

行政首都比勒陀尼亚。比勒陀尼亚位于南非东北部的马加莱斯堡山谷地，1855 年由土著人马尔锡劳斯创建，并以他父亲比勒陀尼亚命名，是海拔超 1 000 米的高原城市。由于总统府建于此市，故称为行政首都，现任总统祖马在此办公。城区公园、动物园、植物园众多，有全非洲最长的 18.64 公里的教堂大街。比陀的近郊散落着金刚石、白金、黄金、锡、铁、铝、煤等贵金属和能源矿，因而又有人称它为矿业城市。

司法首都布隆方丹。这是一座始建于 1846 年的中部高原之城，人口仅有 50 万，布隆方丹一词，地方语意为"花之根源"。国家宪法法院、最高上诉法院和高等法院居于此市，因而得名司法首都。由于它位于南非国土的准中心位置，因而成为南非全国的交通枢纽。

被误读的首都约翰内斯堡。有一些国外人认为，南非的首都是约翰内斯堡，其实不然。约翰内斯堡人口众多，城市规模较大，是南非的第一大城市，是经济和商贸中心。但就像纽约不是美国首都、里约热内卢不是巴西首都、上海不是中国首都一样，约翰内斯堡也不是南非的首都。尽管不是首都，约堡市却在南非的经济与社会整体中占有十分重要的地位。南非的黄金储量占全球的60%，大的金矿主要分布在约堡周边地区，南非的深矿开采技术处于世界领先地位，也是主要指约堡地区。

无论是比陀，还是开普敦、布隆方丹和约翰内斯堡，其市容市貌都显得整洁、美观，风光秀美，花木繁茂，街路纵横交错，交通发达，通讯便捷，城市的基础设施比较完备。南非的政治、经济及文化命脉，从南向北，主要依靠“首都线”布局的。最南端的开普敦，到中段的布隆方丹，再直线向北经约翰内斯堡一直到比勒陀尼亚，此“首都线”辐射到了南非的三分之二以上的国土。游走在这几个城市之间，总有“不是花园，胜似花园；不是欧洲，胜似欧洲”的感觉。还由于南非有比较完备的工业体系和社会化服务体系，经济发展一直处于非洲之首，因此，一些国际组织将其归类于发达国家行列。

民主自由的新闻生态

到南非，新闻业务交流的第一站是南非国民议会新闻办。据介绍，这个机构只有5位工作人员，每个省的议会，也都设有这样的机构。新闻办的一位已经从事十几年新闻工作、两年前进入国会新闻办的女士同行在新闻办的新闻发布厅热情地接待了我们，交谈是从她“为什么选择了这条路（到国会新闻办工作）”开始的。她说，国会是立法机构，向民众传达信息是非常重要的工作。国会首先重视主流媒体，但并不是只重视一家，对社会的媒体也同样重视。因为所有的新闻发布都与老百姓息息相关。南非的议会有上院下院之分，工作是受到媒体监督的。不论上院的会议还是下院的会议，所有的信息都是通过媒体传达给老百姓，因此，国会新闻办的职能作用是桥梁作用。在南非，国会议长和政府组成人员，都很愿意面对面与老百姓交流，国会和政府的重大决策，有时是通过议员或者部长直接同老百姓对话而传递出去的。国会新闻办的工作日程是根据国会的工作拟定的。因为国会是立法机构，对于老百姓提出的涉及政府的问题，由国会新闻办反馈给政府。据介绍，南非是新闻自由的国家，新闻媒体对包括总统在内的任何人想批评就可以批评，报刊是自己管自己。新闻报道出错或者批评错了，属于道德方面的问题，不受法律制裁，道个歉就行了。但是，真正的道歉，广播电视会很快，报刊就慢了，有的甚至拖到三年以后去道歉。在南非，到法院打“官司”的费用很昂贵，不是每个人都可以有到法院打官司的经济条件。因此，在当地人看来，新闻媒体的舆论权力很大。南非的新闻媒体构成和新闻传播手段，正好同世界业态发展状况相反。反应最快的、受众最大的一是广播电台，二是电视台，三是报刊，而不是互联网。因为互联网在南非很不发达，只有少数富人才用得起。同一件事情，各媒体的解释可能不一样。重要的事情，官方怕媒体有改动，所以部长更愿意同民众面对面地发布信息，交流情况。

“媒体 24 小时”是以办报刊和电视为主的传媒机构，是南非乃至整个非洲的最大传媒公司，也是一家上市公司。我们到访的当天股价为 370 兰特。公司的首席执行官冯锡安介绍，公司办有相对不同读者群的 50 种杂志，单期发行在 5 万份以上的有 20 多种，最高的单期发行量达 30 万份，全公司月发行量达到 50 万份。传媒定位是关注老百姓生活，主要是衣食住行，发行量的 60%是预订，40%是市场零售，报刊发行盈利占全公司盈利总额的 35%，盈利的主渠道是电视和广告收入。公司职员介绍，南非传统报刊流量在减少，以花边新闻为取向的小报小刊流量逐年增大。由于南非的网络用户没有欧美那么普及，影响力也小，未来公司的发展方向是电视。受《反垄断法》的约束，扩大报刊发行的难度不小。这家媒体从 1997 年就同中国的媒体有合作，在北京传媒市场有投资，并且运营得很好。

南非多选电视台，是一家商业性收费电视播放传媒平台。从 1985 年开始上星经营，目前在南非全国有 350 万用户，加上 150 万个国外用户，全台共有 500 万个用户，设有 45 个频道，并且转播中国中央电视台的 CCTV4、CCTV 新闻和 CCTV 法语频道的电视节目。这个电视台开播时，只有一个模拟频道，从 1992 年开始使用数字播出技术。据主人讲，他们是世界上第一家使用数字播出技术的商业电视台。电视台除转播别国频道节目之外，不做新闻节目，是一家完全以娱乐节目为主的包括体育、音乐在内的电视节目生产和传播平台。电视台主要靠租借三种不同的机顶盒的办法收费，每月收费最低的 10 美元，最高的为 75 美元，同时经营电视广告业务，大约占盈利的15%。为了能够准确掌握收视效果和用户反映，电视台设有调研部，经常回访或者邀请用户座谈，征求意见，改进节目。公司的市场策略是，宁可多付些转播费，争取留住更多的用户，尽力争夺对市场的覆盖面和控制权。长远规划，准备实现电视和电话的联网，不断开拓经营市场。

南非的《公民报》，是一家发行量比较大、有影响力的平面媒体，总部设在约翰内斯堡。这是一张有43.8万读者，每日出版且版数不等的日报，每星期一至星期五，出版一个版本，星期六和星期日出版另一个版本。星期六、日这个版本，曾经创造过日发行156万份的最高纪录。其中，汽车类专刊曾经发行100万份，足球类专刊曾经发行84万份。根据不同的读者群细化版本，做专刊，是《公民报》的办报策略之一。据机构调查，星期六、日两刊，27～32岁的女性读者和35～49岁的男性读者各占40%的份额，月收入在2万兰特南非币以上的读者，占25%，大部分是黑人读者。在报社总收入的构成中，80%是广告收入。近两年，受经济不景气、失业率（据介绍，南非的失业率在25%～30%）上升的影响，报社的经营无论是发行还是广告，都出现了不同程度的下滑。主人说："现在有的人不买报纸，借报纸看。"目前报社正在寻求新的经营突破点，试办了收费电子版，用户可以自行将电子版打印出来，每份收费3兰特，这样节约了纸张和印刷成本。

在约翰内斯堡，南非的新闻编辑协会为我们访问团组织了一次别开生面的座谈会，就编辑协会的工作以及与南非政府对新闻立法的不同政见介绍了情况。据新闻编辑协会主席介绍，这个编辑协会成立于1996年。它的前身是黑、白人两个编辑协会重组而成。目前，协会包括新闻报刊、电视和在线媒体在内，共有150个成员单位，每年至少开5次会议，商讨业界的发展，并就政府官员的专题对话准备预案。他们说，协会对中国很友好。在2004年，中国国务院新闻办赵启正主任访问了编辑协会；2007年10月，中国编辑代表团访问南非时，也曾受到协会的热情接待。座谈会上有的发言者曾经拜访过中国的新华通讯社，并表示，他们对中国很感兴趣，在工作中每天都力求能编发几条中国的消息。协会独立于政府之外，是个社会政党、各种组织、各种阶层都可以利用的交流与交锋的平台，向社会各界提供信息，为媒体读者提供服务，特别注意在与政府的交涉中表现出新闻媒体维护权益的信心。

目前，协会与政府最尖锐的对话题目是关于新闻立法问题。1994年南非黑人执政之后，所施行的宪法是尊重新闻民主自由的，现政府有人主张研究新闻立法，企图用立法来限制新闻自由。对此，南非新闻编辑协会断然反对。有政府官员提出：只要涉及国家利益的信息，都要由立法来保护。编辑协会提出，不应该扩大“国家利益信息”的保护范围，只是涉及国家安危的信息才可立法保护。协会认为，政府不应该受美国国家安全法的影响，如果用立法来限制新闻自由，是与现行宪法精神相违背的。他们担心，如果新闻立法不当，有可能使南非倒退到种族隔离之前的社会舆论环境上去。南非新闻编辑协会在座谈会上表示，他们很担心政府用出台新闻法的办法限制新闻自由。“如果政府真的这样做了。立法出台了，编辑协会将要上诉到宪法法院，宪法法院如果驳回我们的上诉强行通过了，那也只能遵循了。”也有人表示，“即使这个立法通过了，南非的记者将很努力地去争取新闻自由。”座谈会上，南非方面的记者同行对中国政府不允许刘晓波到瑞典领取诺贝尔和平奖颇有微词。对此，中国新闻访问团团长表明了立场，并且提出国家安全层面上的问题不是我们今天座谈会的内容。

七彩缤纷的生态美景

到过南非的人。都说南非有山水美景，是个七彩缤纷的彩虹之国。说南非七彩缤纷，有三个层次。一是南非的光照、气温、湿度相宜，海光山色，经常出现赤橙黄绿青蓝紫的彩虹；二是说南非的地下金银铜铁锌铅铝等有色金属矿藏丰富，地面上是个七彩世界，地下也是个七彩世界；三是说南非的人种多元，黑、白、黄、棕种人和阿拉伯人、马来人、混血人各得所居，南非真正是敞开胸怀，笑迎五洲客。秀美的自然风光，丰富的金属矿藏，多元的国民社会，编织着一曲追求发展、崇尚文明的交响曲。

下榻到开普敦面朝大西洋的一家海滨饭店，白墙红瓦，顶棚立地大窗尽收屋外世界，天蓝蓝、水蓝蓝、草绿绿、滩金灿，海埂棕榈树下盛开着红得透紫的三角玫……早餐沐浴着阳光饮着金黄色的橙汁，晚餐伴着大海的涛声喝着紫褐色的咖啡，那种感受不亚于逛法国的香榭丽舍大街、看梵蒂冈大教堂的石雕、在曼哈顿看百老汇的演出。

开普敦的第一站是游蒙特湾、看海豹岛。参观海边上的旅游纪念品一条街，我们从街头卖唱的小丑分队眼前走过，到游港乘游船去看海豹岛。船行大约 20 分钟，大家都觉得气味有些变化，只见前方陆面小岛被黑褐色的一群群、一片片、一摊摊的海豹覆盖，相互依偎着、挤压着，视线模糊，有的甚至难以分辨哪只海豹伸出的肢体。据导游介绍，海豹岛上的海豹为软毛海豹，是南部非洲的特有品种，它的游水速度每小时大约可行 17 公里。海豹有灵性，不是冷血动物，遵循一夫多妻制。此岛上大约有上万只海豹，是名副其实的海豹岛。由于气味难闻，游船从不靠岸，游人目视着湛蓝的洋面上那黑糊糊的一片天地，转向回程。

南非开普敦海滨

坐落在开普敦东南方向的桌山，是游人必到之处，但不是每拨游人都可以如愿以偿登上桌山。因为受气候环境的影响，开普敦经常被浓雾笼罩，一旦有雾，唯一上山的缆车就停运了。我们有幸乘坐相当于一辆大客车箱体大小的缆车，从悬崖峭壁上空步步登高，终于登上了海拔 1 085 米的桌山。此山顶平坦得像一桌面，因而得名为桌山。桌山本是石岩山体，按常规条件并不适应植物生长。但是，眼前那一望无际的碧绿间，时而点缀着灰蒙蒙、白花花的岩石，挺拔苍翠的尤加利树下，从石头缝中钻出来开着紫、红、黄、白各色鲜花的植物，让人既大饱眼福，又感悟到生命的顽强。走着走着，情不自禁地越走越远。有人说："向前走下去，就到了好望角。"我们渴望走到好望角，但那遥不可及，脚下荆棘丛林，只好原路返回到缆车站点。

好望角，是欧洲人发现非洲新大陆的登陆地，是海盗船出没的地方，也是一个无比神奇、非去不可的地方。于是，有人说，不到开普敦等于没到南非，不到好望角等于没到开普敦。好望角是公元1489年葡萄牙航海家带着船队最早登上非洲大陆的营盘，最早命名为风暴角。后来，由于葡萄牙国王要借此讨个吉利，改名为好望角，寓意着"望着此角交上好运"。好望角距离开普敦市区只有一个多小时车程。到好望角看什么？要看沿路而伸向远方的原生态灌木植被层，要看五颜六色的鲜花，要看路边自由迁徙或奔跑的鹿、羚羊、斑马、狒狒、鸵鸟等各种动物，要看排山倒海的波涛，要看已经退役的古灯塔，要看海滩上那奇石嶙峋和悬崖峭壁，要看经纬坐标，要看海天一线的茫茫苍穹。

汽车从开普敦起步，只见公路两旁海天一色，湛蓝的海面，飘移着白云的天空，碧绿的岸头，南非独有的各种鲜花簇拥着偶然直立的树木，一路上可看见不怕行人的狒狒，逍遥自在的斑马，步履轻盈的羚羊和展翅奔跑的鸵鸟，海岸线由远及近，涛声由隐约到轰鸣。好望角景区任何汽车不得入内，从景区始点再往里去，只能徒步前行。好望角由于地处大西洋和印度洋的交汇处，来自南极洲的寒流与来自印度洋的暖流在此相击，海面上出现20多米高的滔天巨浪，浪头像悬崖，又似城墙，此情此景，使人心花怒放，又使心灵震颤。游览海滩，到南纬34°21′和东经18°30′的地理坐标前留影，顺势拾阶向灯塔山顶攀去，占领制高点，面向南极，展开双肩，左手指向波涛汹涌的印度洋，右手指向排山倒海的大西洋，情不自禁地发出"茫茫宇宙谁主沉浮"的赞叹。建于1849年的古灯塔的告示牌上，明确标明距世界十大城市的距离，这里离中国北京12 933公里。一路畅游，回到宾馆，耳边仍涛声依旧。世界上名山大川、自然美景多得很，多数地方只此一去足矣，而好望角是一个去一次还想去的地方。

到比勒陀尼亚看什么？除了要看那高低错落的城郭、鲜花装点 的街道和休闲自得的郊野之外，要看历史、看现在、看未来，有三处景点是游人的必到之处。看历史，要看坐落在市郊的先驱纪念馆；看现代，要看花团锦簇的总统府广场；看未来，要看世界著名的南非大学。

先驱（先民）纪念馆建在市郊的一座小山上，是比勒陀尼亚人为了纪念历史上南部的布尔人为了逃避英国殖民者的追杀，15 000人从南往北大迁徙以及先人在此冒险创业的历史，于1949年建立的，意在让后人了解历史，不忘过去，缅怀先烈，开创未来。先驱纪念馆高41米，主体为深褐色的正四方形建筑，四个角分别雕塑手持钢枪的彪悍战士，目视前方，全天候地守卫着自己的领地。大厅四壁的石雕和壁画，向游人诉说着当年大迁徙的艰难历程，不乏生动感人的故事。馆内最底层的中心地带，是一处先驱衣冠冢，每年的 12 月 16 日正午 12 时，阳光从纪念馆穹顶开口处照射下来，让衣冠冢沐浴在阳光下，象征着布尔人具有光辉灿烂的前程。

南非总统府建在比勒陀尼亚市区的一处高坡上，正视总统府，这座欧式建筑如同巨人张开半圆形的双肩，迎接来自五湖四海的使者。建筑体为红顶和米黄色花岗岩立面，顶端分两侧对称建有圆顶钟楼，总统府宽阔的广场上树木繁茂，绿草如茵，台阶下端有一尊高高屹立的纪念碑，顶端石雕是两个人伴随一匹战马的雕像。据说，这尊雕像就是开创了比勒陀尼亚这座城市的比勒父子。广场前花园上矗立着南非共和国第一任总理詹姆斯·赫尔佐格的铜像。在幽静的广场上，有人支起画板在写生。说这里是南非的政治核心，倒不如说这里是南非共和国的中央植物园。

站在先驱纪念馆的最高处向比勒陀尼亚城区眺望，比较醒目的建筑群除了总统府，就数南非大学建筑群雄伟壮观了。据陪同者介绍，这所大学建于 1837 年，目前在校生大约有几万人，是一所在世界上教育规模排在前面的综合性大学，是南非乃至整个非洲的人才摇篮。因为时间紧迫，我们没有时间到校去做访问，这是南非之行的一个遗憾。

文明进步的另类差异

南非地理独特、生态良好、环境优美、气候宜人，国家经济发展、基础设施建设和居民生活水平是非洲最好的，在许多地方即或是同古老的欧洲相比，也不逊色。但是，南非的社会管理不到位、治安状况相当差，贫富差距难以弥合，种族矛盾没有完全消除，经济发展后劲不明显，无论是在经济发展、社会治理，还是在保持良好生态方面，都存在着一些与人类文明、社会进步格格不入的问题。如何化解多年积累的社会矛盾、解决发展过程中遇到的新问题，真正建立起民主自由的政治生态，保持非洲老大的地位？对此，南非执政者面临着严峻的考验。

南非的社会治安状况，十分令人担忧。有人说，约翰内斯堡同意大利南部的那不勒斯并列为世界上两大“匪城”。不可单人活动，不可随身携带大量现金和贵重物品，日出前日落后不可出行，在宾馆房间里不可给叫门者开门，不可对黑人乞讨者“出手”。这是飞机一落地，接待“欢迎词”的固定结束语。在南非，暴力抢劫事件经常发生，即使是报案，很难破案。陪同者介绍，我们在开普敦下榻的宾馆马路斜对面的派出所，曾被持枪抢劫者洗劫一空。由于罪犯多是持枪犯罪，所以，南非的警方对警察有“遇到紧急情况首先要保全自身”的规定。有时在街面被抢，看到不远处的警察去报警，警察也会两手一摊，做出“我也没办法”的手势。当地有钱的居民家，都是两进的大门，第一道门关好后，才能警惕地打开第二道大门。在经营黄金、钻石等贵重商品商店，都是商店保安一对一的磁卡开门和送客，入门和出门的看守，十分严密。下榻宾馆的电梯，用房卡才能启动，楼层门仍得用磁卡才能开门。入住宾馆后再出门，放到房间衣柜里的衣袋不得放有现金。因为很可能你一出门服务员借打扫卫生、上用品之机，就“掏”走了。而且对这种情况宾馆是不管的。在南期间，我们曾同大使馆的同志提出能否到黑人村落、家里看一看的要求，出于安全的考虑，没能如愿。大使馆的同志说，他们也没办法、也不敢到黑人部落里去看一看，因为暴力是不讲外交礼仪的。南非社会的男权主义严重，致使南非成为世界上对女性暴力强奸案的高发地区，有的罪犯甚至不懂这种行为是犯罪。再往深里说，在一些没有文化的黑人堆里，法律是什么他们并不知晓。南非居民酗酒、药物滥用、枪支泛滥和政府执法不力，也在某种程度上助长了暴力行为，使治安问题成为社会上的“老大难”。

南非是非洲的最大经济体，是在国际经济俱乐部中比较有影响的国家，是世界上五大矿产国之一，经济开发程度较高，电力工业发达，发电量占全非洲的三分之二。2009 年人均 GDP 为 5 824 美元，比中国同期的 3 678 美元（据国际货币基金组织数据）高出 58.3%，南非是非洲唯一一家设有股票证券交易所的国家，也是世贸组织创始成员国。但是，由于受世界金融危机和矿产资源产业市场变化的影响，2008、2009、2010 这三年，经济增长速度明显放缓，失业率有所上升。在南非第一大城市约堡市中心，我们亲眼看到有几处外表装饰豪华的四星级、五星级宾馆歇业，大门被封住。可能是因为经济不景气，也可能是因为社会治安状况不好，还可能是二者兼有的缘故。我们所接触到的政界和新闻界人士，普遍对未来经济发展趋势担忧。

南非虽然属于中等收入国家，甚至被一些国际组织视为发达国家，但是，国民之间的贫富差距悬殊，20%富人阶层占据着全国三分之二的国民收入，居住在落后地区的黑人阶层只得住贫民窟，过着拮据的艰难生活。由于受历史上黑人种族隔离政策的影响，文化素质低下的黑人就业技能不高，失业率大大高于白人阶层。近些年，国家虽然已经将扶贫和对老弱病残幼的扶助列为政府工作重点，但是，贫穷和愚昧共生，不是短期内可以改观的。法律条文已经彻底地废除了种族隔离的政策，这是南非国家和民族的巨大进步。由于历史所形成的思维惯性，真正从思想上、行动上彻底消除种族隔离的影响，还有漫长的路要走。

（写于 2010 年 11 月）

十一、山水如画新西兰

没来过新西兰，听说新西兰很美；到过新西兰，感觉新西兰真美。飞机降落在北岛奥克兰国际机场，一走出机舱，全身立即沐浴在金灿灿的阳光下，头上是清蓝蓝的天空，目及远处雾霭笼罩下的群山，吸一口湿润润、甜滋滋的空气，顿时令人心旷神怡，这就是新西兰给初来乍到者的见面礼。

新西兰南岛、北岛这两幅国土，好似两叶小舟，静静地漂浮在浩瀚的太平洋水面上。据传，在距今137亿年的宇宙大裂变时，新西兰这地方还是一片海底世界。距今一千多万年时，新西兰这块土地浮出水面。这两个小岛，本是南极洲威尔克斯大陆的边缘部分，后经地震、海啸等地壳运动的作用，渐渐地同南极大陆之间撕裂出一道水隙，脱离母体的“姊妹岛”，如同脱缰的野马，一直向北方漂移，当漂离3 000多公里之后，并蒂两岛逐渐稳固下来，成为太平洋上每天最早见到阳光的“光岛”。在这个幅员为27万平方公里的陆地上，大约居住着460万毛利人、白人和印第安人后代。新西兰是个幅员辽阔，人烟稀少，人口密度极低的国家。毛利人是新西兰的土著民族。在1 200年前，波利尼西亚人踏上了这片土地，成为了开天辟地的外来客。到1769年，英国的詹姆斯·库克船长领航船队，顺大西洋向南，绕过非洲的好望角转为向东，船舶在坡瓦提海湾靠岸，英国人才发现了后来被人称为“纯洁的少女”的这块新大陆。从此，这块土地就成了白人的领地，1947年，新西兰脱离了英联邦，成为了一个独立的国家。到新西兰观光，重点要看位于北岛北部的奥克兰和北岛南端的惠灵顿，并且经由这两座城市而伸向内陆的火山、温泉、溶洞等自然景点。奥克兰是全国第一大城市，惠灵顿是新西兰的首都。

新西兰乡村风光

参观访问新西兰，绝大多数游客是通过北岛的奥克兰国际机场入境的。从机场到市区 20 多公里的路上，目及远方，总有一幢伸向天穹的建筑物如影随形，吸引着你的视线，那就是南半球最高建筑物——天空塔，又称摩天塔。这座高为 328 米的庞然大物，初衷是为发射广播电视信号而建的，但是，它的功能已经大大超出了这样的设想。它的主体建筑底部，是个横跨四个街区的建筑群，是集高档酒店、购物名店、赌场、娱乐中心等各项旅游设施齐备的综合性设施，也是吃喝玩乐一条龙的人间天堂。游客可以购票乘直升梯登上距离地面 240 米高的景观台，能够在 360 度圆周界面俯瞰奥克兰的全貌，还可以在 360 度旋转餐厅上用自助餐。眼睛向下看，可以看到鳞次栉比的高楼建筑群，可以看到连接两市区的海港大桥，可以看到数以万计的帆船、游艇漂浮在海岸线上，并且用五颜六色的躯体装点着海港，还可以看到湛蓝色天空笼罩下的火山，看到行人稀少的街道、绿树掩映下的鲜花丛、洒满阳光的海滩和一望无际的太平洋，情不自禁地面向南极，视线消逝在茫茫的天宇之间。

神奇的千山万水、千沟万壑，大自然的鬼斧神工，造就了如梦如幻、如诗如画的新西兰。由于一千万年前这里是海底世界，咸水生贝类和海洋生物尸体在漫长的历史长河中每时每刻都发生着地质的变化，当海底世界浮出水面变成陆地时，就构成了以石灰岩、喀斯特、内陆湖、火山峰等为地质特点的山水田园风光。在沟壑丛生的幽谷神潭，隐藏着已经被人发现或者还没有被人发现的山体洞窟。其中，最负盛名的是位于奥克兰南部的怀托莫山洞群，最令人叹为观止的是其间的萤火虫洞。进入洞里，千姿百态的钟乳石造型，本能地会唤起游人的遐想。沿着既宽既窄上下折复的游路结队前行，看到钟乳石群峰洁白，在灯光的照射下晶莹剔透，似像大象，又像海豹出水，似像乌龟伸脖，又像鸵鸟爬地啄食。对此，导游说，看景在想象，三分看景七分想景，想啥像啥。开阔处可容几百人聚会，窄路得侧身前行，钟乳峰体态在变异、探照灯的光色也在变换，空中的滴水声清脆悦耳，脚边的小河流水潺潺作响，仿佛进入了安徒生笔下的童话世界。要看真正的萤火虫，得乘定员为 20 人的游船深入远处。出于保护萤火虫生态的需要，上船有“约法三章”，要保持肃静，不可大声喧哗；不得吸烟；不得用闪光灯拍照。刚进入萤火虫洞，偶尔可见洞穴的两壁及上空点缀着蓝色的亮点，船再往前行，船夫要弃桨，两手拉着水道岸边的绳索前行。对此，导游用很低的声音解释说：这并不是因为水路狭窄，主要是怕划桨的声音惊动萤火虫。水路越走越宽，只见前面开阔的天穹上，落满了静静发光的萤火虫，游人头上繁星照耀，有的像一根发光线条垂直地吊在空中，又如在夜间徜徉在晴空万里的银河系，那种惊叹、那种壮观、那种美妙，很难找到准确的词形容。去萤火虫洞核心区，乘船往返 20 多分钟，走出那“梦幻天国”，游人对这个世界奇观赞叹不已，深感不虚此行。

畅游新西兰，要看海、看洞，必然要看山。看山，不但是看奇石嶙峋掩映下的绿色植被和古老挺拔的杉树，看那山脚下鲜花烂漫、五彩缤纷的灌木丛，看那一泻千里的瀑布，还要看那空中漂浮着火山灰的活火山。从奥克兰出发一路向南，一直到达北岛中部火山高原，来到世界著名的火山群遗址，近距离感受火山喷发过后残留的景观。罗托鲁阿地区的上空，仍然笼罩在热气腾腾的雾霾之中，由地球深处燃烧而爆发出来的火焰，仍然释放着巨大的能量，间歇的火光与散发着硫黄味的烟雾交相呼应，不但改变了这里的群峰峻峭，而且也给游人带来了观天象、看奇景的愉悦。罗托鲁阿地区在火山的作用下，形成了巨大的地热资源，温泉的开发利用，自然又是游人洗去旅途劳顿的极好去处。在万瑞卡地热谷中，不但有温泉池，而且还有火山泥浆池，游人在“泡汤”的同时，还会听到有关火山喷发的故事。据介绍，最近的一次火山喷发惨案发生在1953年12月23日。当时的山间湖泊在巨大的火山喷力作用下，湖水夹带着大量的泥沙和岩石，带着巨大的炽热向着山下一泻到底，使山下的村庄遭遇灭顶之灾，有数百人殒命于世代经营的家园，这是20世纪发生在新西兰的最大惨案。今天的游人行走在观景栈道上，仍然有一种忐忑和恐惧。

奥克兰一直往南，一路上会遇到一些土著民族毛利人的居住点，具有代表性的还是在罗托鲁阿小镇附近。因为那里是毛利人的“大本营”，有一座专门介绍毛利人前世今生、陪伴火山而繁衍生息、能够述说历史的毛利村公园。这个公园比较集中地展现了毛利文化的基本特征，能看到毛利人的歌舞表演，参观毛利人的居住小屋，领略包括纹身在内的毛利人接待礼仪和装扮特色。如果季节和时间吻合，游人还可以观看剪羊毛比赛。在旅游景点，可以买到具有毛利人生活特色的、应用多代毛利人传承下来的手工技艺制成的工艺品。

在新西兰看牧场，是你不想看也躲不开的事情。因为不管是在连绵起伏的山间还是在举目无边的草原，不管是在高速公路旁还是在徒步行走间，总有洁白的羊群和黑白相间的牛群映入眼帘。虽然新西兰全国80%的人口生活在城市，但是，畜牧业是新西兰的支柱产业。新西兰国土面积的一半为畜牧业用地，畜产品的50%用于出口，羊肉、粗羊毛和奶制品的出口量居世

奥克兰街景

界第一位，新西兰的民族工业诸如食品、毛纺、皮草、肉奶加工这样的工业生产，也是依靠畜牧业而布局、为畜牧业而配套的，畜牧业是这个国家当之无愧的母产业。在这个山地和丘陵比重大的岛国，在群峰向平地的过渡带和浅丘陵地区，一望无际的草原起起伏伏，高原花丛跳跃着火红，牛群、羊群首尾相接，间杂着牧羊犬的犬吠，本绿底色间点缀着白墙绿瓦或者白墙黄瓦的牧民房舍，简直是一幅山水画，让游人看了还想看，让景色深深地印进脑海，静下来时又有回放。

平心而论，新西兰没有国际一流的大都市。即或是新西兰第一大城市的奥克兰，其人口也仅有110万人，其规模，无论是拥有人口还是面积，也包括国民生产总量，远不及中国大连、宁波、青岛、杭州、郑州、成都、西安等二线城市。但是，城市的生态环境、人文环境和基础设施状况，远非中国的一线城市可比。从奥克兰一线往南，汉密尔顿、罗托鲁阿到惠灵顿，跨过库克海峡到南岛的基督城和达尼丁，都是山水如画、清新典雅的优街美市。城市有城市的尊容，建筑风格各有特色，古朴中透露着现代，楼宇间展露着一种与大自然的随和和工艺上的凝练，特别是那种秩序、文明、整洁和环保，不能不令人赞叹。空气清新、交通顺畅、生活便利、文化品位以及公民的福利待遇，远非发展中国家可比。到此一游，真是给你全新的感觉，西方的感受和对草原兰花高雅的感悟。

（写于2003年12月）

十二、到挪威呼吸北极空气

人类居住的地球村有两极，即南极和北极。南极为南极洲，北极为北极地区。两极虽然位置相对，气候却相似，都处于远离赤道的寒带，部分领土常年为冰川覆盖。南极洲除了有几所科学考察站外，没有常住居民，北极圈里包含着加拿大、美国、俄罗斯、冰岛、挪威、瑞典、芬兰七个国家的部分领土，是有常住居民的极地。无论是航海家还是旅行观光客，要看北极风光，呼吸北极无污染的空气，最好的选择是到挪威。因为挪威的 1/3 领土在北极圈之中，又濒临大西洋，具有寒带海洋性暖湿气候的特征。挪威资源丰富，经济发达，风光奇特，景色秀丽，是连续多年被联合国评为最适宜人类居住的国家。经济学家到挪威，会取得人类发展经济和保护生态两兼顾的经验；政治学家到挪威，会得到资本主义生产关系与民主治国制度融合的启发；社会学家到挪威，会取得在生产力快速发展阶段有效避免贫富两极分化的社会治理方法；诗人到挪威，可以得到创作的灵感；摄影家到挪威，会感受到永远取之不尽的美景；旅游者到挪威，会因置身于由良民美景创造的和谐氛围而流连忘返。挪威，给所有到此一游的人留下难以磨灭的印象。

挪威的释义，是“通往北方之路”。原始的生产方式和物竞天择、弱肉强食的生存理念，曾经使挪威成为海盗出没的地方，古代维京人靠这种方式积累物质财富。历史上挪威曾先后两度归顺于丹麦，一度归顺于瑞典，于 1814 年成为独立的国家。现在的挪威，由于占有丰富的石油和天然气资源，海洋渔业、水利、矿产和林产加工业发达，是个物质文明与精神文明程度双高的国家。在国土总面积只有 38.5 万平方公里、人口密度仅为 12.6 人/平方公里的狭长地带，创造了5 011亿美元（2012年）的国内生产总值，人均占有国内生产总值为99 462美元（2012年），位居北欧五国之首，比北欧国家同类指标居于第二位的丹麦高出77%，仅次于卡塔尔和卢森堡两国位居世界第三位。挪威的北海是世界著名的油气田基地，深海采油技术十分发达，靠输出石油和天然气，使这个国家近500万人口过上了人类最美好的生活。挪威还是欧洲最大的铝生产国和出口国，镁的生产量居世界第二。挪威的经济，在北欧五国的16 047.1亿美元国内生产总值中，占据了31.23%的份额。值得庆幸的是，在全球金融危机，欧洲债务风暴，希腊、西班牙、塞浦路斯等欧洲国家濒于破产的极其恶劣的经济环境下，挪威的国内生产总值2011年比2010年增长16.7%；2012年比2011年增长3.6%。2012年4月，联合国首次发布“全球幸福指数”报告，比较全球156个国家和地区人民的幸福程度，挪威仅次于丹麦和芬兰排在第三位。依托于丰富的资源和发达的工业，使挪威成为了富国，国民的高收入也带动了高消费，首都奥斯陆物价水平同日本的东京、英国的伦敦和澳大利亚的悉尼并称为世界三大“贵都”。主张公平、恪守平等的治国理念和以人为本、高福利的社会制度，使国民的贫富差距始终保持在理想的状态中。挪威的森林覆盖率为32.4%，高于生态环境比较好的德国、瑞士和新西兰。

挪威人的生活质量虽然在城乡之间没有显著的差别，但是由于城市所具有的区域经济、政治和文化中心的优势条件明显，吸引资本、技术、人力资源等生产要素的特点明显，无论是支柱产业的集中度还是现代化的生产力水平，都是乡村无法比拟的。挪威的大城市，从高纬度向低纬度排列，依次是纳尔维克、博德、特隆赫姆、卑尔根、奥斯陆、斯塔万格和克里斯蒂安。其中，奥斯陆是挪威的首都，是全国的第一大城市；卑尔根是挪威的地理中心，是挪威国际化程度比较高的城市；特隆赫姆是挪威中原地带的经济中心，也是全国第三大城市；处于挪威西南部的斯塔万格，是新兴的工业城市。首都奥斯陆位于挪威的东南部、奥斯陆峡湾的北端，是个山海景色兼宜的高消费城市。据史书记载，奥斯陆于公元1050年由国王哈拉尔德·哈德拉德下令开始建造，1624年奥斯陆城池毁于大火，时为丹麦——挪威王国的克里斯蒂安尼亚主持重建城堡，并改名为克里斯蒂安尼亚，1814年成为挪威首都，直到1925年恢复奥斯陆的名称至今。奥斯陆虽然位于北极圈之外，但是，仍然具有独特的北极风光。这里有优山美地、青山绿水、碧海蓝天，空气带来北极的清新，自由散落的建筑物标榜着人口稀疏的宁静，既是沿海城市，又有傍山的滑雪胜地，整个城市凸显豪情和奔放的性格。奥斯陆还是诺贝尔和平奖的颁奖地，每年的颁奖仪式在奥斯陆市政厅举行。

挪威不但山水如画，而且人杰地灵。据资料介绍，到2012年末，至少有7位挪威人先后获得诺贝尔奖。其中，在1903—1928年暂短的15年中，就有包括挪威国歌作者比昂斯提尔纳·比昂森在内的3位挪威文学大师获得诺贝尔文学奖；1921年和1922年，连续两年由挪威人兰格和南森获得诺贝尔和平奖；1969年挪威人弗里希获得诺贝尔经济学奖；1989年挪威人特里夫·哈维默以建立现代计量经济学指导原则为贡献，获得诺贝尔经济学奖。是挪威人艾力克最早发现了格陵兰岛，并且将这块寒冷的冻土地起了一个美丽的名字——格陵兰。这里还是世界著名戏剧大师亨利克·易卜生、画家爱德华·蒙克的故乡。在奥斯陆国家剧院广场，矗立着易卜生的青铜塑像。易卜生美须长发，神态自若，一副圆圆的眼镜架后，二眸仍然放射着深邃的目光。他创作的《玩偶之家》和《人民公敌》等剧本，在世界舞台上经久不衰，深深地影响着几代戏剧创作者的创作思维，被业界称为“现代戏剧之父”。易卜生人生的最后11年，是在奥斯陆度过的。他的故居现已辟成了博物馆，一楼为图片展室，二楼为大师寓所，文字、图片与实物相互陪衬和补充，述说着这位大师伟大而传奇的艺术人生。绘画大师爱德华·蒙克的代表作《呐喊》，2012年5月在美国纽约苏富比拍卖行以1.19亿美元被私人藏家收入囊中。当今奥斯陆人为了纪念蒙克这位艺术大师，在其故居开办了蒙克博物馆，共收藏着出自这位大师之手的水彩、素描、雕刻、石版画等23 864件作品，游人可目睹部分珍品。雕塑艺术大师维格兰用近40的辛勤创作，给人类留下了雕塑艺术瑰宝。挪威还曾经出过世界著名的冰雪体育健将。聪明、智慧、开放、爽朗的挪威人，给北欧争光，给世界添彩。

奥斯陆城市不大，但文化底蕴深厚，艺术气息浓烈，各类博物馆用独特的历史回放方式吸引着游人。除了上文讲到的蒙克博物馆、易卜生博物馆之外，还有当代艺术博物馆、历史博物馆、抗暴博物馆，从市区乘游船到比格岛上，还可以一睹海盗博物馆和民俗博物馆的独特风采。奥斯陆的市中心区虽然没有纽约、东京、香港等国际大都市的现代化高楼群，建筑物多为六七层高的楼房，但是建筑风格古朴、雅致。背靠奥斯陆峡湾呈东西走向的卡尔·约翰斯加特大街颇负盛名，市政厅、议会大厦、阿克什胡斯城堡和皇宫比邻相居，向人们展示着过去的现在的国家政治容颜；国家画廊、国家剧院、挪威歌剧院、国家图书馆、洛克菲勒音乐厅、萨迪影院等面向民众的公共文化、艺术场所比肩而立，给挪威人平添了高雅的文化品位；奥斯陆大教堂、圣奥拉夫教堂建筑风格独特，既是人们畅抒信仰的场所，也是建筑艺术珍品。建于19世纪的皇宫，是一栋白黄相间的维京风格建筑，如今已经辟成了皇家公园。皇宫与东方国家的皇宫形成鲜明对比的是，挪威的皇宫是开放的。四面没有围墙，也没有任何栅栏阻隔，在开阔的草地上游人可以闲庭信步，家人甚至可以铺一块苫布在草地上餐叙。迎合挪威人冰雪运动的爱好，奥斯陆在市中心建有现代化的比斯雷特速度滑冰场，可以接待世界上最高规格的滑冰比赛。

游奥斯陆，必到之处是世界著名的维格兰雕塑公园。维格兰雕塑公园坐落在奥斯陆的西北角，占地80公顷，它的前身是福罗尼尔公园。挪威著名雕塑家古斯塔夫·维格兰从1906年开始，在福罗尼尔公园创作雕塑作品，直到1943年，192座雕像和650个浮雕作品全部雕竣，公园正式对游人开放，因而得名维格兰雕塑公园。作品以铜、铁或者花岗岩为基，全部采用裸体表现形式。突出人物神态，明确创作立意，注意表达个性，追求世界独有，协调作品风格，是整个雕塑公园的创作理念。维格兰共用去了人生最好时期的37个年华，通过孜孜不倦的追求和煞费苦心的劳作，把一堆堆冷冰

挪威首都奥斯陆维格兰雕塑公园

冰的铜、铁和花岗岩变成了造型优美、婀娜多姿、有血有肉、栩栩如生、活灵活现的艺术珍品，又通过或对称或单体或组合等布局方式，将单体雕塑作品布局成了一座闻名于世的艺术广场。公园里最能打动人心、最能给人留下永久影像的是“生命之柱”和“愤怒的小男孩”两尊作品。生命之柱高达17米，作者用了14年时间，以雕刻人生、表现生命往复接续为主题，用121个裸体男女相偎、缠绕、对顶等方式排列组合，描绘了人间从低级向高级攀登的各具特色的形态，用以提醒视者控制私欲，顺其自然，坦荡面对人生。“愤怒的小男孩”左脚踏地，右脚高高悬起，两肩张开，二目半闭，张开大嘴，绷紧脸肌，像是对人呐喊，又像是抗争，给人以童者不可欺的警示。园中绿地、鲜花、小溪、喷泉陪衬着活生生的人物雕塑，展现了艺术的相得益彰。虽然不得知维格兰雕塑公园是否申请了吉尼斯雕塑记录，但是可以断定，它的规模、排列组合形式、艺术手法，堪称世界独一无二。

挪威的首都奥斯陆美丽，走出奥斯陆到北方的特隆赫姆，到中部的卑尔根，会感受大自然的豪放之美。到北极圈标线以北的地方呼吸没有污染的空气，看北极光的闪过，夏季来体验没有黑夜、日月同辉；冬季看飞雪扬花、银装素裹，更是难得。每到夏日，挪威人纷纷走到户外，到海滨度假，到大海中竞帆，到沙滩上晒太阳。挪威的冬季虽然漫长，有一段时间是全天候过夜，即使是白天也得用灯采光，但挪威人非常热爱冰雪运动，人们冒着严寒照样到雪场滑雪，每年3月的第一个星期天是挪威滑雪节，奥斯陆要在霍尔门科伦滑雪运动胜地举办滑雪比赛，是这种对冰雪运动的热爱造就了奥斯陆人耐寒的体魄和坚韧的性格。晚上的街道是宁静的，但是咖啡厅里是欢愉的。美妙的音乐伴随着清脆的葡萄酒碰杯声，人的笑脸也如同阳光一样全天候的灿烂。

一踏上挪威的土地，就会感到空气的清新、咖啡的浓香和人的逍遥自在。发达的经济、完善的基础设施和完美的社会保障，使挪威人过着无忧无虑的生活。我们在挪威考察的时间虽然很短，但是，也深深地被豪爽、奔放、信任、热情的挪威人所感动。我们一行从瑞典的斯德哥尔摩飞到奥斯陆，恰逢星期五的晚上。大街上空旷无人，整个一座城市沉浸在寂静之中，据说，城里人都去郊区过礼拜去了。我们本想找一家小店用晚餐，走遍大街小巷，没有一家饮食店开门营业。在我们中国人看来，这正是挪威人挣外国人钱的好机会，可挪威人的想法是挣钱不可牺牲休息时间，挣钱不可剥夺享受本应得到的快乐时光，这是与中国人正相反的理念。本不属于宾馆的咖啡店，听完我们要用热水泡方便面的要求，他会给我们同时烧开三壶（很贵重的不锈钢壶）水，让我们带走，并不担心我们不给还回，也没让我们交押金。带走贵重的物品且不交分文押金，这又是一个同中国人不同的处事理念。热情的挪威人见面不论熟还是不熟，只要搭话就要握手，而且握手的力度很大，挪威人说这样才能体现真诚，这与我们中国人握手只讲动作不可用力又是一个相反。在大街上向当地人问路，他（她）不但会说得很详细，而且常常是怕你在路口走错会送上一程。遇到这样的事，我们不敢做简单的对比，却略有所思。

富饶的挪威和美丽的奥斯陆，给依山而建的中国驻挪威大使馆平添了几份高贵和典雅，占据着优山美地，一栋三层北欧风格的建筑在绿树掩映下更加显得庄重而凝练。据杨大使介绍，这座大使馆从建筑风格、质量和配套设施上说，是目前中国驻外使领馆中的上乘外交领地。杨大使还说，在挪威一定要入乡随俗，尊重礼仪，特别应注意不能用中国人的理念和生活习俗去看待挪威人的举动。因为聪明、幽默和富有想象力的挪威人，是在崇拜自我的信条下生活和工作的。

（写于2007年，修改于2012年12月）

十三、自然公园澳大利亚

说澳大利亚是澳洲，不准确，因为澳洲早已改称大洋洲；说澳大利亚就是大洋洲，也不准确，因为大洋洲还包括新西兰、巴布亚新几内亚等国家和一些岛屿地区。准确的称谓是，澳大利亚是大洋洲的第一大国，是个有着较短建国史和风光旖旎的国家，是一个经济比较发达的国家。到澳大利亚走一走、看一看，即使在很短的时间，你也会发现很多有趣的东西。如果静下心来研究，你会发现澳大利亚是个五彩缤纷的“世界”。

世界著称的黄金海岸

世界上，自然地理与经济社会的发展，有许多耦合现象。其中，最著名的是坐落在中国、美国、澳大利亚三大东南沿海经济带。以城市群、产业集中度、地区生产总值、人口比重和经济社会发展整体水平为标本，世界有三大黄金海岸。一是在中国，从北向南依次为大连、天津、烟台、青岛、上海、杭州、宁波、温州、福州、厦门、惠州、深圳、香港、广州、珠海、湛江、北海、海口、三亚等 20 多个特大和大城市为依托，所形成的先进的生产基地和文明社区，以 GDP 总量作比较，堪称世界第一大黄金海岸；在美国，从北向南依次为波兰特、曼彻斯特、波士顿、普罗维登斯、纽约、费城、华盛顿、里士满、诺福克、查尔斯顿、杰克逊维尔、迈阿密等 10 多个特大和大城市为依托，所形成的先进生产基地和文明社区，成为世界第二大黄金海岸；在澳大利亚，从北向南依次为凯恩斯、汤斯维尔、麦凯、布理斯班、黄金海岸、纽卡斯尔、悉尼、堪培拉、赛尔、墨尔本等十几个特大和大城市为依托，所形成的先进生产基地和文明社区，称为世界第三大黄金海岸。

澳大利亚人口只有 2 200 多万，国内生产总值在世界排名第 13，是个很年轻的国家，为什么还具有黄金海岸的美誉？因为衡量中国、美国两大黄金海岸的几个重要条件澳大利亚的黄金海岸都能够满足。第一是城市集群规模，占据本国的主导地位。第二是经济带上占有政治中心。在这三个黄金海岸城市带上美国有华盛顿，中国有北京，澳大利亚有堪培拉。第三是首都与本国最大经济体的璧合。美国是费城和诺福克挟着首都华盛顿；中国是天津和上海挟着首都北京；澳大利亚是悉尼和墨尔本挟着首都堪培拉。第四是地理区位的相似，城市群都呈东南沿海的带状分布。

澳大利亚海岛

追溯历史，澳大利亚虽然在 5 万年以前就有东南亚诸岛上的波西尼亚人来到这里，成了后来的土著人，但是，从 1901 年正式成立澳大利亚联邦算起，其建国历史仅有 100 多年。它的建国史不但不能与古老的希腊、埃及、意大利、中国、印度和法国相比，而且也比建国较晚的美国滞后了近 130 年。这样一个年轻的国家，却有着良好的经济基础和相当文明的社会治理结构，特别是经济的发展，令世人瞩目。2011 年，澳大利亚国内生产总值全球排行居第13位，人均占有国民生产总值全球排行居第6位；剔除卡塔尔、卢森堡这样小国的不可比因素，在2 000万人口以上的国家人均排名超过英国、美国，全球第一。因此有人说，每天只要羊群自由自在地吃草，矿工采矿不止，澳大利亚人的幸福生活就有经济保障。值得一说的是，澳大利亚的经济发展快，城市建设好，社会文明程度高，起决定性作用的是东南沿海的经济带。从东北边的凯恩斯到东南边的墨尔本中的十大城市，人口占58.4%，却创造了全国70%以上的生产总值，是名符其实的黄金海岸。

需要澄清的争议

看清澳大利亚，认识和研究澳大利亚，应该从几大争论入手，讨论到底谁是登上“南方新大陆”的第一人？今天澳大利亚到底什么时间建国？澳大利亚是农业国还是现代化的工业国家？

澄清第一个谬误：第一个登上“南方新大陆”的不是库克船长。库克船长，是个英国人，名为詹姆斯·库克。由于在现今的澳大利亚，乃至世界上一些旅游资料介绍中，最吸引人的讲得最多的故事，就是库克船长第一个登上了“南方新大陆”，即今天的澳大利亚；还由于墨尔本海德公园中现存有库克船长的“小屋”为佐证。其实，库克船长确实比较早地登上了澳大利亚这块土地，但是，他不是最早的，还有比他早前登上这块处女地的，那是一位荷兰人。据资料介绍，在四万年以前，这块世界上最大的岛屿上并没有人类居住。后来，有来自东南亚的波西尼亚人登上“南方新大陆”，成为了今天澳大利亚的原著民（土著人），直到公元17世纪之前，这里的土著人一直过着与世隔绝的生活。1606年，西班牙航海家托勒斯的船只驶过澳大利亚与新几内亚岛（伊里安岛）的海峡，并没有登陆。就是在这同一年，荷兰人威廉·姆简士驾杜伊夫根号真正登上了澳大利亚新大陆，并将此地命名为“新荷兰”领地。这一行动有记载、有命名，因而目前可以称为是西方白种人登上南方新大陆的第一人。至于英国的库克船长从植物湾登上澳大利亚东海岸大陆，有记载的是于公元1770年4月（继1769年登上新西兰大陆之后）。他同同伴驾驶“努力号”登陆后，不但对其陆地的植物进行了有限的研究，而且将登陆地（悉尼）命名为新南威尔士，并宣布这块土地属于英国。由于新南威尔士成为了英国的领地，在美国的南北战争之后，英国人将囚徒的流放地从过去的美国转移到新南威尔士。自1770年库克船长登陆18

年之后，英国人派出了六艘第一批囚徒流放（殖民）船队，在全部船队的1 530人中，有736人为囚徒。至此，英国人利用囚徒殖民，事实上统治了英属澳大利亚。因此，应该说，开辟澳大利亚人类纪元的是大约在5万年以前的波西尼亚人；最早发现了澳大利亚新大陆的是1606年的西班牙人；最早登上了澳大利亚新大陆的是1606年的荷兰人；最早殖民于澳大利亚新大陆的是1788年的英国人。

澄清第二个谬误：澳大利亚的建国元年不是1788年。澳大利亚联邦的国庆日为1月26日。1788年1月18日，英国的菲利普船长押736名囚徒登上南方新大陆，于1月26日宣布建立英国在南方大陆的第一个殖民地，这个殖民地并不是国家。使南方新大陆真正称为国家的，是1901年各地独立的六个英属殖民地的统一，产生了澳大利亚联邦议会和联邦宪法，在此基础上成立了英属澳大利亚联邦，并借用菲利普宣称新南威尔士为英属南方大陆第一个殖民地的日子1月26日，将其定为国庆日。由此可见。澳大利亚联邦的建国日为1901年的1月26日，而不是1788年的1月26日。澳大利亚作为一个国家真正的独立，是1931年。1931年，主权国英国议会通过《威斯敏斯特法案》，澳大利亚联邦获得内政外交独立自主，成为英联邦的一个独立国家。

澄清第三个谬误：澳大利亚不是农业大国。澳大利亚畜牧业发达，自称为“骑在羊背上的国家”。虽然澳大利亚羊比人多，羊的年存栏在1.7亿只(2011年)，是全世界总量的1／6，羊毛产量为世界第一。但是，就国内的资源和产业结构相比，农牧业并不居主导地位。2009—2010年，澳全国农业总产值274亿澳元，仅占国内生产总值的2.1%。从资源上说，澳的矿产和石油天然气资源十分丰富。其中，铝土资源居世界首位，占世界总储藏量的35%；澳大利亚是世界上第二大氧化铝、铁矿石、铀矿石的出口国，是世界上第三大铝和黄金出口国，国家长期靠出口大量矿产资源赚取大量国民收入。对此，有澳大利亚人说：“只要挖矿不止，人民就会永远地过幸福生活。”与此同时，旅游业和服务业都很发达，这两项占国内生产总值的70%，相比之下，农牧业仅有的2.1%国内生产总值，是相形见绌的。有许多依据证明，澳大利亚是个以矿业和机械制造业为主的现代工业化国家，而不是农业大国。

澄清第四个谬误：澳大利亚不是一个犯罪横行的国家。澳大利亚的人类“火种”是来自东南亚的波西尼亚人。但这样的原著民在今天的澳大利亚只占有很低的人口比重，国人的绝大多数是欧洲的白人。对此，有人依据最早的白种人是英国6次流放囚徒后裔的代代相传，因而给澳大利亚冠上“是犯罪横行”的国家。其实，这样的称谓是与事实不符的。欧洲白人来到（移民）澳大利亚，最早的确实是以流放的罪犯为主体。但是，罪犯的后裔并不是罪犯，罪犯的后代占有人口很少的比重。由于19世纪50年代金矿的发现，大量的欧洲英国、荷兰、西班牙、德国、捷克和波罗的海诸国的白种人涌入，大量的亚裔中国人、越南人、菲律宾人和印度尼西亚人的涌入，使澳大利亚的人口结构发生了颠覆性变化。据记载，1850年时，澳大利亚各殖民地总人口仅为40万人；1860年时，殖民地人口猛增到110万人。今天的澳大利亚是个多人种、多民族、多国度居民所构成的多元国家。现今的2 200万人口中，有一半人口出生于国外，至少是父母中的一方出生在国外。澳大利亚由于资源丰富、经济发达、失业率低、人口的文化素质和社会福利待遇较高，社会制度民主，人们追求自我的生活方式，使整个国家的文明程度很高、犯罪率很低，是一个安全、文明、和谐的国家。

曾经的与现在的首都

澳大利亚在六个殖民地独立时期，因为不称其为国家，所以没有首都。但是，六个殖民地都有行使管辖权的首府。比如，新南威尔士州的首府为悉尼，南澳大利亚州的首府为阿德莱德，维多利亚州的首府为墨尔本，昆士兰州的首府为布里斯班，西澳大利亚州的首府为珀斯，堪斯马尼亚州的首府为霍巴特。除此之外，澳大利亚还有两个领地，即以堪培拉为中心的澳大利业首都领地，以达尔文市为中心的澳大利亚北领地。

1901年建国初始，并没有明确将来要在哪里建设首都，或许是还没来得及讨论这个问题。由于第一届澳大利亚联邦议会所在地建在了墨尔本，自然使墨尔本成为了事实上的首都。这样的选择也有道理。因为墨尔本当时是开发较早、经济发展最快的城市，也是比悉尼还要繁华的第一大城市。墨尔本所在的维多利亚州，是以当时英国女王的名字而得名。这片土地，最早也是归属新南威尔士（悉尼）所管辖。1850年发现了金矿，蜂拥而至的各路淘金者集中大量的涌入，造就了墨尔本的繁华，推动了经济的快速发展。淘金者的帐篷逐步被漂亮的各具特色的罗马式、哥特式新建筑物所取代，使墨尔本成为了欣欣向荣的国际大都市。从这个意义上说，墨尔本成为首都有人气基础和经济基础。

在墨尔本成为澳大利亚联邦事实上的首都的20世纪初，伴随着墨尔本的繁华，被澳大利亚人最早开发的悉尼在矿业、畜牧业和海洋渔业的拉动下，展现了突飞猛进发展的态势，不久，墨尔本的光环被事实上的金融中心悉尼给掩盖了。人的本性决定，有了经济实力，就要争取政治地位，于是，在悉尼建立国都的呼声越来越高。建立统一联邦10年后的1911年，在墨尔本保首都、悉尼争建首都的僵持之下，联邦政府做出了第三种选择：在墨尔本和悉尼中间辟出一块新的领地，重新建立首都。这个首都就是建在联邦直辖领地的堪培拉市。有趣的是，由于资本对政治有天生的亲和力，所设首都堪培拉并不居于悉尼和墨尔本的正中间，距离悉尼为4个小时的车程，距离故去的首都墨尔本却是7个小时的车程，首都的位置最终还是偏向了悉尼。

墨尔本街景

澳大利亚人选择了堪培拉，堪培拉为澳大利亚争得了“世界上最美好的首都”的美誉。堪培拉的决策者、规划者和建设者创造了控制功能、科学布局，崇尚自然、减少污染，林水相依、园中建城，降噪作静、居作相谐的规划和建筑理念。新城规划建设方案，采用国际招标竞赛的形式选中。当时有130种规划设计方案参赛，最终是美国以景观设计见长的建筑师华尔特·伯莱芋·格里芬中标胜出。绿色掩映着白楼，建筑物秩序分布与宁静的街路相随，碧波荡漾的格里芬湖与湛蓝的天空盖地铺天，遮天蔽日的桉树冠下盛开着姹紫嫣红的鲜花，幸福的堪培拉人就是这样工作生活在公园里。参观者惊叹：别国是在首都里找公园，澳大利亚是在公园里找首都。堪培拉的规划和建设提醒世人：首都不需大，功能不需多，理念人为本，建筑品为优。

1927年，也就是中国“八一”南昌起义建立了人民军队的那一年，墨尔本被摘去了首都的政治光环，回归了维多利亚州首府的本来政治地位。墨尔本虽然不是首都了，但是经济建设、社会发展的步伐并没因此放慢。淘金热使墨尔本成为了与美国旧金山对应的东方“新金山”，也催生了这一澳大利亚的工业“摇篮”，重型机械、纺织、造纸、电子、化工、金属和食品加工业十分发达，美国的福特汽车公司、日本的丰田汽车公司相继落户墨尔本，世界著名的大公司在墨尔本或设立分公司或开办事处，一时使墨尔本成为了南半球的工业中心、制造中心、科技中心和商业中心。直到目前，墨尔本的工业、装备制造业仍然是澳大利亚的龙头老大。曾经的首都墨尔本，在十分有限的天地间，创造了惊人的物质财富和精神食粮。

世界著名的旅游胜地

大自然的鬼斧神工，造就了澳大利亚山海田园风光；高度发达的服务业和展开双肩迎接五洲宾朋的胸怀，使澳大利亚成为了世界著名的旅游胜地。悉尼、堪培拉、墨尔本、布里斯班、黄金海岸、阿德莱德、凯恩斯、霍巴特、伯斯、达尔文这些特大和大城市，不但是澳大利亚的物质生产基地，而且也是国际旅游“背包客”的优选目的地。

在悉尼。仰望海港大桥和参观世界上新奇独特的歌剧院，是游澳大利亚的首选。海港大桥是最吸引游客眼球的景观。资料介绍，这座大桥于1923年开始施工，历建9年，于1932年正式竣工通车，这个年代正与美国旧金山的海湾大桥的建设年代相切合。大桥桥宽大约在48米左右，净空最高点距离水面60米，一般的船舰可以在桥下畅通无阻，大桥不但是交通枢纽，而且也是城市的地标。矗立于海港大桥一端的悉尼歌剧院，活像一组展翅欲飞的白天鹅，向游人呈现了既雄伟又温顺、既动又静的性格。这座闻名于世的独特建筑，是丹麦设计师耶尔思·乌特松的杰作。他的设计灵感产生于晚餐后切橙子，将若干块月牙弯形的橙片搭起来，于是就产生了优雅的、壮观的、多几何图形组合的理念。整个建筑体南北长 186 米，东西宽 97 米，内有一个中央大厅和三个表演场，附属设施有图书馆、餐厅、酒吧和礼品店。遗憾的是，设计者在建设中途无故辞去了设计师职务；更遗憾的是，他本人并没等到这一建筑杰作的竣工交付使用就离开了人世。后来也有同行说：建筑物不能光满足造型奇特好看的要求，而且必须考虑结构的技术性衔接，否则，容易留下无法弥补的缺欠。据说悉尼歌剧院个别地方漏水，想必是技术性问题。高达 300 米的悉尼塔，具有英国园林风格的海德公园，以彩色玻璃画窗著称的加里森教堂，散发着雕刻艺术气息的维多利亚女王大厦，皇家植物园和各具特色的博物馆等，都是值得一看的甲级景点。走累了，还可以到情侣港上稍息，可以在路边烤肉店品尝烤肉，到咖啡店喝上一杯上品咖啡。悉尼的海滩是美丽的，是人们放松心情的地方。一家人或者情侣，在这里冲浪、海水浴、晒太阳，享受着大自然的馈赠，感受另一种快乐。游悉尼，不会觉得累。悉尼城区一步一景，悉尼的郊区也别有洞天。出城向西 120 公里，就可以到蓝山去看峡谷、看瀑布、看奇峰异石、看碧绿的桉树林、看山路两旁的百花争艳。站在观景台上，春天可见雨雾蒙蒙中的云烟氤氲气象；夏天可见阳光晒向瘦骨嶙峋的岩石和一泻千里的瀑布；秋天可看碧绿间裹挟着金黄色的森林，蓝山让你越看越想看，越看越让你浮想联翩。

悉尼歌剧院

在堪培拉。如果你已经到了堪培拉，那么，你就已经置身具有南半球最优生态环境的公园里。堪培拉的土著语意为“相会之地”。在这 2 359 平方公里的土地上，美式建筑、欧式建筑、亚式建筑以及哥特式、罗马式建筑相会；白种人、棕种人、黄种人与土著人相会；天然景色、人工湖与人工侍弄的小品园林相会；英语、阿拉伯语、汉语和地方原有的土著语相会，只有 34 万人的堪培拉，简直是世界文化的大熔炉，阳光普照的地球村，陶冶情操、忘却烦恼、放飞心情的人间天堂。整个城市以格里芬湖为轴心、按区域功能分布伸展开来。这个以美国建筑设计师华尔特·伯莱芋·格里芬的名字命名的人工湖，于 1962 年竣工，湖面 706 万平方米。围湖散落着国会大厦、战争纪念馆、国家图书馆和国家科技中心等各具特色的建筑物。站在湖边远眺，最抢眼的是从湖心喷向天空的喷泉和岸边国会大厦的白色建筑群。湖心喷泉将巨大的水柱射向高 140 米的天空，然后随风向形成扇形水帘自由落下，让游人感到无比壮观的同时，也给游人送上一阵阵清凉。澳大利亚的国会大厦是于 1988 年建成的，主体建筑并不高，只有三层。但是，矗立在国会大厦屋顶上的国旗杆，却高达 81 米，高高的旗杆上全天候地飘扬着一面以深蓝为底色的国旗。国会大厦是可以入内参观的。经过安检，从入口开始，所有的廊道两旁都有能够述说澳大利亚的过去和现在故事的实物展品、壁画。如果碰巧赶上议会开会，还可以通过简捷的申请去旁听，感受民主宪政国家的主人们议论国事的政治氛围。据说，澳大利亚国家图书馆有 500 多万册珍藏图书，最有名的镇馆之宝是当年发现了“南方新大陆”的英国库克船长的手稿。堪培拉是美丽的，堪培拉的住民也是淳朴的。伴随着夕阳我们在街面上散步，街面上几乎没有行人。居民住宅都是米黄色、白色为主基调的单体院落别墅，坐落在绿色掩映的树丛中，门前盛开着三角梅。由于问路，我们站在敞开的大门外，同主人搭讪，正逢主人办周末聚会，很友好地邀请我们参加，出于礼貌，我们谢绝了。这是那天晚上我们见到的唯一堪培拉居民。留恋堪培拉不单是因为那里有良民美景，还因为在那里可以呼吸到甜滋滋的没有污染的空气。

在墨尔本。作为维多利亚州首府的墨尔本，最早被人称为工业之都，现在又被人称为花园之都、浪漫之都、梦幻之都，几乎囊括了形容城市的所有美称。与世界众多城市不同的是，墨尔本的州立公园都称为花园，市区内最著名的、也是最吸引游客的是皇家植物园和菲兹洛伊花园。皇家植物园是南半球植物的标本基地，这里奇花异草争先斗艳，上万种植物各显风流，是游人漫步之地，更是一座自然博物馆。堪称园中之园的战争纪念馆和历史博物馆，用大量的图片和实物向游人述说着被迫参加二战的情景，描绘着世界各路人马涌向墨尔本淘金 的故事。详细品读，能够体会到墨尔本乃至澳大利亚人文进化的历史轨迹。使菲兹洛伊花园名扬五洲的是那里有库克船长的小屋。这个小屋是英国库克船长的故居真品，讲解员介绍它始建于 1755 年英国的约克夏，1934 年纪念维多利亚开发 100 周年时，由英国人将小屋拆开运抵墨尔本，依原样组装，赠送给墨尔本人民，真品小屋旁边竖立着库克船长的雕像。坐落在郊区东南 130 公里处的菲利普岛（企鹅岛），是游墨尔本的必到之处。这是一座天然的动物保护区，精华项目是观看企鹅回巢大游行。这里生长着一种身高只有 30 多厘米的矮企鹅，白天到大海中嬉戏、觅食，黄昏时节成群结队集体回巢。景区建有观景台，游客可以依次坐下观看企鹅在大浪冲击下上岸、三五成群缓步回巢的壮观景象。已经被大浪冲上岸的企鹅，听到观众的尖叫声，有的还会转身潜回大海。西下的太阳越来越沉入了地平线，回巢的企鹅一波一波地上岸，游人在洒满暮色的回程栈道上，依然可见三五成群的企鹅在草丛中行进。据说，企鹅是有家庭的，想必这三五成群的企鹅可能是一家吧！在栈桥的始点，有各具特色的旅游纪念品商店。值得提示的是，哪怕是以澳大利亚特有的袋鼠、树熊或者企鹅为题材做成的绒毛玩具，绝大部分是“中国制造”。中国人去澳大利亚买中国的纪念品，终归不是明智之举。

在布里斯班。布里斯班是昆士兰州的首府，也是澳大利亚第三大城市，有阳光之都和树熊之都的美誉。到布里斯班，最优住宿可以下榻到海洋公园里的宾馆，在住地就可以看热带丛林，可以到海洋里冲浪，可以到海滩上晒太阳。布里斯班的街道宽阔，市面花团锦簇，布里斯班河横穿市区，墅水相依，给这座城市平添了灵气。位于布里斯班河南岸的南岸公园，是 1988 年世界博览会的会场所在地，园内有热带雨林保护区、蝴蝶和昆虫馆，美丽的柯达海滩总是游人最集中的地方。出布里斯班市区南行，一直可到达黄金海岸和阳光海岸等旅游胜地。整个黄金海岸城区由若干个美丽沙滩簇拥着，从空中俯瞰，金黄色的沙带围拢着湛蓝色的海域，水面千帆竞进，路面点缀着绿树红房，眼观此景，会引起人们对极乐世界的遐想。当然，布里斯班也同其他城市一样，有文化中心、野生动物园和植物园。从布里斯班向北行车，可直达世界著名的大堡礁，看到艾尔斯巨石。在布里斯班城里，可品味人文景观的细腻；到城郊，可以感受大自然的粗犷和豪放。美丽的布里斯班，是个不能不去、去了还想去的地方。

澳大利亚的国歌唱道："欢笑吧！澳大利亚人。我们自由英俊、物产丰富、景色美丽绝伦，澳大利亚前进。"

（写于 2009 年 10 月，修改于 2012 年 12 月）

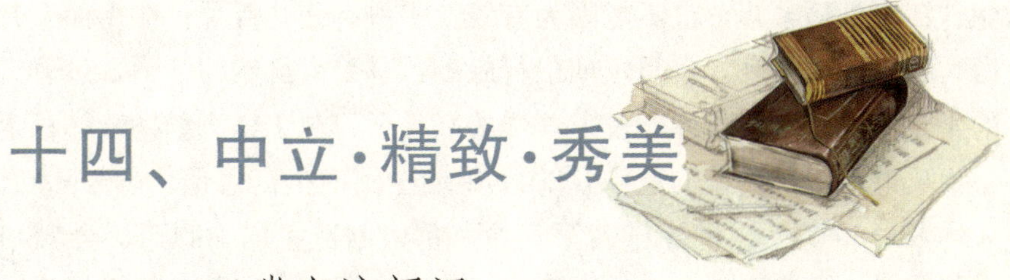

十四、中立·精致·秀美

——瑞士访问记

蓝天、白云、沙滩、海浪、椰林，这是人们用于形容海边旅游胜地美景的惯用词组。有海有辽阔，有水有灵气，海天一色有游兴，这是人之常情。然而，瑞士这个没有海洋的欧洲内陆国家，改写了“海景甲天下”的评价。在瑞士，游人虽然听不到海浪的涛声，看不到千姿百态的椰树，却对荡漾的湖泊、如画的村庄、宁静的森林和晶莹的冰峰赞不绝口。当人们零距离接触瑞士的名胜古迹，亲历风土人情，领略大陆风光，感受地缘政治和中立的立国理念、法律保障下的新闻自由、古朴典雅的城市、没有污染的青山绿水、严谨认真的公民，一定会使人流连忘返。在瑞士，目之所及的是山河大美；耳之所听的是“人间天堂”的赞叹。

中立：给国民带来幸福

在瑞士的任何一座城市，都会给游人留下山清水秀人好、街路整洁卫生、公共设施优秀、交通秩序井然、购物住宿方便的总体印象。汽车上、街路旁、商店里，所见之人的穿着打扮自由、得体，充分展示个性，人人脸上绽放着笑容。瑞士人不紧不慢的节奏，和风细雨的谈吐，不卑不亢的表情，足以说明他们活得自在、安逸和愉快。据资料介绍，瑞士国民的基尼系数为 0.337，由此可以得出这是一个国民之间贫富差距相对较小的国家。国民不管是在什么岗位上工作，都具有平等的人格和权益；不论处于什么年龄段，都能各得其所；不论住在城市还是乡村，都是自由的选择。钟表大亨百达翡丽、江诗丹顿家族，也不能因为有钱就多占有公共资源；在街面上开个面包房、咖啡店的家庭，也是定期出行旅游，享受大自然的馈赠，过着无忧无虑的生活。瑞士人之所以能过上这样的好日子，源于经济的持续、稳定发展。

据世界银行公布的数字，2011 年瑞士国内生产总值为 6 360.6 亿美元，人均 81 160 美元，世界排名第三位。精密制造、化工制药、金融和旅游业世界著名，国家不大，名优特新产品不少。据洛森国际管理发展研究院发布的全球竞争力年度报告，2011 年瑞士国家竞争力在世界排名为第 5 位。苏黎世、日内瓦、伯尔尼总要在世界十大宜居城市占有席位。苏黎世是名副其实的国际金融中心和黄金市场。在著名的班霍夫大街上有 350 家银行及银行分支机构，具有近 260 年历史的苏黎世证券交易所，其日交易额居欧洲的前列。瑞士经济能够持续稳定发展，源于国民所选择的中立的国体。

瑞士在近 300 年来，始终保持在世界政治舞台上中立的主场，除了为拉动国内旅游业的发展和方便国民，签订了进出国境的“申根”协定以外，不参加任何国际政治组织，不介入国与国之间的争端，不卷入任何国际事务。因为秉持中立立场，使瑞士躲过了两次世界大战，在人类工业革命的黄金时段静悄悄地发展了自己的民族工业，健全了具有本国优势和国际竞争力的国民经济体系，创造了手表、医药、食品、葡萄酒等世界著名品牌产品。也是因为中立，有效地吸引了国际组织和世界社团组织纷纷到瑞士来安家落户。著名的国际红十字会、联合国欧洲总部、世界贸易组织、世界卫生组织、国际劳工组织、联合国难民署、世界知识产权组织、国际电信联盟、国际气象组织等 30 多个国际组织和社团总部在美丽的日内瓦湖畔安营扎寨。还是因为中立，瑞士采用了独特的“全民皆兵”的建军方式，“任世界局地战火生息，我自岿然不动”，就连世界著名的梵蒂冈的卫兵，清一色雇佣瑞士人。远离杀戮和争端，使瑞士人一心一意发展经济，锲而不舍地创造快乐，过着有滋有味的幸福生活。瑞士保持中立的立国理念，深深地影响着本国的新闻出版界。被国际舆论炒得很热的日本干扰中国钓鱼岛事件，在瑞士的《日内瓦论坛报》、《瑞士商报》和《新苏黎世报》等新闻媒体的报道中，如果引用中国人的话，就用“钓鱼岛”的称谓；如果引用日本人的话，就用日本人对中国钓鱼岛的另一称谓。在联邦首都伯尔尼，在金融中心苏黎世，在有国际俱乐部之称的日内瓦，在世界体育都府洛桑，在著名旅游胜地卢塞恩……即使是走遍大城小镇，也难见到带有政治色彩的标语，营造了以人为本、人与自然和谐的氛围。有了瑞士这样宽松的人文环境，再加上如诗如画的生态环境，瑞士人想不幸福都躲不开。

翻阅历史，瑞士中立的立国理念，也是用先人鲜血和生命换来的。据文字记载，在法国大革命时期的 1792 年，在暴民攻击法国杜勒宫时，有 786 名瑞士雇佣军官和警卫战士，为保卫法国路易十六国王及玛丽王后而壮烈牺牲。后世画家们留下的血染城池的墨迹，使瑞士人惊醒："人类要安宁，要远离战争；瑞士人要幸福，要保持中立"。以此为创作体裁，丹麦雕塑家巴特尔·托瓦尔森为了纪念为保卫法国国王及家眷而战死的瑞士雇佣官兵，在卢塞恩用巨石雕刻了一座"无奈的雄狮"石雕。如今，这尊坐落在卢塞恩铁狮子公园入口处的纪念碑，一匹雄狮被长矛刺穿脊背，奄奄一息地残喘，没有救助，没有挣扎，呈献给游人的是悲愤和无奈，是生命的人为终止。美国作家马克·吐温看了这尊石雕，发出了"世界上最悲伤、最感人的石雕"的赞叹。石狮雕塑前游人如织，是来卢塞恩观光者的必到之处。说它是一尊优秀的艺术品，不如说它是珍惜生命的警示录。它用永不腐烂的身躯，警示后人远离杀戮，企求世界永远和平。

瑞士卢塞恩石狮雕塑

新闻：恪守报道新近发生的事实

在瑞士这个联邦制国家，民主和言论自由是宪法赋予公民的权力，新闻企业是行当，要在法律和法规的约束下开展经营活动。新闻的中立，更加强化了国家的中立理念。瑞士新闻俱乐部的吉·麦当主席说："瑞士的媒体都是私人的，不为哪个政党服务。媒体报道选举，不是为哪一个参选者拉票，而是充分反映选民的意见，充分反映和评价参选人的参选演说，充分表达参选者各自不同的意见。要说新闻媒体的立场，没有立场就是最准确的立场"。"报刊的总编辑，也经常发表言论，表达对参选者的看法"。《日内瓦论坛报》总编辑对记者说："今天的报纸第三版的报道内容是今年 10 月的大选。记者对 10 个党派参选的经费进行了调查，告诉读者哪个党派要投入多少钱、钱从哪里来，告诉读者在筹款中内部党费占多少、私人捐赠占多少"。他还说："报纸要报道什么，政府没有干涉。但是，搞新闻报道得非常小心，主要是怕报道出问题要负法律责任"。瑞士新闻同行认为，瑞士联邦的宪法相当于美国的联邦制，伯尔尼只是名义上的首都，实质的权力在各州。瑞士虽然没有专业性质的新闻法，但是，对新闻采编和经营行为的法律约束比较严格，也有职业道德规范，新闻工作者的责任自负意识比较强。《新苏黎世报》是个股份制企业。投资人想持有股份成为股东，前提条件是必须保持中立的立场，报纸同任何组织没关系，报道不倾向任何组织。主编费·舍尔说："报道国际问题，要用文字和事实来体现中立立场，比如报道中国与日本的岛屿之争，对岛屿名称的用词要准确，别引起争论"。瑞士允许私人办广播电台，但要经过联邦通讯委员会批准。

瑞士新闻界对中国持友好态度，各种媒体在加重对中国的报道。比较关心中国的经济发展、周边领土争端、军舰下水和中瑞签署自由贸易协定等问题。《日内瓦论坛报》在 7 月上旬突出了中瑞贸易协定报道。说道瑞士是西方第一个承认中华人民共和国的国家，介绍今年 9 月份瑞士贸易代表团要去北京，讨论中瑞双方的贸易往来问题。报道从中国是瑞士除美国、法国之外的第三大贸易伙伴说起，讲到开展对中国贸易的重要性。《日内瓦论坛报》有驻北京的记者，采写瑞士人对中国经济、文化感兴趣的新闻。比如，曾经报道过上海的一项考古发现将一项历史提早了 1400 年；得到中国共产党在今年 11 月份要召开中央全会的消息，记者在北京街头随机采访了一个 35 岁女孩，问她："对全会的期待是什么?"偶尔也报道有关北京的空气污染和中国与周边国家的海洋争端问题。

《日内瓦论坛报》在2008年北京奥运会开幕的前一天（8月7日），以中国承办奥运会为由头，编辑出版了介绍中国的特刊，并且将报头改成了中文。特刊用较大篇幅介绍了北京的历史和建筑，北京人如何支持办奥运会，中国经济发展的速度和比例，中国对非洲的政策，瑞士人应该怎样到中国投资。讲道中国市民的生活，包括北京人吃面条的多，吃米饭的少，讲道中国少年儿童的体育活动，也报道了章子怡等名人花边新闻。这天，瑞士航空公司用中文刊发了一个整版广告。为了办好这期特刊，记者还采访了一些在日内瓦生活的华人，并准确地讲道从1998年到2008年10年间，在日内瓦生活的中国人由689位增加到1 357位（2013年已达到1 500多位）。文章讲道，中国人在国际组织驻日内瓦机构中，担任着强大的角色。特别还报道有关中国人到日内瓦旅游的故事，关于中国"12生肖"的故事，介绍有一位中国妇女在网上发帖说她老公"红杏出墙"。《日内瓦论坛报》总编辑说："国际版还是讲欧洲的新闻多。讲中国的新闻，一般每星期有四五条。在淡季，一个月也可能没报过中国新闻。但是，在一些国际报道中，'中国'一词是经

瑞士联邦议会大厦

常出现的。今年3月，中国选出新的国家主席和政府总理，报社立即派出记者到他们的家乡也是出生地做了重要采访”。遗憾的是，由于时间关系，我们没能亲眼看到报道原文。总编辑还介绍，本报有派驻北京的记者，通过其他国家的通讯社和阅读中国的报刊获取信息。他还说，本报对中国的军事报道感兴趣。一是中国国防预算；二是中国军舰下水；三是中美之间军费预算、军队人数的比较。他还说，“瑞士人对中国的军事并不担忧，主要是对中国的经济担忧。因为中国的经济太强了，能把法国的香榭丽舍大街买下来！”总编辑要求，对中国所有重大事情的报道必须客观公正，记者提问必须是其他报道没有说过的问题。

瑞士国家电视台栏目评论员介绍，国家电视台很重视中美关系的报道，要求稿件能够透过地域约束来看太平洋，每周选一个题目给读者分析，力求国际专题大众化。对亚太地区地缘政治的变化，担心的是日趋严重的军事问题。美国的军事力量离开欧洲布道亚太，有意帮助中国的邻国发展军事。对中美之间军事上的部署和意图，只是关注，还没有做出数量比较。他们关注着“下一步中国的航母将干什么？”评论员讲：“我是新闻工作者，不是政治家，不代表国家政治。关于岛屿的历史纠纷为什么这么多年没解决？是政治家不够格，还是外交手段有问题？”

瑞士国家广播电台的同行对记者说，他们的国际报道关注中国海域与邻居的纠纷，关注中与美、中与朝的关系。国家广播电台在中国有特派记者，每天能发回关于中国政治、经济、文化、社会四个内容的稿件。瑞士不怕中国的发展有威胁，瑞士感兴趣的是，中国经济的发展给瑞士手表的出口带来了机遇。

瑞士经济贸易报主编斯伯·斯尔介绍，十年前报纸对中国的报道主要是讨论中国的政治，现在是中国的经济对瑞士相当重要。过去两年所刊发有关中国的文章，总量占外稿的第三位（仅次于美、德），主要讨论如何在中国投资赚钱。两国合手签订贸易协定，肯定对瑞士有好处。瑞士的农民认为自己的奶制品质量很好。农民也看哪些食品来自中国，他们发现冰冻的草莓有1/3来自中国，但贸易都是瑞士人做的。中国代表团来瑞士参观肉联厂，反而认为瑞士企业不符合中国的规定，要求瑞方改进。瑞士很多人并不了解中国，一说到中国（肉食品加工），就认为肉挂到外边，蝇子满天飞，没有汽车运输，认为很落后。因此，报纸开始介绍中国企业。瑞士人担心中国的食品安全问题，报纸就介绍，没签订两国贸易协定之前，瑞士人吃的东西也有中国进来的，吃了也没什么问题。今年9月份，百达翡丽手表制造商要在中国开办手表技术培训学校，经济贸易报要派记者去上海采访，借机了解上海、报道上海。一家香港上市的中国企业，最近在瑞士买走了“昆仑”牌手表制造企业。这家企业规模不大，但形象很好。中国的中产阶层人数增加，有利于瑞士推介高端产品，瑞士几个支柱企业和许多中小企业，需要中国的合作伙伴，需要介入中国市场。

《新苏黎世报》主编费·舍尔介绍，《新苏黎世报》关注经济，首先关注中国经济的发展，也关注中国的劳动力市场，特别关注中瑞双方贸易协定的签订。昨天（2013年7月14日）得到消息，中国第二季度经济增长7.5%，明天的报道就是分析中国经济放缓的原因，会报道中国经济情况，介绍中国大企业，让瑞士企业了解中国；会报道人民币与外币的交易情况。中国的报道每天都会有，稿件大多来源驻外记者的采写。本报驻北京的记者，寒冷的冬天也去哈尔滨采访，炎热的夏天也去广州、重庆采访，每月要出差一次，花费较大。记者同当地的关系非常好。本报对中国的政治也关注，关注新一届领导人对政治的走向，关注中国的民生问题，报道中国人是如何生活的。当然，也关注中国的人权问题。

关于瑞士的经济形势，瑞士国家广播电台的同行说：“瑞士的经济很好，没有危机。现在一些法国、意大利和西班牙居民都愿意到瑞士居住，到瑞士银行开户。当然，也有避税的想法。”瑞士新闻界朋友介绍，这一段瑞士媒体比较关注埃及和叙利亚的局势。对叙利亚内战的报道，《日内瓦论坛报》内部有分歧，有的主张别国不应干涉内政，有的主张应该干涉内政。日内瓦是个开放的国际化城市，因为国际难民署在日内瓦，所以，非洲黑人越来越多，由此出现了一些新的情况和问题。对此，《日内瓦论坛报》也关注黑人的生存境况，也曾发表过外来黑人同当地日内瓦人的关系问题的文章。《日内瓦论坛报》的同行认为，他们报道国际事务有地理优势。日内瓦驻有许多国际组织，记者每天都要同国际组织接触，会得到许多第一手信息，类似叙利亚政变这样的好多国际事件，《日内瓦论坛报》都是报道的第一人。

瑞士目前发行量最大的、办报实力最雄厚的是德语区的《新苏黎世报》。报社诞生于1780年，产权属股份公司制。每支股目前的价值为6 000瑞郎，共有400万股，持有2.4亿瑞郎股值。公司章程规定，最大的股东也不得占有超于总股本20%的股权。公司除办有《新苏黎世报》之外，还办有地区性报纸，也参与电视节目的制作，开办报纸网络版。公司有1 800名雇员，日发行量13万份。主报在1821年以前，为《苏黎世报》，1821年改为《新苏黎世报》。新苏黎世报业集团于1997年就开办了网络版，是瑞士也是国际上开办网络版较早的新闻出版机构。网络版由当初的免费已改为付费阅读，年价400瑞郎。对此，网络版的经营者认为，网络版应该收费，通过收费让阅读的年轻人知道得到高水平的信息是要付出代价的。公司收入的80%仍然来源于纸质媒体，其中的40%来源于广告。本部设在苏黎世的《瑞士经济贸易报》，创刊于1861年，日发行量为3.6万份，每份为4欧元，所办的网络版，是免费的。《日内瓦论坛报》是瑞士办在法语区最有影响力的报纸。论坛报每天出28个版，遇有特殊情况临时增版，星期一到星期六出版，日发行5万份，网络版有读者约60万人。此外，还办有《24小时》、《日内瓦早报》两张小报。瑞士全国有160万人讲法语，有4家法语广播电台和2家法语电视台。其中的国家电视台总部设在日内瓦，共有110名记者，其中有10位记者驻国外。这个台是非私人的公共电视台，在法语区有竞争优势，在法语区的收视率可占60%，收入的构成主要来源于国民的电视收费，占70%，广告和商业经营占30%。本台的新闻主张是独立机构，不受干涉。瑞士国家广播电台是德语法语兼有的广播电台，总部设在日内瓦，共开播12个频道。其中，德语和法语各占四个频道，剩余为意大利语、罗曼语等其他语种频道。频道听众的收听率由高至低呈现综合、文化、文艺、老年频道顺序。

在瑞士从事新闻职业，收入普遍不高，但受社会尊敬。《新苏黎世报》主编告诉记者，在瑞士，想赚钱别当记者，就去做银行家。因为记者的工资是固定的，月收入在7 000元瑞郎左右，除非做出特别突出的贡献，很少有奖励。据《日内瓦论坛报》主编介绍，日内瓦论坛报普通记者月工资为5 000瑞郎左右，主编月收入是普通记者的三到四倍，大约在1.5万瑞郎。记者相当于一般公务员，主编相当于高级公务员。而瑞士不是全职的国会议员，月收入也仅为7 000～8 000瑞郎。当记者尽管收入不高，一些年青人还仍愿意做新闻记者。《新苏黎世报》主编说，驻北京的记者可以把家带到北京去，但不能在北京买房子。

精致：创造人类工业奇迹

瑞士礼品三件宝，军刀、巧克力加手表。不论是来自亚洲、非洲还是拉丁美洲的游客；不论是黄种人、黑种人还是棕种人，凡来瑞士的，回程带给亲友的纪念品大多是手表、军刀和巧克力。也正是这三大类产品，标榜着瑞士在精密机械和食品工业领域的世界霸主地位。精密制造、食品工业同金融、旅游、化工制药一并构成瑞士经济的五大支柱，占国内生产总值50%的工业，成为名符其实的国民经济主体。

从1587年在日内瓦生产出第一块手表算起，在近430年的历史长河中，瑞士一直保持着在世界钟表制造行业的领先地位，钟表王国的美誉一直没有任何一个国家能取代。追求完美的卓越品质，精益求精的手工技术，是瑞士钟表制造业的“座右铭”，手表，早已超越了计时器的范畴，成为名流巨贾显赫身份和珍品收藏的艺术杰作。其全国最高年份手表生产量达1.04亿块(包括电子表)，80%以上供应出口。相传，瑞士制表技术是瑞士人从法国带回来的。在16世纪，瑞士西部法语区的日内瓦人，为了谋生，到法国充当雇佣军，随着战乱和欧洲宗教的变革，有胡格诺派新教徒回流日内瓦，带回了精湛的金、银、铁等金属制造手艺，开始生产手表，作坊由小到大，由弱到强，逐步形成产业，并由日内瓦向东北一直扩散到瑞士全国。1845年制表机械技术的诞生，使这一行业得到了突飞猛进的发展，从此手表制造成为瑞士的优秀工业部门。

瑞士手表从初始的完全手工制造，发展到今日的大规模机械化生产，手工制表仍是瑞士极品手表的一绝，其间，科技创新是巨大的原动力。从1845年机械工艺制表的诞生，到陀飞轮技术的问世；从防水、防磁、防震技术的诞生，到陶瓷表壳的应用；从塑胶机芯到液晶石英技术的发明，瑞士的手表行业始终把握即时技术的制高点，不断研发新产品，不断应用新工艺，不断寻觅新材料，创造了人类揭开精密制造奥秘的奇迹。现在，在全球十大名表评选排名中，除德国偶有品牌进入十大名次之外，几乎全被瑞士所包揽。以传统手工艺见长的豪华并且限量生产的极品表，诸如百达翡丽、江诗丹顿、爱彼、宝玑等，拥有不在使用价值，而在于身份的象征。一级一等的劳力士，总是以机械表中的“皇冠”地位出现在高级表店的橱窗里；一级二等的欧米茄，是人类唯一一只在月球上被航天员佩戴过的品牌手表，也是帆船、田径、游泳等竞技体育项目世界赛场的标准计时器；一级二等的浪琴表，被人誉为“浪琴=精准”，不断推出的创新系列产品，永远向消费者彰显卓越的专业品质；以经济、时尚、适用、功能多变为特点的天梭表，是一直在海外畅销的白领时尚表，其销售量一直远远超过极品手表而名列前茅。

瑞士手表产业能够久盛不衰，除了坚持不懈的技术创新、产品不断更新换代之外，严格的行业自律和优秀的售后服务是基本因素。瑞士制表工业联合会作为行业自律性质的社团组织，1971 年制定了瑞士标识使用规定。凡使用“瑞士制造”标识的，至少得有 80%以上的机芯部件由瑞士本土制造，并且机芯的组装和检验必须在瑞士本土完成；凡不在瑞士生产的机芯原件、表壳、表盘和表带，都要分别标识。对于镶嵌珠宝、钻石的，要单独有质量标识和保证书。在全球范围中实行严格的质量追溯制，专卖店卖出的手表如有质量问题，能查到出现问题的直接责任人。瑞士制表商承诺，瑞士手表在全球实行三天包退、七天包换、三年保修、终身维修。是优秀的质量、信誉和服务，造就了钟表王国。

瑞士生产的“冠军”和“维氏”等品牌军刀，同瑞士手表一样大名鼎鼎，在全球久盛不衰。据介绍，坐落在瑞士中部伊巴科小镇的维氏公司，从 1891 年开始生产军刀，1997 年维氏军刀正式完成商标注册。公司现有 1 000 多名员工，年生产 800 多个品种 10 万多把军刀，90%出口。成立于 1900 年的威戈公司，使用钟表工艺制造军刀，一把军刀的功能已经由当初的几种发展到几十种，其中包括打火机、手电筒、液晶时钟和 MP3 播放器。复杂的一把军刀由 64 个独立零件构成，需经 450 道制造工序。从 1945 年开始，瑞士军刀大量出口到美国，作为海、陆、空三军专用军需品。美国前总统里根和布什，曾在瑞士分别定制刻有总统名字的军刀，作为白宫的礼品赠用。纽约博物馆和德国实用艺术博物馆，都把瑞士军刀作为工业设计的精品收藏和展出。小小的军刀，向全世界展示的是瑞士优秀的精密制造技术。

瑞士是个小国，又是个巧克力生产大国或强国。所谓大国，是指本土巧克力的年生产总量名列世界前茅；所谓强国，是指所生产的巧克力质量优秀，品牌响亮，世界知名。从颜色上看，赤橙黄绿青蓝紫，堪称七彩缤纷；从形状上看，圆球、方块、三角、多棱、模仿动物，甚至是模仿喜剧艺术家卓别林的皮鞋，堪称奇形怪状、形态可掬；从用料上看，有榛果、杏仁、草莓、酒心、牛奶等若干种，多种食品的添加，只要能想到，就能做得到，堪称是别具一格；从品牌上看，除了世界著名的瑞士莲、德芙、吉利莲、怡口莲和德菲丝等品牌之外，在日内瓦、伯尔尼、苏黎世等市郊的小镇上，都有当地手工生产的名贵巧克力，消费者口口相传而名扬四海，有的游人是慕名而来；从口感上说，速溶、滑润、清香、浓烈、甘甜等多味杂陈，生产者的理念是让产品对应消费者的口味，而不是用口味去培养消费者。

瑞士卢塞恩街景

瑞士大规模的巧克力生产，也颠覆了“原料产地竞争偏优”的经济学定义。瑞士并不产巧克力所用主料，可可豆主要是从赤道附近的科特迪瓦等非洲国家进口。由于已形成品牌和市场信誉，可可豆形成稳定的货源，并且从不间断。名贵产品瑞士莲，其生产商是 1845 年诞生的一家糖果厂，距今已有 170 多年的历史，现掌管者是创始人史宾利莲的第几代传人，已经说不清了。产品主要对德、法、英、美等国出口，年全球销售额在 170 亿元瑞郎左右，名贵品牌、优秀品质、企业信誉和巨大的产量，造就了它的世界巧克力霸主地位。瑞士巧克力在机械化、现代化、规模化大生产的同时，一些小规模、手工生产的精尖端产品，也照样经久不衰，具有超强的市场竞争力。

风景：山湖如此多娇

世界著名的呈东西走向的阿尔卑斯山，是大自然馈赠给瑞士人的巍峨高土；欧洲最大的湖泊莱蒙湖，瑞士独占的琉森湖、苏黎世湖、纳沙泰尔湖以及与德国交界的康斯坦茨湖和沙夫豪森瀑布，给瑞士人带来了辽阔的胸怀和平静的心态，也滋润着瑞士人的心灵；古香古色的城市，风吹草低见牛羊的牧场，动画般的村庄，静谧的森林，纵横交错的高速公路网，编织着一幅锦绣山河壮美图。瑞士全国由莱茵河、阿尔河、罗纳河三大流域连接着 1498 个湖泊，河流、湖泊占国土总面积的 4.2%，素有欧洲水塔之称。瑞士的全国森林覆盖率达到 30.3%，国土没有一片土地是裸露的。到过瑞士的游客，都被那山、那水、那人所感染。瑞士如此多娇的碧水、高山和蓝天，让游客流连忘返。瑞士，是个去过了还想去，看过了还想看的地方。

到瑞士亲历名山大湖，参观人文古建，是中国游客的首选。比较优选的路线是从北京飞法兰克福转机，直飞日内瓦，然后往洛桑、伯尔尼、卢塞恩、苏黎世，途径沙夫豪森进入德国（免签证）的汽车城斯图加特，顺访古城海德堡，再往东北直到欧洲空中枢纽法兰克福，一路由西向东北，由法兰克福飞回中国。由于瑞士处于欧洲的“心脏”位置，如果要做欧洲深度游，可以瑞士为据点，由日内瓦先去法国，可以南去里昂，北去巴黎；还可经由瑞士南部城市卢加诺进入意大利，一路往南邂逅米兰、威尼斯、比萨、佛罗伦萨直至首都罗马。从苏黎世或者库尔向东，可以经由列支敦士登进入奥地利，途径因斯布鲁克、阿德宁前往首都维也纳。

日内瓦，是瑞士乃至世界上国际化程度最高的城市。并不平坦的莱蒙湖的北岸，高低错落地散落着联合国总部，国际红十字会总会、世界卫生组织、世界贸易组织、世界气象组织、国际劳工组织、国际电信联盟等若干个国际组织。在“红心月会”的山坡草坪上，往下俯瞰，可见碧波荡漾的莱蒙湖上帆船点点，洒满阳光的日内瓦街区尽收眼底；远处眺望，朦胧中可见法拉山和阿尔卑斯山的群峰，莱蒙湖的对岸，即是法国的依云市。黄白相间的万国宫，掩映在苍松翠柏之间，大门两旁迎风飘扬着 160 多面联合国成员的国旗、区旗。开放的联合国欧洲总部，由于建筑物并不高，多少还给人留下些许神秘的感觉。与万国宫毗邻的是国际红十字会总部，主体是个灰白相间的四层建筑，由于门前正在施工，使其显得并不庄严。万国宫门前的万国广场上，高高地屹立着一把缺腿椅子，这是由瑞士著名雕像家丹尼尔·伯赛特于 1997 年塑竣，政治背景是纪念“地雷协议书”正式生效，表达了如果炸伤人腿，主事的政客也没有办法坐稳，倾倒是必然的。与苏黎世、卢塞恩等城市相比，日内瓦并不老，建筑的欧洲风格中略显时尚，辽阔的莱蒙湖湖水清澈，山湖与楼宇优美组合，街面以及楼宇吊窗上鲜花绽放。莱蒙湖上有一巨大喷泉，泉水喷高达 150 米，向一巨柱直冲云霄，形成巨大的浪花翻滚下泄，好不壮观。湖畔有巨大的“花钟”，用鲜花组成的钟体，随节气变换的是钟盘鲜花的颜色，不变的是精准报时。游人徜徉在湖边，沐浴着毫无遮挡的阳光，感受到花儿的芳香与湖水蒸发的湿润，清新的空气沁人肺腑，让人置身于童话般的世界中。从日内瓦或乘船或坐火车，可以游览周边具有地方特色的小镇。

瑞士日内瓦风光

由日内瓦向东 65 公里，即到了国际奥林匹克都府——洛桑。这个只有

14万人口的城市，像日内瓦一样，坐落在莱蒙湖北岸，与法国的依云市隔湖相望。据当地人介绍，由洛桑至依云的湖上交通很方便，欧洲的申根签证制度，使这个本属于两个国家的城市之间往来频繁，游人去法国，多是经由这一湖上通道。洛桑没有大城市的气魄，却有欧洲小镇的精致，建筑显得现代时尚，国际奥林匹克运动委员会总部周围绿草如茵，偶有竞技雕塑在松柏的簇拥下散落在草地上、喷泉旁或碧波荡漾的莱蒙湖畔。在这里，奥体总部是可以随意进出的，奥运博物馆是免费参观的，如画的风景是让人放飞心情的。晚餐时，倒上一杯甘洌的葡萄酒，在湖畔的暮霭中小酌，会唤起到葡萄酒庄观光的激情。明天，可以去拉沃小镇看那万顷葡萄园和古老的酒庄，品尝那酒中精品；也可以去沃韦小镇，顺访西庸城堡，到莫尔日小镇看赫本故居和博物馆。

由洛桑向东行105公里，就到了瑞士联邦首都伯尔尼。伯尔尼是建在丘陵上的城市，城区建筑以欧式的四五层灰色、白色、米黄色楼房为主，有的楼前装点着园林小品，窗外吊着盛开的花篮。到伯尔尼观光，最有代表性的是参观联邦议会大厦和大厦前的联邦广场。这座建于19世纪的巴洛特风格的石头建筑，外立面上伫立着若干尊栩栩如生的人物雕塑，钟楼上顶着既方又圆的绿色穹顶。就是在这里，瑞士实行着世界上独一无二的联邦七名议员轮流坐庄的轮值主席制。在政治地位相当于中国天安门广场的瑞士联邦议会广场，虽然面积仅相当于天安门广场的1/25，但是，这里也有世界之最。那就是每逢周六这里就成了集贸市场，农民可以在这里合法地摆摊出售鲜花、水果、蔬菜、香肠、奶酪、种苗、葡萄酒、点心和巧克力等各种农副产品，议会主席同百姓一样，提篮到广场上买菜。伯尔尼有一条世界著名的有顶购物古街，街道两旁各种专卖店林立，屋顶上或窗檐下，家家悬挂彩旗，世界著名的古钟塔矗立在路的中央，并且整点准时报时。大科学家爱因斯坦在联邦专利局工作期间，就住在这条古街上一个二楼公寓中，现已辟成故居，供游人观瞻。徜徉在这条古朴风情的街道上，有一种置身于中世纪的幻觉。看完古街，还可以登上山顶的玫瑰园，看那姹紫嫣红的花海，品味那沁人心脾的芳香，眺望伯尔尼全景。

从伯尔尼继续东行115公里，抵达旅游名城卢塞恩。在世界十大旅游城市评选中，卢塞恩总是名列前茅。这里有古香古色的城区，有碧波万顷的琉森湖，有世界独有的带屋顶的卡贝尔古木桥，有著名的“无奈的石狮”雕刻，有冰川公园，有灯红酒绿的夜生活。在这里，游人可以看到雪山下的天鹅湖、原汁原味的中世纪建筑、各具特色的博物馆、引领新潮流的名品屋；可以喝到浓浓的咖啡，吃到鲜嫩的烤牛排和顶级的巧克力，甚至可以亲历同麻雀共进早餐的感受。每当傍晚，游人可以走过琉森桥，到老城区听歌声、琴声，看风情万种的表演。美丽的、风光的、传统的、自由的、包容的、时尚的、沉稳的、惊奇的……卢塞恩，任你怎么评价，可能都不为过。

从卢塞恩起步再东行 55 公里，就到了瑞士第一大城、国家经济中心、具有世界“银都”之称的苏黎世。苏市驻有全球几百家银行和金融机构办事处，有欧洲最早的证券交易所，是个名副其实的银行比米店多的城市，是名商巨贾的“淘金”之地，也是世界上私人财富最集中的地方。久负盛名的班霍夫商业大道，从美丽的苏黎世湖畔向城市深处延伸，大道两旁各种专卖店、精品屋林立，几乎穷尽了世界上钟表、服装、箱包、珍奇工艺品、化妆品及其他日用品所有的名牌、大牌。这个步行商业街，文化气息浓厚，游人不但可以在此享受购物过程，而且可以得到现代商品知识，是购买，也是休闲；是支付，也是所得。坐落在老城区的圣母大教堂，是一座建于 13 世纪的哥特式建筑，两个高耸的塔尖直冲云天，只要抬头，在苏市的任何地方它都会闯入视线，游人可以进入教堂，细细品味精美绝伦的彩色壁画和玻璃彩

瑞士卢塞恩琉森湖畔

画。苏黎世湖边有金灿灿的沙地，聚集着男男女女，或卧或坐或野餐，享受阳光的照耀，靓女企盼把身躯晒出美丽的古铜色。湖边的天鹅、野鸭、湖鸥缓缓地游在水面上，充分演绎着人与动物、人与大自然的和谐。

西起日内瓦，东到苏黎世，一路上饱览瑞士山水和田园牧歌般的风光。远眺阿尔卑斯山的银装素裹，近看碧绿的草原点缀着五颜六色的农舍，品尝着上等的葡萄美酒加咖啡，真有一种不是神仙胜似神仙的感觉。继续往东北至沙夫豪森，去德国，一定要顺访劳芬城堡，到欧洲最大的沙夫豪森瀑布看日出，感受彩虹的环耀和那山水一线天的壮观。

（作于 2013 年 9 月）

十五、中国小微景点一瞥

容星之地　千古流芳

——宋庆龄故居访问记

北京的深秋，天高云淡，枫叶正红。临近中国民主革命先驱孙中山先生诞辰一百二十周年之际，我怀着崇敬的心情来到后海湖畔，访问了国家名誉主席宋庆龄的故居。

汽车沿湖边马路徐徐前进。只见两扇朱红对开大门被五米多高的灰砖墙环绕，大门的横匾上写着“中华人民共和国名誉主席宋庆龄同志故居”十八个鎏金大字；西侧挂着“纪念宋庆龄国家名誉主席基金会”的竖匾；东侧镶嵌着国务院所立的全国重点文物保护单位的大理石碑文。大门两旁八字形地摆放着盆松，武警战士持枪守立。

院内石林作嶂，翠柏红枫相映，长廊蜿蜒，溪水环绕，石桥通幽，建筑物高低错落。管理人员介绍说，这里原是清代宣统皇帝之父醇亲王的府邸花园，清朝灭亡，战乱的年代使这座清秀的建筑群日趋荒芜。新中国成立后，党中央、国务院对为创建中华人民共和国立下了不朽功勋的宋庆龄女士十分感激，政治上、生活上倍加关怀，曾几次提出给她在京新建一处住宅，都因宋庆龄考虑国刚安宁，经济贫困，以国事为重而谢绝了。直到全国经济形势大有好转的1963年，由周恩来总理提议，本着利旧翻新的原则，在这座王府主厅“濠梁乐趣”迤西，续建了办公、起居小区，连接原有的旧建筑，形成了这处安逸、幽静、别具一格的宅院群落。从 1963 年起，宋庆龄在此议政国事，会见宾客，博览群书，生活、工作、学习在这里，直到 1981 年 5 月 29 日 20 时 18 分，为中国人民的解放事业和维护世界和平而奋斗了半个多世纪的宋庆龄，因患慢性淋巴性白血病，陨落于此。作为人间女性豪杰的住宅，这里自然成了后人缅怀主人的故地。

宋庆龄故居

面东背西的故居正门大厅，悬挂着宋庆龄的半身图像，下面摆放着针松盆景和正在盛开的白菊花。虽说访故居的心情是沉痛的，但这幅雍容笑貌的图像，却给人以亲切和蔼之感。昔日宋庆龄接见国内外宾客的大会议厅，现已辟为辅助第一展馆，用 138 幅照片、47 件实物和大量的信函文笔资料，记叙了宋庆龄去美国就读、追随孙中山进行北伐战争，建立民权保障同盟，投身于民主革命的光辉历程。宋庆龄在美国就读时母亲送给她的宝石胸针和毛背心，结婚时母亲送给她的五件咖啡茶具和“百子图”绸绣被面，其弟宋子文送给她的金壳收音机和她与孙中山共同用过的手枪、拐杖、袖珍望远镜、礼帽等实物，吸引了大量的来访者观顾；最引人注目的是孙中山与宋庆龄的“婚约书”，旁边还附有 1980 年 3 月宋庆龄亲笔书写的“此为真品”的鉴定书。

出第一展馆的侧门，是一处方正规矩的院中之庭。庭中前植两棵松树，后有两棵银杏树，一座汉白玉基石驮着三米多高的自然石柱矗立于庭中央，十字形通道分别伸入第二展馆、少年馆和内宅小区。与第一展馆平行对应的“畅襟斋”，是宋庆龄宴请国内宾客和国际友人的地方。1963 年 6 月，宋庆龄曾在此举行中国福利会成立二十五周年酒会，周恩来、朱德、董必武、何香凝、陈毅、聂荣臻等党和国家领导人应邀出席。宋庆龄还在这里先后宴请过越南的胡志明主席、柬埔寨的西哈努克亲王等一些外国元首。这里展出了新中国成立前夕，毛泽东、周恩来给当时在重庆的宋庆龄的亲笔信，周恩来、邓颖超送给宋庆龄的礼物，还有宋庆龄访问印度、巴基斯坦时所收下的礼物等 60 多件实物。展出的 168 幅照片，再现了宋庆龄在社会主义建设时期的工作以及生活情景；宋庆龄病重期间所收到的全国各地军民、各族少年儿童和国际友人寄来的慰问信、药品和敬献的医疗良方，则反映了全国各族人民及国际友人对宋庆龄的崇敬、拥护、爱戴和对其病情的忧虑。听曾在宋庆龄身边的工作人员说，宋庆龄宴请宾客，有时还亲自下厨房做上几道美味佳肴，让宾客领略一下她的烹调技艺。宋庆龄下厨房所用过的菜勺、铁铲、围裙等遗物，唤起来访者对这位兴趣广泛、手巧多艺的伟人自珍生活、善于生活的遐想。

“畅襟斋”侧面的观花室，现已辟成少年儿童展馆。入口处悬挂着宋庆龄为少年儿童所作的“儿童是我们的未来，是我们的希望，是国家最宝贵财富”的题词。四岁的戈恩所作的“献给宋奶奶”的图画，使每个来访者自然留步，图片、模型与实物浑然一体，再现了宋庆龄关心少年儿童，爱护孩子，和孩子们在一起的甜蜜岁月。

起居小区入口处，左边设有电视厅，右边摆放着宋庆龄的好友罗菽章于 1986 年 8 月赠给宋庆龄故居的方桌、橱柜等 17 件古香古色的家具。小餐厅装饰朴素而淡雅。小会议室的北墙上挂着孙中山先生的半身照片。管理人员对笔者说，周恩来、朱德等党和国家领导人常来这里与宋庆龄共商国是，廖承志也曾多次在这里把党的决议、决定转告给宋庆龄。二楼的起居室布局合理，按功能可分为办公、就寝、饰容、会客、娱乐五个小区，地覆米黄色地毯，整个房间显得优雅而不落俗，富丽而不豪华。居中的卫生间也是起居室到书房的通道。书房里一面墙似的六垛书橱中，各种中外文图书琳琅满目。从 1963 年开始，宋庆龄用过的大部分图书珍藏于此，其中也有宋庆龄自己所作的《回顾孙中山》等一些具有很高价值的撰著。

坐落在“濠梁乐趣”西北角的鸽子房，房中觅食、跳跃、嬉戏的近百只“和平鸽”勾起来访者对曾担任亚洲及太平洋地区保卫和平联络会主席的鸽子主人的怀念。“濠梁乐趣”的正南，过“穿云桥”，可去石榴桩景、听雨屋、南楼及扇亭。听雨屋中展出着“嘉惠士林”的孙中山手迹字匾，还有缅甸友人送给宋庆龄的牙雕、印度友人送给宋庆龄的壁挂等近250件珍品。从宋庆龄在“文化大革命”期间亲手绘制的《花卉图》上，人们不难看出在那动乱的年月里，宋庆龄忧国忧民的心事。挂着载洵手迹鎏金匾额的“南楼”，现已辟成纪念品服务部。拾42级曲径台阶而上，就到了建于石山之上的仿扇形扇亭。亭檐下山水古画清晰，八棵等粗圆柱嫣红，一石桌居中，桌的两侧放有石凳。亭外怪石林立，古树冲天，植物茂密，饭后茶余，宋庆龄经常漫步于此，为实现祖国的统一深思熟虑，设计着美好的未来。

电视厅里，我们观看了以周恩来总理对宋庆龄高度评价的“国之瑰宝”所命名的电视录像。短暂的45分钟，记录了宋庆龄从赴美就读，追随孙中山进行民主革命，至陨落于此的64个春秋，回顾了她为真理、为中国人民的解放和全人类的进步与和平而坚贞不渝、勇往直前的光辉、战斗的一生。黑白图像催人泪下，也使人们为中华民族曾有过这样一位豪杰女性载入人类史册而感到光荣。

宋庆龄故居管理处主任杜书州告诉笔者，故居从1982年5月29日，即宋庆龄逝世一周年开始开放，至今已接待了全国各族人民、台湾同胞、港澳和海外侨胞及宋庆龄生前友好、亲属155万多人次。为满足各界人士的要求，去年故居将中央和国家机关发票改为凭工作证观瞻，今年又将每周的开放时间由三天增到四天，来访者仍是络绎不绝。

宋庆龄在病重期间，老作家丁玲寄给她一首诗。诗中说：“诗人写过傲霜的秋菊，秋菊经受过的风风雨雨，怎能与您的一生相比。几十年来，您都在风雨中亭亭玉立。”

附：

在宋庆龄病重的日子里

今年的5月29日，是中华人民共和国名誉主席宋庆龄逝世32周年祭日。32年前，伟大的爱国主义、民主主义、国际主义和共产主义战士，杰出的国际政治活动家，卓越的国家领导人宋庆龄，因患慢性淋巴性白血病，与世长辞。今天笔者撰写这篇迟发了的纪文，寄以哀思。

笃情，牵动着党和国家领导人的心

1981年2月，跟随宋庆龄转战多年的李燕娥女士逝世。随之，宋庆龄的健康每况愈下。经常伴有低热，四肢乏倦无力，做事力不从心，明显地出现了慢性淋巴性白血病的征兆。5月14日晚，病情急转变笃，体温骤升到40.2℃，呼吸困难，心力严重衰竭。顿时，中南海“红线”电话成了“热线”。卫生部负责人带领北京医院的医务人员火速赶到宋庆龄住处，全力抢救。及时赶赴现场的全国人大常委会副委员长廖承志，在走廊绿绒地毯上焦急地踱着脚步。

5月15日，中共中央、全国人大常委会和国务院发布了宋庆龄病危的公告。不祥之兆，给全国各族人民和国际友人的心头蒙上了一层愁云，更是时刻牵动着党和国家领导人的心。

若按常规护理，应尽量减少探患。中共中央、全国人大常委会的有关领导，听完抢救小组关于病情的汇报之后，心里明知留给她的时间不多了，果断地作出：“一些老战友、老同志，凡能见到的就叫她见一见吧”的决定。于是，前来探望的各界人士络绎不绝。

16日上午，在医务人员的极力抢救下，宋庆龄的病情虽然血白细胞由61 700增到158 000，但体温有所下降。这时，邓小平同志来到她的床前看望，祝愿她恢复健康。宋庆龄望着小平同志，微笑着点了点头，尽管没有语言，可在场的人都明白，这是对小平同志出自内心的谢意。胡耀邦同志来到宋庆龄的病榻前，眼含着泪花对李先念等同志说：“宋庆龄同志是爱国主义、民主主义、国际主义和共产主义的伟大战士，这样的评价，她是当之无愧的。”许德珩同志看着昏迷不醒的宋庆龄，脑海里浮现出在那水深火热的旧中国，她领导民权保障同盟，不畏白色恐怖，冒着生命危险营救革命者和进步人士的往事。他老泪横流，小声对守护在宋庆龄身边的工作人员说：“在她醒来时请转告，我是代表所有的、今天还活着的当年被她营救过的人前来看望的，我们大家衷心祝愿庆龄同志康复。”正在广州养病的叶剑英同志，每天同宋庆龄办公室通一次电话，询问病情，并再三嘱托医务人员一定要积极治疗，精心护理。在病危前，陈云同志曾前往住宅看望她。病重期间，陈云同志从外地刚回到北京，就打电话慰问她。

与宋庆龄风雨同舟，肝胆相照的女友们，听到她病危的消息，日不得安，夜不得眠。在病榻前，罗权章俯下身子轻轻地、轻轻地呼叫着：“我是罗权章，您听见我在唤您吗?”几秒钟过后，她缓慢地睁开了眼睛，虽然已经无力说话，却点了点头，身子在挣扎，欲想坐起来。看到她这个样子，罗权章泣不成声。5 月 15 日早晨，王光美就匆忙赶到宋庆龄住处。当时宋庆龄体温已下降，神志清醒，她俩说上了最后几句心里话。王光美望着她已被病魔折磨得憔悴的面容，心底产生了剧烈的阵痛。临别时，王光美吻着宋庆龄的脸说：“亲爱的庆龄同志……”王光美的喉咙哽咽了，再也说不下去了。曾被宋庆龄营救过的“救国六君子”中唯一女性的史良，在医院里得知宋庆龄病重的消息，沉痛的心情再也无法控制了，她忘却了自己是病人，急忙从床上坐起来，激动地对身边的护理人员说：“庆龄同志是我最崇敬的人之一，是我的良师益友，我要亲自打电话，向她慰问!”

童心，向着宋奶奶跳动

接连发出的病情公告，向一柄柄利箭，刺痛了全国各族少年儿童的心，在他们中间，荡起了汹涌的感情激流。他们或有组织地，或自发地采取各种形式，向敬爱的宋奶奶表示慰问。长沙少年儿童们绣的锦旗，北京少年儿童送来的校徽，边陲小学校寄来的红领巾……从四面八方飞向中南海，又转到宋庆龄的住处。千万颗童心在跳动，在呐喊：“祝愿宋奶奶早日康复!”

宋庆龄创办的中国福利基金会和它所属的儿童艺术剧院、少年宫、《儿童时代》杂志社、国际妇幼保健院、幼儿园和托儿所等单位的职工们，失去了往日的欢乐，沉浸在悲恸中。这些单位里的许多人是宋庆龄从水深火热的苦难中亲手拯救出来的，她们以及她们的后代的成长和幸福，是与宋庆龄的关怀和照顾分不开的。她们深知，没有宋庆龄就没有她们的今天，就没有蓬勃发展的儿童事业。她们用颤抖的手臂，一次又一次地在慰问信上签上了自己的名字，从遥远的上海，急切地向着慈母呼唤："为了孩子，您快些痊愈吧！为了新中国美好的未来，您快些康复吧！"

5月23日，上海儿童艺术剧院的290名演职人员，当听到宋庆龄的病情经短暂几天的略有好转，又出现了肾功能逐渐减退的消息后，悲伤至极。5月24日，任德耀院长代表全体演职员，火速赶到北京。下午二点钟，波音747客机降落在首都机场，任德耀携带着寄满深情的慰问信和一束鲜花，直奔宋庆龄住处。病榻前，任德耀极力克制悲痛之情，俯下身去在宋庆龄的耳边轻轻地说："宋主席，我代表剧院全体同志来看望您了！"晚了！宋庆龄紧闭双眼，没有作声，她已处于昏迷的状态中。任德耀的心凉了，腿软了，眼睛模糊了。

5月25日，在人民大会堂举行的庆祝"六一"国际儿童节报告大会，首都万名儿童向宋奶奶发出了慰问电；5月26日，广州市两千名被评为"四美"好孩子的小学生，也给宋奶奶发来了慰问电。

祈祷，海外亲属的虔诚

5月20—21日，吞噬着这颗伟大生命的血癌细胞，在当时最为先进的治疗手段面前，终于出现了暂时的退却，宋庆龄的病情没有继续恶化，神态多半处于比较清醒的状态中。20日，她提出要吃鸽子肉。当一盘香喷喷的红焖鸽子肉送到她的面前，她强作精神，张嘴接食，只咀嚼了几口，就厌倦了。21日，她觉得心里热的慌，就吃了两口冰淇淋。鸽子肉、冰淇淋尽管只是象征性地吃了，却给守候在身边的亲属、工作人员和医务人员带来了莫大的安慰。22日上午，专程从美国旧金山赶到北京的孙穗英、孙穗华和张家恭，不顾旅途的疲劳，心急如焚地来到病床前，看望她们的祖母。就在这同一瞬间，宋庆龄办公室收到了经廖承志转来的、宋庆龄亲弟宋子良于美国纽约州哈里森发来的"为宋庆龄的康复而祈祷"的慰问电。宋庆龄的亲属陈志昆和夫人黄寿珍、女儿陈燕，还有林达光教授和夫人陈恕，依依不舍地守护在她的身旁。

5月25日上午八点刚过，孙穗英、孙穗华就来到病榻前。她们看到神志安然的祖母，不由自主地叫唤："好祖母！好祖母！我们从旧金山来看望您了!”这时，宋庆龄睁开眼睛环顾四周，嘴唇微微作动，慢节奏地颔首示意。孙穗英、孙穗华又连声呼叫：“好祖母！好祖母！我们盼望您早日痊愈。”宋庆龄听到这些，激动和难过之情汇合，欲说不能，欲哭没泪，只能简单地再三颔首。

5月26日，居住在澳门的宋庆龄的外孙女戴成功，经由广州到达北京。27日上午，她同其他亲属们一道扶守床前。救护组的医务人员详细地向她叙说了病情，她眼含热泪，同医务人员一一握手，再三感谢他们的精心治疗和护理。

去世的前一天上午，宋庆龄还三次睁开眼睛，看着守护在身边的亲属们和在身边工作了多年的工作人员和医护人员，已经扩散了的瞳孔，在她生活、工作了十九个春秋的居室里，撒下了永不消逝的眷恋之情。

诗人，迟颂了的激情

七十年前，同宋庆龄一起为中国人民的解放事业奔走呼号，浴血奋战，又得救于宋庆龄的女作家丁玲，听到宋庆龄病重的消息，苦于自己也在病中，不能前去相见。沸腾的热血激荡着思情，她飞笔疾书。写道：

诗人写过春天，写过盛开的花朵；但春天哪有您对儿童的温暖。任何鲜艳的花朵在您面前，都将低下头去。

诗人写过傲霜的秋菊，秋菊经受过的风风雨雨，怎能同您的一生相比。几十年来，您都在风雨中亭亭玉立。

诗人写过白雪，描绘过它的洁白飘洒，但白雪哪有您皎洁，晶莹。

听到您病重，我们心痛，神痴。我们深深后悔，为什么不早把您歌颂……您本身就是一幅美丽、动人的诗篇。

正在湘西途中的向兵同志，思情伴随着列车的震颠，写下了《庆龄同志，您好!》

让这淳朴的诗句驾着白云飞跑，
让这忠诚的祝福越过滚滚波涛，
带去世上最真挚的战斗情谊，
把那人间最美好的称号呼叫，
——我亲切地、亲切地喊一声：
“庆龄同志，您好!”

……

祝愿您啊，亲爱的同志，

历史将永远铭记您含泪的微笑，

我欣喜地、欣喜地喊一声：

“庆龄同志，您好!”

著名作家萧三写道：

巴黎有一座圣母院，纽约有一座“自由”女神，但那些都是装饰品，还带点宗教迷信。在我们首都北京，却有一个真的圣母和女神——我们敬爱的名誉主席，敬爱的同志宋庆龄!

您——中国少年儿童慈爱的祖母；您——十亿、四十亿人民敬爱的亲人!人们永远感觉到您的温暖，您一颗巨大的心和高尚的灵魂!

旧友，大洋彼岸的回忆

宋庆龄病重的消息，震惊了她曾经就读、生活过的太平洋、日本海彼岸的美国、日本等地的诚挚旧友，他们急切地关注病情，千方百计寻觅病情消息，对病情的逐渐恶化深感忧虑和不安，祝愿宋庆龄恢复健康的电文，越过洋涛天堑，纷纷飞到北京。

在日本，宋庆龄的老朋友、日本著名社会活动家西园寺公一，于25日从东京紧急飞抵北京，在廖承志副委员长的陪同下，来到宋庆龄的住处探望。早年协助过孙中山进行民主革命的宫崎滔天的孙子宫崎世民，也于26日到达北京，探望他视为长辈的宋庆龄。于1979年翻译出版的《宋庆龄选集》，更加受到日本人的重视和青睐。他们用回首往事，精读《选集》，撰写读后感等方式，来驱逐愁思。

西园寺公一在追述1953年春，他同宋庆龄在上海初次会面的情景时写道：我们首次谈话的中心是和平。当时宋庆龄说：“和平不是别人赐给的，只要同企图妨碍和平，悍然进行武装侵略的势力作坚决斗争，和平才能赢得。”十五年前，作为日本好友来北京参加孙中山先生诞辰一百周年纪念活动代表团顾问的伊藤武雄，在追述与宋庆龄会面的情景时说：“我们见到宋庆龄先生时，文化大革命已经开始，可是她坦然自若的深情，给我们留下了深刻的印象。她虽然受过西方教育，但她的民族意识强烈。她在国家极为艰难的时期，进行了非凡的努力，作出了许多贡献，这实在令人佩服。”伊藤武雄掂了掂宋庆龄送给他那本《宋庆龄选集》，接着说："这就是宋庆龄先生于1967年11月17日在她的家送给我们的书，她在所送的每一本书上，都签上了自己的名字。"日本的中国近代史和现代史研究家久保田博子在忆文中写道："宋庆龄女士在各个时期都坚定地选择为革命所需要的正确路线，并给予大胆支持。她发扬不屈的精神，向世界伸张了中国革命的正义，她是一位伟大的革命家。"《宋庆龄选集》的日本翻译者仁木文子写道："这部选集反映了宋庆龄先生的一生，闪耀着她的思想光辉。"

美国朋友韦尔斯在自己的家里，一遍又一遍地叙说着1932年她在上海会见宋庆龄时的情景。她拿着宋庆龄在四十五年前，送给她作为结婚礼物的一把不锈钢咖啡壶对家里的客人说："孙夫人的榜样影响了我，她有许多条路可走，然而她选择了一条最危险、最困难、当时看来也是最无希望的道路。她所以能生存下来，秘密就在于她作为一位天生的政治家，同时具有中国人特有的才思敏捷和幽默感。"斯诺夫人鲁斯·惠勒·斯诺在回忆同宋庆龄相处的片段时说："财富和权利她曾经唾手可得，但是她鄙弃了它们，毕生致力于她认为最重要的事业——把中国人民从奴役和无知、贫困和压迫中解放出来。"

宋庆龄在20年代结交下的老朋友，当时已88岁高龄的英德·拉塞尔在回忆宋庆龄时说："在访问她家时，她尊重客人的民族习惯。喝茶时，给美国客人上咖啡和冰淇淋，给英国客人则上泡茶和软面饼。在她举行的宴会上，她静听别人的谈话，尊重而且乐意知道她客人的意见。她是一位有理想的革命家，同时又是个漂亮的人。"

在英国，曾在1894年营救过蒙难伦敦的孙中山先生的康德黎之子肯尼思·康德黎，5月20日从伦敦给宋庆龄致电慰问。电文中说："今日得知您患病，特向您致以良好的祝愿，祝您早日恢复健康。去年9月您同我共进晚餐时非常愉快的情景，仍历历在目。祝孙中山先生与家父开创的友谊长存。"同日，印度总理英迪拉·甘地也从新德里给宋庆龄发来慰问电："祝她早日康复!"

信念，闪烁着灼光

"人生，要为人类的进步与和平而进行不懈的斗争"。这是宋庆龄一生的信念。病魔摧残了她的肉体，可这一崇高的信念却时刻犹在。她，"明知桑榆晚，催马扬鞭自奋蹄”。

自从健康每况愈下，她以顽强的毅力同病魔作斗争。病危前，她坚持多活动，少休息，尽量按正常的作息时间安排工作和学习。每天起得很早，早餐后利用上午这段她认为的黄金时间做点事情。中午休息的时间也并不长，晚间也经常很晚才入睡。由于身体虚弱，她不能在写字台前久坐，就半躺在床上看文件看书报，或让身边的工作人员在床边给她托着木板，她在上面写东西。5月7日，秘书向她汇报加拿大维多利亚大学准备授予她荣誉法学博士学位时，虽然当时她的病情已经发展到令人担忧的地步，她毅然决定抱病出席仪式。5月8日，她托着虚弱的身体来到人民大会堂，亲手从维多利亚大学佩奇校长的手中接过了荣誉证书，并发表了长达二十多分钟的讲话。她在讲话中说：“我接受这一学位，不是为了我个人，而是把它看作你们对中国人民的尊敬和友谊的象征。”表明了她忍痛出席仪式的意义所在。

1981年春节过后，邹韬奋纪念馆开始选编《韬奋手迹》一书。韬奋的夫人沈粹缜从上海来到北京，请宋庆龄给题写卷名，当时她高兴地答应了，但她说现在她的手写字抖得厉害，等以后好点再写。以后沈粹缜看到她的病情越发严重，就不忍心再提此事，本以为“压埋”了。5月12日天方曈昽，宋庆龄就起床了。她叫来身边工作人员，说要做事，她由工作人员搀扶着，艰难地走到写字台前坐下，稍息一会儿，然后摊开纸，用颤抖的手写下了《韬奋手迹》四个大字，并公公正正地签上了自己的名字，注上了时间。写完后看样子她自己不太满意，就又写了一张，让两份选用其一。身边工作人员扶她上床躺下，这时她对身边的工作人员说：“我现在放心了。”她俨容中流露着惬意。

一年一度的“六一”国际儿童节就要到了，她怎能不思念着孩子！急切地盼望着能到孩子们中去，倾听欢声笑语，享受天伦之乐，可病魔不允许了。但她并不服“输”，仍然要表达她对孩子们的未来寄予的希望。就在她病危的5月14日上午，她对康克清说：“今年的‘六一’儿童节我是不能出席大会了，但我要告诉孩子们——我的心和他们一起跳动”。说着，让工作人员拿来托板，她在给“六一”儿童节报告会的贺信上，公正地签上了自己的名字，并对康克清说：“我预祝大会开得成功”。

美国，是她青少年时就读的地方。从那里，她接受了人类文明，学会了英语、法语和拉丁语。在弥留之际，她仍然关心着旅美华人的生活。就在她去世前的三个星期，还同居住在美国的原国民党武汉政府官员陈友仁的后代陈依范女士通了两封信，询问在美一些华人的近况，并再三嘱托陈依范，一定要撰写一部有关美国华人历史的纪实文学。可惜，她没能亲眼见到这部作品的出版。

遗嘱，同英灵一样流芳千古

1981年的2月13日，宋庆龄在考虑有关李燕娥女士的丧事安排，对秘书作批示时，就提出了她本人去世后的安葬问题。她写道："我一直答应让李姐的骨灰埋葬在我父母坟的边头，要给她立个碑，我以后也要葬在那里。"

3月15日，沈粹缜带着宋氏墓地的图纸，从上海来到北京，意在向宋庆龄汇报李燕娥墓地的安排和埋葬事宜，可又逢宋庆龄病情日趋加重，宋庆龄对沈粹缜说出了安葬李燕娥的想法和她自己身后的打算。宋庆龄说："李燕娥是一位很坚强和高尚的女性。解放前在上海，国民党反动派曾以金钱、地位诱使李燕娥监视我与共产党人的来往，要她收集情况向特务机关汇报。李燕娥姐姐严词拒绝了反动派的利诱，保护了我和同志们，支持了我的革命活动"。旧事重提，宋庆龄一股热泪涌上心头。她对沈粹缜说；"我要看一看燕娥的骨灰盒。"宋庆龄亲切地抚摸着李燕娥的骨灰盒，一面回顾李燕娥对她的好处，一面嘱咐沈粹缜："一定要为李燕娥立碑，写上'李燕娥女士之墓，宋庆龄立'。要把李燕娥埋在我父母的左边，以后把我的骨灰埋在右边。"说完，宋庆龄把脸紧贴在骨灰盒上，亲了又亲，久久不想放下。

几天之后，宋庆龄对守护在身边的沈粹缜说；"上海是我的出生地，是我从事革命活动和居住时间最久的地方。在那里，我交往过许多革命者和进步朋友，当年福利会的大批医药物资运往解放区，支援人民军队，也是从上海运出去的。解放后，我又在那里会见了许多友人。"宋庆龄还说："上海有孙中山先生的故居，有中山先生的遗物，而且我的父母都葬在那里，我热爱上海，去世后一定要把骨灰盒子葬到那里"。说话间，还用手比划了个图样。

把骨灰葬于上海，这是宋庆龄自己意定已久的。早在她身体还好时，就曾对身边的顾金凤说过："以后不管我死在北京还是上海，你们都要把我的盒子埋在我父母的身旁。"听到她说这事，顾金凤就劝她不要想得过多，并预祝她更加健康长寿。5月初她病重后，又常常把顾金凤叫到床前，反复地对她说："我嘱咐你的话都记住了吗？我死后一定要告诉组织上，把我的盒子送到上海安葬，要把我和李姐都葬在我父母身旁。"

作为中国民主革命先驱孙中山先生的夫人，她临终之际仍然怀念着孙中山先生，敬仰着他所开创的伟大事业。病危前，宋庆龄曾对沈粹缜说："上海住处还有孙中山先生许多衣物，每年都是由李姐负责晾晒，现在李姐故去了，只得我整理了。等我身体稍好后，你帮我一起把中山先生的衣物重新整理整理。"

5月20日上午九时，前来看望的胡耀邦、李先念、彭真等领导走后，宋庆龄同近日一直守护在身旁的廖承志，进行了二十多分钟的交谈。宋庆龄以坚强的毅力，克制病魔的阵痛，一句话带两声喘，艰难地说着。廖承志叫着她："叔婆！"她极力地睁大眼睛，一直不停瞬地望着廖承志。廖承志急忙俯下身子问她："您觉得怎样？"她嘴唇微微地运动着僵硬的舌头，开口说："你们为我所做的一切，我很感谢。"虽然声音很微弱，但还能听清楚。紧接着一阵急喘，稍有平息，她又说："如果我有什么问题的话……"廖承志用手挡耳去听，可是，两阵急喘过后，说出的仍是："如果我发生问题……"那句话。廖承志看她强忍病痛，挣扎着想说下去，又发不出音来的样子，不忍心再让她痛苦地说下去了，只好将浑身激荡的感情埋在心底。廖承志对宋庆龄说："请您放心，我们将依照您的吩咐去做的，一切照您的意思去做。"听到这些，宋庆龄很激动地点了点头，因高度体温烧得通红的面颊上浮现了一丝满意的笑容，并且连连点头，意在说，我都明白了。廖承志紧紧地握着她的手说："请您好好休息，不要再讲话了，我明天再来看您。"宋庆龄又微笑着对廖承志说："明天……明天……"话说不出口，她又向廖承志会意地点了点头。明天廖承志自然又去了。可是，天夺人意，她当时正处在半昏睡的状态中，明天的话，永远地、永远地没了。

归宿，她身上覆盖着中共党旗

加入中国共产党，这是宋庆龄一生的夙愿。从1923年第一次国共两党合作以来，宋庆龄忠贞不渝地坚持孙中山先生革命的三民主义，在中国长期革命的艰难困苦的斗争中，她坚定地同中国共产党在一起。1958年宋庆龄在上海，刘少奇、周恩来到住处去看望她，她正式提出了加入中国共产党的要求。当时刘少奇、周恩来两位党的领导人回答她说："从现在的情况看，你暂时留在党外，对革命所起的作用还大些。你虽然没有入党，但党的一切大事我们都随时告诉你，你都可以参与。”宋庆龄当即表示理解党的考虑。从那以后，宋庆龄一直以共产党员的标准更加严格要求自己，党也把她当做自己的同志，经常把一些党的重大决策告诉她，征求她的意见。

1981年3月下旬，邓颖超同志代表中央常委去看望他。谈话中宋庆龄明确阻止邓颖超不要再称她为副委员长。邓颖超同志对她说：“称你庆龄同志！好吗?”听到这句话，她的心底荡起了欣慰的涟漪，吻着邓颖超的双手，含笑频频点头。临别时，她俩互相拥抱，亲吻着面颊。

5月15早晨，宋庆龄的病情突然恶化，彭真、邓颖超同志又去看望她。彭真同志对宋庆龄说：“你虽然没有入党，但党一直把你当作党的一名领导同志看待。”听到这话，宋庆龄又一次提出了入党的要求。当时邓颖超说：“我们要立即向党中央报告，党也正在考虑你的入党问题。”宋庆龄高兴地说：“好！好!”声音尽管是微弱的，却说出了人世间最刚劲、最有力的音符。上午十点，彭真、邓颖超同志把宋庆龄入党的要求报告给胡耀邦、邓小平同志。下午三点钟，邓小平同志亲自主持召开了中央政治局紧急会议，与会同志详细听取了邓颖超同志关于宋庆龄要求入党的提请和宋庆龄的生平介绍，一致通过了接收宋庆龄为中国共产党正式党员；同时建议全国人大常委会授予宋庆龄为中华人民共和国名誉主席的荣誉称号。下午六时，中共中央政治局的紧急会议刚结束，政治局委员廖承志和列席会议的中共中央书记处书记、中央组织部长宋任穷同志受党中央的委托，立即从中南海会议室前往位于北京后海北沿的宋庆龄住宅，把中央政治局一致决定接收她为中国共产党正式党员的喜讯告诉她。廖承志激动地握着宋庆龄的手说：“告诉你一个好消息，党中央已经庄严决定接收您为中国共产党正式党员。”躺在病榻上的宋庆龄，听到党中央的这一决定，面露激动之色，目不转睛地看着廖承志、宋任穷同志，再三点头，微笑，眼里闪出了喜悦的泪花，但持续的高度体温，烧得她难以开口说话了。

16日下午，全国人大常委会遵照中共中央的建议，召开了第十八次会议。会议刚结束，彭真、廖承志同志就赶赴宋庆龄住宅，把人大常委会授予她为中华人民共和国名誉主席称号的决定告诉她。17日上午六点钟，病榻上的宋庆龄听到中央人民广播电台关于全国人大常委会授予她为中华人民共和国名誉主席称号的消息，她高兴地对守护在身边的同志们说：“听清楚了，谢谢同志们!”

1981 年 5 月 29 日 20 时 18 分，一颗伟大母性的心脏停止了跳动。她紧瞑双目，安然地躺在鲜花翠柏中，身上覆盖着鲜艳的中国共产党党旗。

地久天长不能尽，人民深沉的怀念无终期！

（1987 年元旦，完稿于北京；
选刊于 1993 年 5 月 23 日《人民日报》5 版，有改动）

文著盖华世　人栖一斗室

——北京鲁迅博物馆印象

三月的北京，杨柳吐绿，樱花结蕾，春意盎然。值中华民族文化瑰宝，伟大的文学家鲁迅先生诞辰 105 周年之际，我驱车前往阜内大街，拜谒了北京鲁迅博物馆。

雄伟壮观的汉白玉馆门开于马路终端。横匾上镶嵌着由叶剑英元帅于 1980 年 3 月 14 日所题“北京鲁迅博物馆”七个鎏金大字。博物馆展览大厅迎门坐落着鲁迅先生的半身塑像，塑像后金丝绒的牌坊上，左右对称刻着“横眉冷对千夫指，俯首甘为孺子牛”。展览大厅以大量的手稿、图片和部分实物，简略记叙了鲁迅先生于 1881 年在绍兴出生，至 1936 年 10 月陨落于上海的光辉、战斗的人生历程。

大厅两侧展出一枚古币模样的“大铜盘”和一个粗瓷大碗。管理人员介绍说：“这是鲁迅先生生前赠给历史博物馆的，北京鲁迅博物馆建成后，转于此珍藏。”一本中国最早版本的《共产党宣言》吸引着大量的观瞻者。这是译者陈望道先生于 1920 年赠给鲁迅读用的，书面虽因年久风化而呈褐黄色，但它对鲁迅接受马克思主义的启蒙价值是无法估量的。作为间接史料，这里也展出了陈独秀的照片，给观瞻者以强烈的、实事求是的思想意识感染力。

大厅东侧全文展出了鲁迅逝世后，中共中央、中华苏维埃人民共和国中央政府所发的《为追悼鲁迅先生告全国同胞和全世界人民书》、致许广平女士的信件；上海人民群众敬献的“民族魂”挽幛与一些扩版图片浑然一体，再现了送葬的队伍高举“争取民族解放，遥祭死去了的鲁迅”的旗帜徐徐前进的场景；毛泽东题写的“鲁迅先生之墓”的碑文，还有大量的中外人民纪念鲁迅逝世一周年、五周年、十周年等活动图片，使观瞻者的怀念之情油然而生。东西展厅的中央，玻璃橱窗中分别展出了北京、上海鲁迅故居和上海虹口公园鲁迅墓地的沙盘模型。

走出展览大厅，我便去寻访当年叫宫门口西三条 21 号的鲁迅故居。这处当年得绕经一条狭窄胡同的宅院，现已圈进了博物馆内。古式的北京四合小院，门楼左右对称挂着“鲁迅故居”的牌匾和北京市于1979年8月21日所立的重点文物保护单位的告文。馆内工作人员告诉我，这处住宅是鲁迅于1924年春为自己设计改建的，同年5月搬于此居，直至1926年8月，他离开这里去了南方。1929年5月和1932年11月，鲁迅两次从上海回京探母，也在这里下榻。正是在这处简居陋室，鲁迅废寝忘食，不辞辛苦地劳作，写出了《华盖集》、《华盖集续编》、《野草》三本文集巨著和《彷徨》、《朝花夕拾》、《坟》等作品中的部分文章。

房舍的屋檐、门窗、四壁油饰一新。管理员介绍说，这处故居是按鲁迅设计的手绘原样尺码修葺的，梁柱、门窗大多用的是旧料，只换了少数朽坏的。油饰是为防止风化和雨水侵蚀，这样既不失当年的原形又会延长房屋的寿命，实为保护文物的一个良策。前庭有四棵树，其中两棵“白丁香”分别挂着“鲁迅于1925年4月5日亲手所栽”的标牌。三间南屋是会客室兼藏书室，摆放着古朴的方桌、木凳和书橱；东厢房为女工住室；西厢房为厨房。三室一过道的北房，东屋为鲁迅母亲住室，帷帘木榻仍然如故；西屋为朱安夫人住室，一张南式竹架眠床，挂兰花麻布蚊帐，桌椅及梳洗用具按原样摆放。过道的尽端是后接房间，人们管它叫“老虎尾巴”，鲁迅称它为

北京鲁迅博物馆鲁迅石雕像

“绿林书屋”，这便是鲁迅的卧室兼工作室了。从敞开的后窗见到，室中一木床居北，东放一张三屉桌和一把藤椅，桌上摆着油灯、闹表、烟灰盒和笔筒；西侧一方形茶桌两面对称放着两把木椅；东壁悬挂着藤野先生像，西壁悬挂着“望崦嵫而勿迫，恐鹈鴂之先鸣”的对联。后院并排长着三棵“钻天杨”，还有鲁迅先生亲手植下的一片黄梅和枣树。

出故居大门，只听一位颇有学者风度的人边走边说：“文著盖华世，乃非丽室也。”

揭开“金银滩”神秘的面纱

在祖国大西北的青海湖畔，有一块被称为“金银滩”的大草原。这里平均海拔达 3 200 米，曾经水草丰美，牛羊肥壮，是我国少有的优良天然牧场。1957—1987 年的 30 年间，在这片方圆 1 170 平方公里的草原上，八步一岗，十步一哨，设防严密，外人未曾知道这个地方到底是干什么的，都把它称为禁区。直到 1987 年 6 月，国务院和中央军委决定让这个禁区退役，这块草原才脱去神秘的面纱，露出了“中国第一个核武器研制基地”的真面目。于是，世人才知道，我国的第一颗原子弹和第一颗氢弹，都是在此研制成功的，它为中国的核工业作出了巨大贡献。

早在 20 世纪 50 年代中期，核武器已经成为国际政治斗争、军事抗衡、贸易竞争、技术较量的筹码，面对霸权主义的核威胁和核讹诈，毛泽东、周恩来等老一辈革命家，作出了建立我国核工业的战略决策，决定加紧核武器的研制，争取早日有自己的原子弹。1957 年下半年，有关专家开始了核武器研制基地的选址工作。他们曾到四川、甘肃、青海三省选点，认真考察水文、气象、地理、地质及居民分布情况，经过反复比较论证，他们把定点的红旗插在了青海金银滩这块神奇的草原上。1958 年 5 月 31 日，时任中共中央总书记（当时设中共中央主席）的邓小平，代表中央批准了这个选址报告。从 1959 年开始，这个孕育着惊天动地的意义的基建项目，开始了大规模的建设。从 1962 年开始，基地部分地投入使用。全部建成后，研制基地中共分布着 18 个厂区、4 个生活区，建筑面积 56 万平方米，有铁路专用线 39 公里，并设有一个铁路编组站，厂区中有 75 公里沥青标准公路，总投资 3.1 亿元人民币。

建设这个基地，当时中央一声令下，在很短的时间中将区域内 1 970 多户农牧民迁出。理由是这里要建“矿”。什么矿？名曰“没矿”，后来正式对外的名字叫国营 221 厂。当时对外要绝对保密，对厂区内仍是绝对保密。至今，这里还流传着有关保密的民间“段子”。当时为了适应高原的气候条件，警卫战士多从青海招收入伍。为迷惑新战士，军车在铁路线上兜了三天三夜的圈子，给战士已走向天涯海角之感。等一些战士退伍后，有的士兵才发现，自己是在离家很近的地方当了三年兵，站了三年岗。厂区的科技工作者，多是从中国科学院和二机部抽调的。抽调去干什么，家人不许知道，也只能从有番号的信中知道亲人是在遥远的地方工作。在北京的中国科学院物理研究所，一对夫妇相告要相继出差，都不能说去哪，干什么。可他们却在221厂的一个分厂中见面了，但谁也不语，“未曾相识”。厂区周围的牧场，时常有牛羊误入厂区，牧主没办法进去寻找，只能盼望警卫战士帮助寻找。当时对整个厂区实行封闭式管理，区域中生活设施配套，后勤人员都是从各地招来的“根红苗正”的贫下中农。这些人在高原上工作生活了近30年，基地退役后，国家分别对他们在西宁、合肥、廊坊等四个地方做了适当安置。如今，这块神奇的土地，带着昨日的辉煌，已交回地方，成了青海省海北藏族自治州的州府。

退役后的核武器研制基地，所有的建筑物及公用设施留给了地方，海北州借此设立了西海镇。现在，到西海镇观光，昔日用以装运第一颗原子弹和氢弹的火车站，仍矗立在茫茫草原上。一些地下生产车间均已封闭，只是当时用于无核爆轰的试验场观测室，作为展览室对外开放。观测室外50米远的地方，仍矗立着爆轰试验架。厚1.3米的铜壁观测室外表面，由测试时的光辐射、冲击波所致的深为一厘米左右的麻坑，仍清晰可见。出于保密，整个研制区域建筑物多以地下为主，地面上能见到的构筑物很少。

在离爆轰试验场不远的地方，有一座边缘已经用石块砌起的山丘，这就是亚洲最大的核废品填埋场。据说，填埋场距离地面最深处为10米，最浅处为4米，对其进行了9层包裹式封闭处理，经严格检验，完全符合环保标准。到这里来，不用担心核污染。在填埋场的周围，共埋下5座石碑，警示后人不得开挖。

原国防部长张爱萍将军和原西藏军区副司令员李觉将军，曾在基地领导和指挥“两弹”研制工作；原子弹之父王淦昌、两弹元勋邓稼先和著名科学家朱光亚、周光昭等都在此工作过。基地人员高峰时曾达15 000人。1966年3月30日，时任中共中央总书记的邓小平同志，在薄一波、刘澜涛等同志陪同下，来这里视察。邓小平同志兴致勃勃地视察了核基地模型厅、试验部、生产部、一分厂102车间，对基地科研人员在艰难困苦的条件下忘我工作的精神给予了高度评价，并欣然命笔，为核基地写下：“高举毛泽东思想伟大红旗，遵照毛主席指引的方向，奋勇前进——别人已经做到的事，我们要做到，别人没有做到的事，我们一定要做到。”小平同志勉励王淦昌等科学家继续为国家的核工业发展出力。

青海金银滩

为了让世世代代人记住中国第一个核武器研制基地的丰功伟绩，基地退役后的1992年，在原子城的显要地方竖立了一座高25米的花岗岩纪念碑。石碑体呈黑色，四面台形，碑顶顶着一颗按第一颗原子弹一比一尺寸铸就的银色圆球，石碑的正面镌刻着前国防部长张爱萍将军题写的“中国第一个核武器研制基地”十二个金光闪闪的大字。石碑左右面上分别镌刻着我国第一颗原子弹和第一颗氢弹爆炸的蘑菇云图形，石碑的背面刻有560余字的碑文，记述着“为中国核武器事业建立了历史功勋的人们，功载千秋”。

昔日神秘的“金银滩”禁区，如今已变成了对青少年进行爱国主义教育的基地。

（发表于1999年9月18日《农民日报》）

古 涿 州

涿州坐落在“天子脚下”。汽车出北京城的南三环路，沿京（北京）石（石家庄）公路前行，经良乡、琉璃河两镇，便到了涿州。

涿州始于盛秦时期，建在燕国之域，距今已有两千多年的历史，有“天下第一州”之美誉。相传，古涿州商贾云集，物易交往发达，是秦汉时期的重要商城，也是军事要塞。古涿州城中建有双塔。随斗转星移，风霜雨雪之袭，其中一座塔顶、塔身已坍塌，另一座也步入了“风烛残年”。城池中的鼓楼台基、残垣断壁现仍可见。与今日桃园大街相平行的古涿州商街，仍不失当年的繁华。街头矗立着刻有“天下第一州”五个大字的牌楼，街中店堂林立，货摊栉比，叫卖声灌耳，商道两旁建筑多是灰砖青瓦、飞檐斗脊、古色古香的仿古建筑。游步于街上，会唤起人们对上古商城的遐想。

涿州还是三国名将张飞的故里。当年张飞在涿州以屠宰卖肉为业，后遇山西逃犯关羽、巴蜀篾匠刘备，三人在此歃血为盟，相拜结义。这不但丰富了罗贯中的妙笔，也引出了今天涿州的桃园大街、桃园饭店、桃园发厅……坐落在城南的“楼桑庙”，是当年刘备的居所。这里距天安门广场只有 70 公里。虽然居室寝房已荡然无存，但那石基汉瓦的三洞门楼，还有距门楼 60 米处约 6 米高的石碑，便是佐证。石碑立于清朝，碑上刻有乾隆御笔，1984 年当地政府采取了加固措施，修筑了混凝土台基。庙的门楼顶上长有一棵 3 米多高的桑树，有人说这就是“楼桑庙”的名由。其实，这棵叶繁枝茂的桑树，无论如何不是 1 700 年前那棵古桑，想必是后遗串根而生。

城东有一条砂石路，叫“御路”。路上架有一座五拱石桥，叫“御桥”。清朝的雍正、嘉庆、同治、光绪四帝和 65 个妃嫔王臣，都经此路出殡到西陵。如今，同“御路”并行的那条宽阔笔直的京石公路，把当年只有天子王孙才有资格通行的“御路”，对比得是那样落后、拙劣。两路间虽然相距仅几十米，但历史的跨度之大、路的质量等级之殊，是相当惊人的。

涿州已今非昔比了。纵横交错的大街，鳞次栉比的楼房；那树、那楼、那一张张笑脸……从涿州奔西南经涞水可达清西陵，从东南可去白洋淀。由农民集资兴办的现代化的东方宾馆，融居室与园林为一体，进入大厅犹入仙境；仿古建筑的桃园饭店，四合院落，竹林繁茂，假山逼真，曲径通幽，下榻于此，有身栖皇宫王室之感。

（作于 1991 年 8 月）

大唐考古三说

中国的唐朝，是个强盛的朝代，有许多可歌可泣的东西，值得炎黄子孙赞颂或仿效。然而，也遗下了一些谜团，令后人们深思，待人考证。

一、沐浴石三说

盛唐年间，玄宗李隆基在骊山脚下修建华清池，供帝王、太子、御仆们沐浴。共建有海棠、莲花等四塘。其中，在可供奴仆浴用的尚食汤池塘中，进塘处铺着一块带有凹坑的垫石，石面上两行分布着七八个直径为十厘米左右的凹坑。对于这块凹坑垫石，传有三说。其一说，这块凹面垫石特意加工，是为了防滑所用。其二说，当时的奴仆们很少有沐浴的机会，脚后跟上老茧较厚，沐浴时，经水泡后疏松，可到石凹面上磨掉。故是用来磨脚上老茧之说。其三说，当年兴修华清池工程浩大，用料颇多，建筑材料不足，奴沐池是最后动工兴建的一个池塘，凡是可用上的材料都用上了。这块凹面石原是一户老百姓房檐下的滴水石，常年滴水，水流冲出凹面。在石料不够的情况下，劳工们强行抬上了这块滴水石，修砌在了这个塘的入口处。由此可说，这凹面石本来没有什么特殊意义，只是一块普通石料而已。

二、乾陵无字碑三说

唐朝的女皇武则天，其陵墓上立了无字碑。何故立了无字碑？有三说。其一说，武则天治国有方，在位时大唐强盛，百姓安居乐业，功德无量，不是屈指可数的文字所能言表的，立无字碑是借喻无量之意。其二说，武则天治国虽有功，但生活堕落，奸淫邪恶，残害忠人，留下无字碑，功与过留给历史，待后人评说。其三说，武则天生前已撰好了碑文，只是后人念她既是皇帝，又是妃嫔，生事奇异，乱了家法，无以言表，故没有给她的碑刻字。

三、李隆基之死三说

安史之乱出现，唐玄宗李隆基听信宰相杨国忠之奏，弃朝廷奔蜀中，路中士兵造反在马嵬坡杀了杨国忠，逼死了杨贵妃。太子李亨登基后接太上皇李隆基回宫。公元762年李隆基即离人世。对其死，有三说。其一说，李隆基对太子不念亲情、把自己赶出长生宫并贬去贴身的高力士等人的所作所为极其不满，以绝食来抗议，故因绝食而死。其二说，贵妃杨玉环自缢归天后，李隆基饭吃不下、茶喝不下、觉睡不着，日夜想念杨玉环，积怨成疾，忧郁而死。其三说，李隆基回宫做了太上皇，南征北战、东斗西霸了一辈子，失了皇位，不甘寂寞，经常与老臣、近仕议论朝事，怀有“废皇子、再登基”之心，故以引起皇儿李亨的戒心，加害于李隆基。

（作于1992年7月）

公主岭屹立着一座“问心碑”

后人给前人立碑，是古来常理。自立碑文，就有不自量之嫌。其实，也不能一概而论。自立碑文用以自量者，在我们吉林这块土地上就有其例。

光绪三年，张云祥出任怀德县第一任县长时，就自立“问心碑”，以端心明镜。碑云：“问心无愧古人所难，余何敢以此自命，盖因数十年来遇事则返心自问颇有所得，兹值堂成钦以自勉。”碑榜上还刻有“克勤克俭”四个大字。七品知县，铭文凡事要“问心”，虽事于封建社会，但可谓高明之举，值得后人“咀嚼”、“寻味”。

“问心”又作“扪心”。《辞海》对其解：“摸摸胸口，反省自问。”“问心”作为思维过程，是在自我意识的“程控”下完成的。自觉，当是可贵之处，也是本文所弘扬之处。封建社会的官吏，上瞒君臣，下欺良民，这为绝大多数人所为。相反，张云祥也为官于封建社会，可他能自立碑文以自勉，凡事思其愧否，倒有点“为民做主”的味道。这在某种意义上说，是把封建官行“现代”化了。封建社会的知县，却具备了现代“公仆”的素质，说明这尊“问心碑”，无论在实用价值上，还是在宝贵程度上，都大大地超过了封建政治、文化或史学的研究范畴。

时过境迁。现在，人的思想、经济以及社会情况，都与张云祥那个时代发生了天翻地覆的变化，不可同日而语。公仆取代了官吏，这是当今社会与封建社会的一个重大区别。作为人民的公仆，不妨也“问心”一下，是否都为民做主了呢？绝大多数能问心无愧，也有与心有愧的。做公仆不理政事，任“诸侯”不体察民情，昏昏然，飘飘然，整天逍遥自得，混过蹉跎的大有人在。想必，他们是不能“问心”也不敢“问心”的吧！细分起来，在这不能代表整体的“小部分”中，还有个“小部分”，就是整天痴迷于宦海，为“房子、孩子、票子”而奋斗的“三子”“公仆”。这种饕餮相人，连“脸”都不要了，何以能“问心”！记得生物学上有个名词谓“返祖”，可能这也是一种封建官吏的“返祖”现象吧。但很遗憾，他们没能“返”清朝怀德知县张云祥的品行之“祖”。

当今，如让官人都模仿张云祥的做法，自立“问心碑”，一是做不到，二是没必要。但“遇事则返心自问”大有借鉴之益，这个“祖”应该“返”。要使“官人”能“问心”，还应在“公仆”与“卖红薯”上做点文章。“当官不为民做主，不如回家卖红薯。”做“公仆”与“卖红薯”，虽说都是社会分工，但怎么个分法，就值得研究。要让“卖红薯”的来做“公仆”比较容易，倒过来，让做“公仆”的下去“卖红薯”就难了。如果能找到一种使“不为民做主”的“公仆”愉快地让位，下去“卖红薯”的机制，恐怕问题就不难解决。随之，“公仆”也会凡事“问心”了。

碑是多种多样的，有石碑、铜碑、铁碑……还有心碑。殷商文化发展到现代，炎黄子孙在实践中造就了“有口皆碑”这句成语。张云祥自撰“问心碑”，自然欲以千古流芳。公仆只要凡事“问心”，做到为官一任，造福一方，功德定会有口皆碑。让后人给树“心碑”，要比自立“问心碑”高出一筹。

（作于1988年7月）

豆乡酒乡我家乡

——榆树古城换新貌

1985年12月27日，榆树县城解放整整四十年了。四十年来，勤劳、智慧的榆树人民在战争残骸的废墟上，对这座饱经沧桑的古城进行了大规模的改造和建设，使它返老还童，展现出了年轻、美丽的英姿。

今 非 昔 比

榆树县城始建于1644年，距今已有三百多年的历史了。1945年12月，这座古城回到人民的怀抱。刚解放时的榆树县城，全城只有一条街和八条巷道，街面破烂不堪，贫民窟是城区建筑物的主体；街路凸凹不平，泥泡连片；冬天垃圾积雪堆满街，夏季臭水横溢，蚊虫孳生，城中残垣断壁处处可见。解放前，全城只有一家烧锅店和几处手工作坊。1958年榆树县人民政府设立了建设部，于1960年首次编制了以旧城改造为主的县城建设总体规划方案。随之，以酿造、造纸、铁木农具、修造为主业的各种小型工业企业开始兴建，发展了铁路、公路运输业和城镇供电、供水、邮电通讯等公共事业。到60年代中期，省营机械制造工业的榆树柴油机厂和县化肥厂、手扶拖拉机厂、农业机械厂等工业企业开始兴建，同时还修筑和改造了五条主要街道，使一个消费城镇逐步变为以农副产品加工业和农机修造为主业的新型工业城镇。人民的生产生活环境得到了改善，城镇的面貌初步有了变化。

自党的十一届三中全会以来，榆树县人民在“人民城市人民建”城市建设总方针指引下，对榆树县城进行了全面规划、综合治理，收到了工、商、建筑、运输、服务业协调发展的效果。1984年8月11日，中共中央书记处书记、中央研究室主任、中央宣传部长邓力群视察榆树时说：“如今的榆树城，同解放初期相比，已经是面目全非。”现在，榆树县城的建成区面积已经达到了588公顷，比解放初期扩大了4倍多；常住人口接近7万人，比解放初期增长了6.5倍；全城年工业总产值已经突破了亿元大关。创出了榆树大曲、“琼浆液”等四种国家轻工业部及省优质产品；“布底注塑鞋”等两种产品打入了东南亚及欧、美国际市场；扑克原纸一次超成新工艺填补了国家的空白。从1985年初起，采取国家贷款与地方财政自筹资金相结合的办法，对化肥、吉林茅酒等7个工业项目进行了技术改造，全部竣工后，预计每年可新增产值4 000多万元，约占现在全城工业总产值的41%，年可增收利税1 500多万元。

在市政建设上，昔日的“龙须沟”、烂泥塘、小胡同，被辟成纵横交错，四通八达的道路网。初步搭起了以华昌路为政治中心，以榆树大街为商业中心，以向阳大路为文化中心的区域专业布局、综合协调发展的城镇总体建设的骨架。全城高层建筑集中的华昌路，经拓宽扩建之后，路宽达到25米，柏油路面两侧是用马路缘石砌筑的林荫树带，林荫树带外侧铺设水泥预制步道方砖。当傍晚华灯初放时，这条全城主街路在高层建筑的衬托下，显得格外壮观。

在旧城墙遗址的外围和昔日的荒草甸、苇塘、坟地上，一百多座大楼拔地而起。新辟的省动力机械厂家属住宅区、站前小区及东北新村住宅区，在建筑造型上，新颖别致的单体布局取代了从前的对称式建筑；楼房釉砖贴面一改从前的“大红袍”，大扇玻璃采光、涂料磨石地面、轻质材料间壁及室内高档灯具装饰等建筑新材料被广泛地应用。

每当人们漫步在繁华的榆树大街中段的时候，会被桥式钢筋混凝土结构的大门和上面由霓虹灯组成的“榆树公园”四个刚劲有力的大字所吸引。园内有孔雀、黑熊、猴子等观赏动物19种；君子兰、月季、文竹、铁树等花卉135种及盆景1 000多盆；园内设有餐厅、民间艺术剧场等设施以及游船、体育等游乐项目。每天接待游人可达4 000多人次。

修建在城区中心——向阳广场西南侧的榆树公路客运站，计有1 600多平方米的南北两个候车厅。这里每天有80多次公路客车发出或到站，输送旅客8 000多人次，直达长春、哈尔滨、吉林市以及全县39个乡镇。榆树火车站有2 000多平方米的候车大厅，平均每天接待旅客3 600多人次，装运1 650多吨商品粮。

更令人惊奇的是，榆树县城的文化教育事业有了突飞猛进的发展。全城现有各种各类学校23所，总在籍学生达到19 000多人，约占全城总人口的27.1%；全城设有大、小影剧院、电影厅和民间艺术剧场8处，共有5 000多个座位，按全城总人口平均，每7.5人就占有一个坐席。

城飘酒香

榆树县位于松辽平原中部，耕地平坦，土质肥沃，具有得天独厚的生产粮食的自然条件，早就以粮豆之乡的美称闻名遐迩。勤劳智慧的榆树人民，世代在这块土地上春顶冰下种，夏洒汗锄禾，秋喜收金谷。从 1953 年到 1985 年，全县共给国家上缴商品粮 940 万吨，按现有人口计算，人均交粮 8 550 千克。而酿酒工业的大发展，给这个县又添了个“酒都”之称。五家地方国营造酒厂，白酒年产量已达 7 200 吨，啤酒年产量已达 7 600 吨。1985 年全县酿酒行业共实现利税收入 839 万多元，占全县财政总收入的 94.4%。

坐落在县城西部的第一造酒厂，是在原手扶拖拉机厂的基础上改造成的。县委领导说：这条路是逼出来的。“六五”初期，随着农机行业的萧条，这个企业因连年亏损而无法继续生存，县委、县政府发动科技人员献计，实现了粮食优势与传统独特的酿酒工艺的最佳结合，将这个企业转为生产名牌“榆树大曲酒”。一改即活，这个企业由连年吃国家补贴一跃成为全县上缴利税第一名的盈利大户。

一提到酒厂，人们往往想到那糟麸满地、废水横溢的脏乱局面。可在这里，却是另一番景象。厂区是混凝土全封闭地面，中央大道两旁花坛百花争妍，人行过道绿柳成荫，生产车间窗明几净，地洁如洗，到处给人以心旷神怡的感觉。步入样品陈列室，各种瓶酒琳琅满目，四架样品橱柜既无“虚席”又不重样。主人打开一瓶 38°的低度大曲酒，浓郁的醇香沁人心脾，品上一口是那样的甘洌香甜，回味绵长，大有“酒不醉人人自醉”之意。所至宾客，无不为那精美的包装和令人陶醉的曲香味留步。县委书记韩树文对笔者说：今年在白酒市场不景气的情况下，县里的酒类产品畅销于市的秘诀是，自创优势，以优制胜。一是创品种优势，低档变高档，“高度”变“低度”。在保持“榆树大曲”、“吉林茅酒”等老牌产品稳步增产的前提下，又有 38°、46°低度酒和“古榆春”、“北方粮液”等十多个浓香型、清香型、兼香型成龙配套的新品种问世，源源不断地投入市场。二是创装潢优势，产品的“着装打扮”力求入时。第一造酒厂对多年“一件衣”的 15 个品种、28 种规格的系列产品改进了包装装潢，其中有两个品种被省评为优秀包装装潢商品。三是创价格优势，薄利多销。在原材料涨价，工人增加工资，改进包装装潢，生产成本有所提高的情况下，经营者却把所有的瓶酒降价10%销售。四是创质量优势，争全优，夺名牌。主要产品榆树大曲酒的质量继全省夺魁之后，又夺得了国家轻工业部的铜牌；省内第一个酱香型的“吉林茅酒”也跻身于省级优秀产品的行列，还有四个品种分别获省优秀新产品和市级优秀产品称号。这“四个优势”使榆树生产的白酒畅销全国30多个大、中城市。

豆 名 远 扬

榆树县气候凉爽，年平均气温在4.3℃左右，无霜期140天，雨量充沛，且集中于大豆盛长期的七八月份，土质肥沃，有机质含量高，具有生产大豆得天独厚的自然条件，早就以“大豆之乡”美称驰名中外。

榆树人民富有大豆耕作经验，有悠久的大豆栽培历史。早在20世纪20年代，榆树大豆及豆制品就名扬海外。日本侵略东北时期，为掠夺榆树大豆，修筑了榆树南通新京（长春）、北达哈尔滨的铁路，从此，质量上乘的“满仓金”、“小金黄”等榆树大豆就被源源不断地运往日本。1954年，是榆树大豆生产的鼎盛时期。全县种植面积达到207万亩，占耕地总面积的49.5%。到了60年代初期，随着粮食的严重紧缺，在首要解决温饱问题的情况下，大豆这种低产作物不得不给粮食让路。进入70年代，粮食紧缺的矛盾明显得到缓解，大豆这种传统的经济作物理应得到恢复性地发展。但由于指导思想上的错误，只抓产量，不顾经济效益和社会效益，搞“过纲要”、“渡黄河”、“跨长江”，使大豆又遭厄运。就是少得可怜的一点点种植面积，也由“清种”变成了“混种”，至此，“大豆之乡”的美名销声匿迹。直到实行生产责任制以后，大豆的种植面积才逐年有所回升，历史地位才逐渐得到恢复，耕作技术和管理水平也有很大的改进和提高。优选良种、适时早种、科学管理、施药防病的栽培方针已经取代了广种薄收的原始耕种方法。实行大面积机播，收到了提高地温、加快播种进度、减少土壤水分蒸发、促进大豆增产的效果。近五年的总产量每年以28%的速度递增，“大豆之乡”又复盛名。1986年又出现了城发、保寿、黑林等十个大豆总产超4 000吨的乡镇。

榆树大豆，粒大色黄，比异地同类产品的蛋白质和脂肪的含量高，还含有人体必需的氨基酸和铁、钙、磷等矿物质及多种维生素。榆树人民富有大豆加工和烹制豆制品的高超技艺。用大豆作原料，可以加工出大豆腐、干豆腐、腐竹、豆乳、豆腐脑等 20 多种副食品。其中，以大豆为原料用于宴席的就有麻辣豆腐、素鸡豆腐、鲢鱼豆腐、大锅豆腐等多道美味佳肴。近年来，榆树人利用自产的大豆在大连、北戴河等旅游胜地开办的豆制品餐馆生意兴隆，就餐的中外游客都为那精湛的豆制品制作技艺赞不绝口。驰名全国的五棵树干豆腐，层薄如纸，既有筋性又耐炖，卷起作绳，可提起二十斤重的水桶而不断，故有“豆腐提水”之说。现在榆树全县共有集体、个体户兴办的植物油厂和豆制品厂 2 000 多个。农民联办的闵家腐竹厂的产品已进入国际市场。随着商品经济的大发展，大豆之乡正利用自己的优势，从大豆的一级原料生产，逐步向大豆的二级、三级精深加工的方向发展。

40 年前，榆树县人民用不屈不挠的斗争，用鲜血和生命把这座古城从日本侵略者手中夺回；40 年后的今天，榆树县的百万人民有决心继续艰苦奋斗，用自己的双手建设一个繁荣昌盛的新县城。

（根据作者 1987 年公开报道文章整理）

拜谒莲花山

“一九七九年，那是一个春天，有一位老人在祖国的南海边画了一个圈，奇迹般地崛起一座座城……”一首《春天的故事》，唱遍了祖国大地，也唱出了特区人民对领袖的深情厚谊。中国人说：毛泽东让中国人站起来了，邓小平让中国人富起来了。深圳人说：没有邓小平就没有深圳，就没有深圳人的今天。

邓小平生前曾两下深圳，为建立这个具有中国特色社会主义的实验区，他倾注了大量的心血。他逝世后，深圳人从四面八方涌向深南大道的邓小平画像前凭吊、默哀、敬献鲜花。一时间，深南大道中段成了深圳人吊唁这位特区奠基人的圣地。喧闹的大街，与吊唁不相宜的环境，促动深圳市委、市政府作出给邓小平同志塑像的决定。于是，在2000年11月中旬，当时全国唯一的一座邓小平铜像耸立在了深圳市中心的莲花山上。出于对伟人的敬仰，我曾两次登上莲花山，拜谒邓小平铜像。

2001年6月，那是一个雨后的早晨。我在深圳人的陪同下，登上了莲花山，拜谒了邓小平铜像。莲花山公园坐落在深圳市中心偏北，邓小平铜像就耸立在海拔100多米的莲花山顶广场中央。我们从北坡拾级而上，首先映入眼帘的是铜像背面的花岗岩石墙，上面镌刻着“我是中国人民的儿子，我深情地爱着我的祖国和人民”，山坡生长着茂密的青松翠柏。上达广场，我们看到邓小平迈着矫健的步伐，昂首挺胸，面带微笑，大步向前走来。铜像由基座和身躯两部分组成，据介绍，铜像高6米，基座与身躯的等高比例是1.6∶1。基座上镌刻着江泽民同志题写的“邓小平同志”五个大字，正面的台阶上摆放着前来凭吊者送的花圈、花篮和花束。铜像以现实主义的表现手法，充分表现出了小平同志那气宇轩昂的外表、目光深邃的双眸、强健的体魄，凸显卓越的领袖和政治家的风采。

站在坐北朝南的铜像面前，我触景生情。记得小平同志在1992年春天说过：我最大的愿望是争取活到1997年，在中国收回香港后，到我们自己的土地上去走一走，看一看。眼前这位政治巨人，似乎正在阔步向香港走去，他要亲眼领略香港回归后的繁荣和稳定。

在这个 2 000 平方米的山顶广场上，邓小平（铜像）能把日益变化的深圳一览无遗，他将亲身验证“深圳的发展和经验证明，我们建立经济特区的政策是正确的”；他还像每时每刻在嘱托深圳人“发展才是硬道理”。

2002 年的 6 月，我又因事去深圳，又一次登上莲花山，拜谒了邓小平铜像。

耸立在莲花山上的这座铜像的主人翁，给中国各族人民带来了幸福、富庶和安康。这尊铜像，将像邓小平同志的英灵一样千古传承，与日月同辉。

深圳莲花山邓小平铜像